蓝蓝的勾蓝

桂爱广 著

天津出版传媒集团
百花文艺出版社

图书在版编目（CIP）数据

蓝蓝的勾蓝 / 桂爱广著. -- 天津：百花文艺出版社，2023.5
ISBN 978-7-5306-8548-8

Ⅰ. ①蓝… Ⅱ. ①桂… Ⅲ. ①中篇小说-小说集-中国-当代 Ⅳ. ①I247.5

中国国家版本馆 CIP 数据核字（2023）第 078010 号

蓝蓝的勾蓝
LANLAN DE GOULAN
桂爱广　著

出 版 人：薛印胜
选题策划：胡晓童　**责任编辑**：李　信
装帧设计：书香力扬
出版发行：百花文艺出版社
地址：天津市和平区西康路 35 号　**邮编**：300051
电话传真：+86-22-23332651（发行部）
+86-22-23332656（总编室）
+86-22-23332478（邮购部）
网址：http://www.baihuawenyi.com
印刷：成都兴怡包装装潢有限公司
开本：145 毫米×210 毫米　1/32
字数：290 千字
印张：11.5
版次：2023 年 5 月第 1 版
印次：2023 年 5 月第 1 次印刷
定价：69.00 元

如有印装质量问题，请与成都兴怡包装装潢有限公司联系调换
地址：成都市金牛区西华街道付家碾村 6 组 152 号
电话：（028）86965207　邮编：610037

序

邱华栋

我的案头摆着厚厚的《蓝蓝的勾蓝》打印稿。老实说，《蓝蓝的勾蓝》这部中篇小说集的作者桂爱广与我素未谋面，亦无任何交集。

2022年2月22日，我到湖南益阳著名作家周立波故居所在地清溪村调研，老友吴茂盛从永州赶过来，我们彻夜长谈。吴茂盛是永州市作协主席，他说作协主席就是文学志愿者，主要工作就是为广大作家做好服务。7月22日，全国文学志愿服务联席会议成立仪式暨文学志愿服务高质量发展推进会在京举行，才过几天，也就是29日，他在永州率先成立了祁阳市文学志愿服务队，行动之快、执行力之强让我惊叹。

吴茂盛是我20世纪80年代的校园诗歌兄弟，中学时我们的个人诗集被接力出版社选入“第四代诗人”出版，2008年中国青年出版社推出的“归来者诗丛”我们又是一人一本。曾经我们都是非常幸运的文学少年，因文学特长先后被大学免试录取。后来，他写小说，他的长篇小说《驻京办》和《招生办》出版后，一石激起千层浪，影响广泛，意义深远。吴茂盛因此被媒体誉为“两办主任”。

益阳一夜，老吴这个“志愿者”一谈永州和永州文学就没完没了。

其间，他就说到了擅长写小说的桂爱广。两个月后，他寄来了《蓝蓝的勾蓝》，并嘱我作序。他说，你一定要写！你不支持我们基层作家，我们如何出作品啊？不出作品的话，你是有责任的！你看，他语气坚定，还上纲上线了。真拿老吴没办法呐。

没想到这一读，《蓝蓝的勾蓝》给我带来了不少的惊喜。

8月1日，中国作协“新时代山乡巨变创作计划”在清溪村启动。这些年，全国各地发生的巨大变化，为广大作家提供了取之不尽、用之不竭的创作素材。特别是从精准扶贫到乡村振兴的农业农村变化，是我们实现“新时代文学攀登计划”和“新时代山乡巨变创作计划”的重要创作源泉。可以说《蓝蓝的勾蓝》是书写新时代山乡巨变的上乘之作。

《蓝蓝的勾蓝》这部中篇小说集精选了《翻过神仙岭》《蓝蓝的勾蓝》《铁裁缝》《渔鼓声声》《红砖》五个中篇小说，讲述的都是永州的乡土故事，传递的都是永州的农村声音。

《翻过神仙岭》是桂爱广中篇小说处女作，用现实主义表现手法描写了瑶乡巨变。小说取材于永州市住建局原法规科科长张金祥在江永县松柏瑶族乡黄甲岭村驻村扶贫的真实故事。小说不仅礼赞了万千扶贫干部响应党中央号召，深入贫困村脚踏实地、精准扶贫的炽热家国情怀，也以黄甲岭村脱贫成功案例为缩影，深入宣传了湖南省脱贫攻坚战取得的重大成就和典型经验，立体化讲述了中国扶贫好故事，讴歌了党和政府“真扶贫、扶真贫”的生动实践。

《红砖》讲述了满姨与袁斌和王建军之间的婚恋感情与纠葛矛盾。故事结构紧凑，叙事朴实，人物形象与小说细节生动传神，故事发展与递进的节奏把握游刃有余，凸显了满姨重情重义、王建军对爱情执着守望的鲜明形象，触及灵魂，引人深思。《红砖》在一种日常而缜密的叙述中展现普通人的复杂情感世界和心理动态，人物形象鲜明生动，叙述节奏迟缓有度。

《蓝蓝的勾蓝》应该是作者最满意的作品吧，能够作为书名可见这篇小说在作者心中的分量。小说主人公勾蓝瑶寨瑶王的后裔——盘志群（八斤半）出生在三年困难时期，母亲在生他时难产而亡；父亲是个瘸子，在生产队做社员也只算半个劳力。在此环境里成长的盘志群从小在寨子里偷鸡摸狗、坑蒙拐骗，成为寨子里的“公害”。盘志群长大后前往广州打工，阴差阳错之下被福建省龙岩竹笋加工厂厂长陈宗宝收留。盘志群洗心革面，深得陈宗宝信任，并于一次意外中舍身救下陈宗宝……后来，盘志群成了龙岩食品集团公司的技术副总经理，并和陈宗宝的外甥女结婚生子，且持有集团20%的股份，人生走向成功的正轨。在事业、家庭双丰收后，他不忘家乡，排除阻力重返勾蓝瑶寨，要带领父老乡亲致富。新旧观念的冲突、人云亦云的误会接踵而至，他历尽磨难把家乡的自然风光、人文历史、农副产品等资源和产业融合，最终把家乡建成美丽乡村。勾蓝瑶寨经济快速发展，成为乡村振兴的典范，盘志群也令乡亲们刮目相看。

小说用对比的手法，将主人公浪子回头金不换的前后经历娓娓道来，读来传奇性十足。作者用典型人物讲述乡村振兴战略的故事，具有较强的现实意义。

《蓝蓝的勾蓝》这部小说集都以湘南为背景，这些打着湘南烙印的作品令人耳目一新，读来仿佛在听作者用带着湘南乡音的语言，讲述乡村纯朴的童话。作者桂爱广曾做过记者站站长和基层领导干部，这种长期扎根湘南乡土的经历，成了他创作的宝贵财富，使其对湘南世界的人伦关系、人物命运、现实生活，拥有非同一般的熟悉度；而这些湘南素材于他而言，可以信手拈来，写起来自然水到渠成地张弛有度和得心应手。脱贫之后，乡村振兴成为新时代中国乡村的主旋律、主篇章。作者敏锐地抓住了时代的热点，写出人民面对乡村振兴的振奋和喜悦、骄傲和自豪，尤其是写出了湘南特色山乡巨变的火热现场与激情旋律，以小见大地讴歌了中国乡村振兴的时代进程与广阔世界。

读着《蓝蓝的勾蓝》，让我不得不想起著名作家叶蔚林，想起叶蔚林的代表作《在没有航标的河流上》和《蓝蓝的木兰溪》。叶蔚林的小说意境唯美，语言优美，景物秀美，主题壮美，大瑶山当年罕见的苦难和人性的绚丽在他的笔下呈现为悲剧的壮丽与崇高。从他厚重磅礴的作品里，能听得见民族的呻吟、人民的呐喊。他独有的叶氏艺术风格，让我们感受得到一股原生态的生命力量在字里行间汹涌澎湃。

文学永远是不断攀登高峰的事业。桂爱广也把笔伸向了湘南大地，我祝愿他像叶蔚林一样深入生活，扎根人民，写出更多更好的无愧于时代的作品来。

是为序。

2022年8月

（作者系著名作家、诗人、评论家，全国政协常委、中国作协书记处书记）

目　录
CONTENTS

翻过神仙岭

1

今年的天气有些异常，春插才接近尾声，就显得格外闷热，太阳也火辣辣的了。

在通往井上村的山间小路上，扶贫队队长张金强和两名工作队员在柏家乡党委书记李锋的陪同下，冒着正午的太阳，手提肩扛着行李，汗流浃背地艰难前行。

昨天市里召开了扶贫工作动员大会，全体扶贫队员今天上午下到县里参加见面会，随后由各乡镇党委书记将分配到的扶贫队员接到乡镇，吃完中饭，再由贫困村的党支部书记接回村里。

井上村地处三省交界之地，是桃川县唯一没通乡村公路的村子，交通闭塞，边界矛盾激烈，不时出现械斗，人多田少，穷得叮当响，是国家扶贫开发重点村。前任支部书记去年因贪污村里扶贫资金被撤职，村主任上个月辞职到深圳打工去了。乡党委到村里推荐了几轮支部书记候选人，都没人愿意担任，目前支部书记空缺，乡党委指定已70岁高龄的老支部书记高俊胜为临时召集人。其他村干部也以各种理由拒绝到乡政府接回扶贫队员。考虑到井上村的特殊情况，同时体现乡党委、乡政府对扶贫队的工作支持，李锋便亲自爬山越岭送3名工作队员去井上村。

井上村被市里安排由市住建局作为扶贫牵头单位，在选派扶贫队队长人选时，住建局党组进行了反复研究，最终确定年届五十，具有大学中文、法律双学位的法规科科长张金强任扶贫队队长。用局长的话说：张金强为人耿直、办事稳重能吃苦、有丰富的工作经验，既是笔杆子又懂法律，“文武”双全。

刚才在乡政府听了井上村的基本情况介绍，扶贫队队长张金强心里就咯噔了几下。在来村里之前，组织找他谈话时，简单介绍了井上村的情况，虽说村里困难，但没有说得这么严重。穷点苦点累点都不怕，远点闭塞点也没关系。但支部不健全，组织涣散，边界矛盾突出，械斗频繁。尤其井上村位于大山深处，是全县唯一不通乡村公路的村，超出了他的想象。

这次驻村走得太突然，家里还撂下一摊子事没处理：妻子吕美娥上星期在市中心医院检查出宫颈癌，还没来得及陪她去省肿瘤医院确诊；乡下父亲胃病又犯了，说好星期六回去接他到市医院住院检查；儿子张小齐马上要中考，成绩一般般，情绪也不稳定，这段时间每晚辅导他到深夜；昨天打电话给前妻，希望她这段时间照顾儿子，前妻已组建新的家庭，即将临产了；小女儿还在读小学，平时上学、放学都是他去接送的……原以为每个星期可以回去一趟，工作家庭兼顾，然而这么远的山路，这么复杂特殊的贫困村，看来这个计划要泡汤了。想起三年脱贫的目标，张金强的心里像爬山的双腿一样沉甸甸的。

已接连翻了两座山，大家脚下越来越沉。对于第一次从城里下来的三名扶贫队队员，体力遇到了极大的挑战。刚翻完第一座山，后盾单位市园林局综合科副科长刘太全已体力难支了，提出休息一会儿。

李锋在出发前就预料到了这一点，从乡政府到井上村要翻过三座山，中速都需要五个小时，如果中途休息几次，天黑前就到不了村里，吃住安排还没有着落。中午吃完工作餐，李锋几乎是不近人情地没让他们休息，便冒着正午的太阳出发了。一路上也没跟扶贫队的同志搭讪，爬山说话，既消耗精力又会拖慢速度，他只闷着头在前面带路。当刘太全第一次提出休息时，李锋既没答应也没拒绝，只是转身主动为刘太全扛了一袋行李。在山区工作多年，经验告诉他，对于初次爬山的人来说，还没爬到三分之一高度就开始休息，越休息越疲乏，后段的山路更难坚持下去。刘太全见李锋为自己提了行李，也不好意思再提出休息，只好继续跟着大家往前走。三名扶贫队队员体力最好的要数后盾单位市党史办的王海，他身材高大，精力充沛，去年从武警部队副团转业，今年年初才正式上班，还没任命职务，大伙戏称他为“团长”。他从乡政府出发时就帮队长张金强扛了一半的行李。由于顶着烈日爬山，加之大半年没系统锻炼，爬完第二座山，王海也开始气喘吁吁了。

下到第二座山山底，走到一阴凉处，李锋见三人体力严重透支，便招呼三人休息一会儿。刘太全听到“休息”二字，腿一下就软了，丢下行李，四肢摊开躺在了草地上。张金强的精神也一下松弛下来，一屁股坐在一块石板上，从包里拿出毛巾擦脸上、头上的汗水。王海见旁边有条潺潺流淌的小溪，溪水清澈，便过去用水洗了把脸，还把身子伏在溪边喝了几口，完了连说三个“爽”字。

李锋从自己的包里拿出四个苹果，用溪水洗干净后，每人分发一个。大家毫不客气，接过苹果就往嘴里塞。刘太全坐在草地上边吃边问李锋：“李书记，这里离井上村还有多远？”

李锋指着对面的山说：“翻过这座神仙岭就到了。”

刘太全疑惑地问：“神仙岭？真来过神仙？怕是神仙迷路了吧。”

李锋笑了笑，说：“别看井上村闭塞，里面还是世外桃源呢。三个自然村为井上村、井下村、龙母寺村，至今还保留五百多栋明清时期的古民居。依水傍山，一条小河绕村而过。小河在井上村段的河中心有一个细长的绿洲，把小河犁成了两瓣，取名鸳鸯河，一个很美的名字。村后就是前面这座绵延起伏的神仙岭，一半是奇形怪状的石头、石洞、石柱，一半是茂密的树林。传说这神仙岭的石头还是孙悟空造出来的呢。”

在刘太全的一再追问下，李锋便将神仙岭的传说娓娓道来。

据传唐僧西天取经，在井上村住了一宿，那时井上村十分贫穷，老百姓没有多余的房间让唐僧师徒留宿，唯有村东头的李寡妇让出了一间房给唐僧住。孙悟空、猪八戒、沙和尚只好在室外屋檐下将就过夜。因天气炎热，蚊虫较多，孙悟空变成了一块小石头，安然无恙。沙和尚躺在唐僧的坐骑白龙马旁边，白龙马的尾巴左右摇晃，给蚊虫驱得一干二净，沙和尚睡得也很安详。可怜的猪八戒身阔体宽，肥肚外露，长喙大耳，常被蚊虫偷袭，被咬得发出杀猪般的号叫，搅得屋内的李寡妇半夜不能入睡。李寡妇气不打一处来，不管三七二十一，提着尿壶，打开房门便朝猪八戒头上泼去。猪八戒本来就被蚊虫咬得心烦气躁，再受此奇耻大辱，气不打一处来，抡起九齿钉耙追着李寡妇而去。李寡妇弯腰捡起地上一块石头用力还击，猪八戒用九齿钉耙一挡，石头刚好碰到钉耙，往村后飞去。那块石头正是孙悟空变的，不偏不倚落在了土地庙的仙罐中。仙罐“哐当”一声掉到了地上，罩住了那块石头，孙悟空再也变不回来了，在仙罐中挪腾、翻滚。石头不断从仙罐中溢出，无序堆积，奇形怪状，鬼斧神工，绵延了几公里。如来佛得密报，井上村旁边出现异常。腾云驾雾过来一看，原来是孙悟空困在仙罐中脱不了身，硬生生在井上村旁边造了一座大石山，见石山越来越高，越来越大，占了不少农田，又要漫延到鸳鸯河边，堵塞河道，如来佛便伸出右手食指，发出一束耀眼的红光，将仙罐刺破。孙悟空才从石头中蹦了出来。神仙岭因此而得名。

“唉！要是当年孙悟空不造石山，给井上村修出一条通往外界的平坦大路来该多好啊！”听完神话传说，刘太全没有被激起兴奋和好奇，反而有些失望地叹息道。

“神仙不修，国家修，到明年这个时候，我们脚下就是一条省道的路基了，只可惜与井上村还隔座神仙岭。”李锋略显遗憾地回答。

张金强虽然默不作声，但一直仔细地听着他们的对话。特别是李锋对井上村自然景观的描述，让他的心情比之前舒缓多了。

突然，李锋的手机响了。屏幕上显示是井上村文书欧阳春的来电。李锋按下接听键，对方传来了急促的声音：“李书记，请乡里赶快派人来，大事不好，又要打架了！”

“是村里内部人打架还是与桐子坪村？”李锋瞬间神情高度紧张地问。

“与桐子坪村，双方已聚集了上百人。再不派人来制止，一旦打起来就难收场了。”

“好，你先劝阻他们，我已到马蹄坳，翻过神仙岭就到了。欧阳春你听好了，千万千万不能让双方打起来！”李锋来不及挂断电话，拎起包，一边往前跑一边回头对他们说：“大家快跑起来，井上村又要发生械斗了。”

其实张金强三人在李锋接听电话时就听出了端倪，各自背好了行李。见李锋边说边跑，也没问缘由，拔腿跟着李锋向前跑了起来。

桐子坪村是邻省的一个大村，虽然也是大深山里的贫困村，因村里出了位副省长，沾了不少光。劈山打隧洞修通了乡村公路，家家户户用上了自来水。村民狐假虎威，经常在边界小题大做，挑起事端。这些年来每次械斗吃亏的都是井上村，因械斗致残的村民已达九人。

当他们四人上气不接下气地赶到现场，械斗已经接近尾声。桐子坪村的村民见对方乡党委书记和驻村扶贫队队员赶了过来，一五大三粗、年约三十出头的男子一声吆喝，近百名手持锄头、扁担、棍棒的村民纷纷撤回村里去了。井上村三位受重伤的村民躺在地上痛苦呻吟，十几位鼻青脸肿受轻伤的村民围住李锋诉说被打经过，有两名妇女将用手机拍下的视频放给李锋看，要求李锋为他们主持公道，现场嘈杂又混乱。

“报警了没有？赶快将受伤村民送医院做伤情鉴定、住院治疗。”张金强问身旁村民。

“报警有什么用？今天抓进去明天放出来。反过来向我们索要误工费，有理变成没理的了。”

“住院？谁出医药费？他们赔医药费？异想天开吧！”

“伤情鉴定？有什么用？那是白出冤枉钱！”

“这么晚了，跋山涉水抬到乡医院，明天天亮还到不了。就是赶到了，乡医院医生那医术还不如村里的刘水师哩。”

…………

村民一下围住张金强七嘴八舌，本来是正常的处理程序，反倒成了自找苦吃，听得他一头雾水。

李锋分开人群，把张金强拉到一旁，将他亲自参加处理几次械斗的难处向张金强和盘托出：每次械斗明明是桐子坪村民先动手伤人，调查时村民都不承认动过手。大家心里都明白为首的就是副省长的亲侄儿刁启保，就是刚才吆喝撤走的小伙子，他是出了名的横行周边村子的混混。前年清明节两村发生械斗，井上村的特困户欧阳建平被打断两根肋骨，丧失了劳动能力，也不了了之。结果欧阳建平老婆气不过，要投鸳鸯河自尽，迫于人命关天，对方镇政府以慰问的方式补偿了两万元。而桐子坪村的人受点轻微伤，都到井上村抓人，已有五人被拘留过，三人被判缓刑。乡里向县里领导多次汇报，他们也有顾虑，一是怕影响两省之间的关系，二是怕激发边界矛盾，扩大影响，都是息事宁人的想法。以致现在井上村的村民每次挨打都自认倒霉，花些小钱，让村里的刘水师治疗……

“李书记，别说了，我听明白了。这样吧，既然我们扶贫队今天进驻了井上村，这件事就让我们扶贫队来出面处理。处理不好，出了问题，责任由我个人承担。处理好了，算是给井上村村民办的第一件实事。”张金强实在听不下去了，一边听着，一边觉得心中仿佛有股火苗蹿上蹿下。

李锋思忖了一下，说：“好吧，有什么困难我们乡党委、乡政府全力支持。”

张金强把刘太全和王海叫过来商量，由王海向公安机关报案、拨打120急救电话并配合村计生专干组织村民护送重伤人员经过桐子坪村到邻省的县医院作伤情鉴定、住院治疗，住院费用从带来的三万元扶贫资金垫付。刘太全配合老支书高俊胜将轻伤人员护送到村卫生室包扎处理，自己和村文书欧阳春对发生械斗的起因、过程进行实事求是的调查。同时，将村民拍摄的现场视频，全部转发到了自己的手机上。

张金强清晰的思路、周到的安排、果断的处置措施，令李锋在心里暗暗佩服。

2

张金强这两天通过到两个村调查了解后，已胸有成竹。这次械斗是桐子坪村有组织的聚众挑衅、斗殴事件。由于这些年桐子坪村仗着副省长的权势，拉大旗作虎皮，把井上村当成了他们任意宰割的羔羊，给井上村的村民造成了极大的心理阴影。从视频中也可以看出，井上村的村民以防卫为主，在自己家门口被动挨打。而桐子坪村的村民毫无顾忌，下手狠毒，不计后果。这次械斗起因，也简直太荒谬。

那天下午，井上村的欧阳洪插完秧苗从水田里上来，因用力过猛，田埂湿滑，脚跟没站稳，整个人仰天倒进了水田里，头上、脸上、身上全是泥巴。他知道前面桐子坪村有口废弃的水井，便去洗掉全身的泥巴。先将衣裤脱下洗干净，在洗脸、洗头时，开始用一只手掌往井里舀水，另一只手洗。洗着洗着嫌太慢，见四周没人，反正短裤衩也湿透了，索性跳入水井中，长长地吸了一口气，将头没入水里洗。恰在这时，桐子坪村有个妇女路过，发现井上村有个男人光着身子，在桐子坪村称为“仙井”的水井里洗澡，像见了鬼似的疯跑回村里，告诉村民们。

有人马上打电话给刁启保，他首先想到去年清明节，省长伯伯回来扫墓，专程到“仙井”去看了看，并叮嘱村干部说：“现在全村家家户户安装了自来水，不用到‘仙井’挑井水喝了。但是，我们的祖祖辈辈都是喝‘仙井’水长大的。‘仙井’对我们是有恩的，我们对‘仙井’也是有感情的。虽然废弃了，你们还是要继续爱护好、保护好，经常来掏掏井，清洗干净。这是桐子坪村的一道风景，别糟蹋了。”

伯伯的话还犹在耳边，现在井上村的人竟敢光着屁股在“仙井”里洗澡，糟蹋“仙井”，是桐子坪村的奇耻大辱。于是一声吆喝，上百人手拿锄头、扁担、棍棒，气势汹汹到井上村讨说法。

为了弄明究竟，张金强让村文书欧阳春陪他特意去看了所谓的“仙井”。

“仙井”在桐子坪村老虎岭下的一处低洼处，长方形，深一米五左右，四周用条石砌筑，泉水从井底汩汩流出，清澈见底，井沿开一小口，一汪泉水从小口流到洗菜池，再从洗菜池流到下面的稻田里。离桐子坪村大约一公里，离井上村一点五公里。据欧阳春介绍，“仙井”的由来也只是个传说罢了。

相传大禹治水时，桐子坪村的老虎岭下西北处有一处谷地，不时涌出神水，人们喝了那神水后能不知饥渴，长命百岁。张果老最先看中这个地方，守着神水修炼，自得其乐。有一段时间张果老出去四海云游。一天，三位仙女云霄、琼霄、碧霄云游到这儿，见有山有水环境雅致，也想到这儿来修炼。碧霄主意最多，看到谷地好像有人占过，她便在谷地一棵大樟树下埋了一支金簪，随后跟着两位姐姐继续云游快活去了。后来，不知过了多少日子，三姐妹又来到这处谷地，并请各路神仙来品神水。张果老闻讯赶回来，一看就气坏了，非要跟三姐妹争个长短，论个是非不可。碧霄不急不恼，领着众仙到大樟树下，扒出一支刻着“碧霄”两字的金簪，说她们姐妹三人从姜太公的封神榜上下来后，就到这儿修炼来了。一时，张果老竟无话可说，气得狠狠一跺脚，便离开了。他本来想走得远远的，可又实在舍不得这儿的好景致，就在谷地东面不远处的神仙岭的小山坡上，修了一座院子，委委屈屈住了下来。

张果老住下后，心中却总是憋着气，为了排解心中郁闷，常邀吕洞宾来下棋。在下棋百思不得其解时，去井中喝上一口水，便茅塞顿开。他二人自认为道行很高，从不怕人看见。一天，从村里来了姑嫂两人抬水，正巧张果老和吕洞宾在水井旁边下棋。只听见小姑子问她的嫂嫂：“常听人讲这世界上有神仙，我怎么就没见过？”嫂子戏弄小姑，信手朝井旁边一指说：“那不就有二位神仙。”小姑子信以为真，到处看看，什么也没看见，就又问她的嫂嫂：“神仙在干什么？我怎么没看见。”她的嫂子又信口开河地说：“神仙在下棋哩。”张果老和吕洞宾闻听此言，大吃一惊，再也无心下棋，急忙离开。他俩越想此事越觉不安，今日他二人下棋，竟被一女子看见，今后怎么还能在此修行，于是决定离开此地，再找名山修炼。张果老和吕洞宾想罢，双双驾云而去，行至半空，吕洞宾对张果老说：“仙翁久居此地，今日离开有何感想？”只见张果老从怀中摸出一张纸条，用手一指，上面出现一首小诗，随手抛下云端。只见那张纸条飘飘而下，正好落在姑嫂二人抬水的地方。小姑子眼尖拾起一看，只见纸上写道："弓长二口居此间，凡民慧眼识仙颜。愚仙今日同隐去，只留仙井福山民。"嫂嫂和小姑子看罢，方知真有神仙在此居住。后来，人们便把这口水井称作"仙井"。

张金强在从"仙井"回井上村村委会的路上接到了王海的电话，得知三名重伤人员中，欧阳旺盛被打断了一根右肋骨，欧阳春平左手骨折，右手中指骨折，高俊秋右脚脚踝骨折。县中医院伤情鉴定报告全部为轻微伤。王海认为明显是重伤轻鉴，多次与医院交涉无果。昨天在县中医院见到刁启保从院长办公室出来，一副趾高气扬的样子。三人才住了两天院，三万块钱已花光，医院催缴住院费。

这大大出乎张金强的预料，觉得自己还是小觑了对手。刚刚还想通过法律程序，现在看来，即便打赢官司也难执行到位。何况诉讼程序复杂，没得一年半载都不会有结果。最要紧的是，躺在医院三名重伤人员的医药费怎么办？这次代表局里看望慰问困难户的三万元，才两天就用完了，都是骨折，没开膛破肚，没输血没手术。照这么下去，没得十万八万出不了院。村里没有一分钱集体资金，没钱垫付。让伤者家里拿钱？他们都是贫困户，哪能拿出这么一大笔钱？况且是自己做的决定送医院治疗。自己才来两天，村里的情况还没摸底，到哪儿去筹钱呢？挂断电话，张金强就傻眼了。

他回到村委会，坐在办公桌前发呆。满脑子里就装满了一个字——钱！

就在这时，手机“叮”地响了一声，他拿起看了一眼，原来有人在微信朋友圈里转发了一条寻人启事：一个四岁男孩跟奶奶在菜场买菜，当奶奶称好一条鱼，付完钱，孙子不见了。微信中还附了男孩的照片，让大家见到这个小男孩与家人联系。

张金强突然来了灵感，何不将这件事写成帖子发到网站，引起媒体的关注呢？

他已没了退路，只能孤注一掷了！很快，一条帖子写好了。标题为：“刁启保聚众械斗，逍遥法外，谁给了他这么大的胆！！他的后台到底有多硬！！！”文字与视频连发了几个网站。他觉得还不过瘾，为保险起见，索性一不做二不休，又发了朋友圈。刚发完，手机没电了，屏幕上显示30秒后自动关机。

正在这时，老支部书记高俊胜亲自到村委会邀请张金强去家里吃晚饭。已吃了两天方便面，他连句推辞的话都没说，爽快答应，去隔壁办公室叫刘太全。刘太全手机坏了，自己正在捣鼓捣鼓，听张金强喊去老支书家吃饭，连忙放下手机和张金强随高俊胜去了。

高俊胜家住井上村，村里全都是明清时期的古建筑。这两天因忙于处理械斗事件，张金强还没来得及进古村转悠一下。

高俊胜在前面带路，沿着光溜的青石板路，左拐右拐了几条小巷，两边都是青砖黛瓦的古民居，随处可见的砖雕、石雕、木雕，技艺精湛，古朴精美；窗花、门簪、门头、檐饰彩绘考究，美轮美奂；飞禽走兽，花鸟鱼虫，惟妙惟肖，栩栩如生；门当、户对，或方或圆，或简或繁，造型别致，各具千秋；纵横交错的青石板路户户相连，幢幢相通。

高俊胜家是一幢单进四合院，北面三间正房，中间是敞开式的堂屋，一张大圆桌上已摆放好了碗筷。高俊胜把他们带进堂屋，为两人各沏了一杯茶，又端出一大碗花生和一小碗红亮的西瓜籽放到桌上，说了几句用茶、失陪之类的客套话，就进灶房忙去了。

张金强和刘太全在堂屋刚坐了一会儿，村文书欧阳春提着一个大酒坛进来了。张金强起身在四合院内转了转。院内虽不大，但设计考究，坐北朝南，中轴线左右对称，南北主房呼应，东西三间厢房遥望。全部建筑为砖木结构，雕梁画栋，飞檐翘角，斗拱彩画。在院内绿树映衬下，显得格外庄重典雅。只因年代久远，有多处明显是近些年修补过的，无论是墙体还是木结构，修缮技术粗糙，工艺简单，给整座古色古香的四合院留下了难以弥补的缺陷。

不一会儿，蒸菜、炒菜陆续上桌，院内弥漫了菜香味。高俊胜招呼大家用餐，欧阳春把并排放在桌上的小碗全部倒满了酒。

“老支书，我们有纪律，这酒……”张金强有些难为情地说。

“张队长放心，我知道你们的规矩，不能用公款喝酒，工作日不准喝酒。为什么今天才请你们到家里吃饭？一不是公款，二不是工作日，今天是星期六，休息日，不违反纪律。”高俊胜端着一碗酒递给张金强。

经老支部书记提醒，张金强才记起今天是星期六，得赶快给父亲打个电话解释，只能下星期接他到市里看病了。想起自己手机已自动关机，便从手提包里拿出充电器插上电源，才回到桌边同大家举碗畅饮起来。

由于是第一次到老支部书记家里做客，刚开始都是礼节性的相互敬酒、吃菜，酒桌气氛比较拘谨。酒过三巡，大家话语开始多了起来。

“张队长，不瞒你说，刚开始听说市里给村里派扶贫队，我心里想，来干什么？县里过去也派过两批扶贫队，都是摸摸底，转一圈，造了份贫困户名单就走了。市里的扶贫队还不是来做做样子！不如不来，懒得接待。嘀，那天你们刚进村就遇上械斗。过去谁敢说报警？受了伤谁去住过医院？你那天的气场，是条汉子！来，我敬你一碗！”老支书高俊胜端起一碗酒一饮而尽。

喝酒是张金强的软肋，虽然刚才相互敬酒时每次只喝一口，但已喝下了两小碗，头都有些晕了。尽管这压酒带有甜味，好下喉，但后劲十足。他也是农村出身，知道这酒的厉害。可在农村用压酒招待客人是最高待遇，一般都是用米酒待客。况且依老支书的年龄又是自己的长辈，不喝吧，于情于理说不过去，喝了吧，醉了怎么办？尤其他提到械斗处置时自己的贸然决定，只有他心里清楚，已下不了台阶了，急需续交的住院费八字还没有一撇。如果明天伤员被强行赶出医院，不仅前面的三万元打了水漂，井上村的村民怎么看我？老支部书记会怎么看我？后面的工作怎么开展？他端起酒又放下，放下又端起。最后看了老支部书记一眼，老支部书记站在对面，双手将碗倒扣过来，表明自己是感情深，一口闷。望着他那信任又期待的目光，张金强借着酒劲，鼓足勇气对老支书说：“就凭老书记对我的信任，这碗酒我喝了，也向老书记表个态，械斗处理我会负责到底，三年脱贫计划不完成，我主动辞去科长职务！”说完，“咕咚咕咚”几口，脖子一仰，碗底朝天。

老支书听了也很感动，拍着胸脯对张金强说：“张队长，我代表井上村感谢扶贫队。有你这句话，我这把老骨头随时听你使唤！”

张金强一口喝下那碗压酒后，明显露出了醉意。当村文书欧阳春再敬他酒时，刘太全赶忙出面劝阻。张金强反而愿意接受，说一是感谢欧阳春这两天配合扶贫队做了不少工作，二是希望他今后多支持扶贫队的工作。欧阳春本来见老支书敬了张金强一碗酒，张队长已脸红脖子粗了，他不想乘人之危，只想礼节性地提出来，只要张队长推辞他不会强求。没想到张队长是性情中人，宁愿伤身体，不愿伤感情，让他很受感动。他给自己倒了满满一碗酒，只给张队长倒了大半碗。端着酒走到张队长跟前，动情地说：“张队长，虽然我们才接触短短两天，但你的为人让我打心眼里佩服。我欧阳春没别的能力，上传下达，跑腿干活儿你尽管吩咐。总之，你发话，我落实。”说完，喝得干脆利落。

张金强喝完那大半碗酒，去上了趟茅厕，因吹了夜风，酒劲发作更快了，几乎是摇摇晃晃走回来的。刚落座一会儿，还没说上几句话，脑袋就耷拉了。

3

天已放亮，张金强还在深睡之中，村文书欧阳春边敲门边扯开嗓子急促地喊：“张队长，张队长，快起床，乡里来电话，让你赶快到县委去一趟。”

张金强脑袋还有点沉，揉着惺忪的睡眼打开门，有点责怪地问欧阳春：“什么事？这么急！天还没大亮，我还没睡够呢。”

欧阳春进门就问：“张队长，你昨晚把械斗的事捅到网站上去了？”

“是啊，怎么了？”

“昨晚你手机没电一直关机，在老支书家醉成一团烂泥，把你送回来就呼呼睡了，你什么时候发的？你装醉的？”

“没有啊，傍晚发的，刚发完，手机就自动关机，然后就去老支书家吃饭了。”

“嗨！还真是你发到网上去的。昨晚不到十二点，乡里开始给我打电话，让我叫你开机。我说这深更半夜急什么，等天亮再说不行啊？他们说县里领导要找你，还说你给县里捅了个大娄子，昨晚把械斗的事直接发到网站上去了。我就更加不信了，我说你们肯定弄错了，张队长手机没电早关机了，让他们重新核实。刚说完，我手机也自动关机了，就睡着了。”

张金强连忙打开手机，“咚咚咚……”一下跳出一百多条来电提示短信。有市领导、市县扶贫办领导、市县政法委领导、市住建局林局长、妻子、县委、县政府领导、乡党委书记李锋……

张金强昨晚醉得比较深，刘太全和欧阳春左右搀扶着把他送回到村委会宿舍，和衣便呼呼大睡。而昨晚几个网站几乎炸了锅。他的跟帖几百万条，相邻两省、市、县官员连夜批示，或开会研究。中央电视台、相邻两省电视台法制栏目已安排专题报道组即日赴井上村采访报道。

幸好昨晚手机没电自动关机，虽在老支书家边吃边充电，后来喝醉了一直没开机，要不然一夜不得安宁。

张金强没有急于回复一个电话，先打开几个网站，他的帖子全是网站的头条，查看跟帖，让他精神大振。

“乡村恶霸不除，天理难容！”

“法治社会，岂容村霸横行！”

“当地党委、政府，公安部门不作为，就是草菅人命！”

“后台权贵，不能凌驾于法律之上！”

“打蛇打七寸，除村霸，更要揪出后台！”

“不能让边界之地成为法律的盲区！”

…………

张金强要的就是这种效果！

他先拨通了林局长的电话，还没开口，被林局长劈头盖脸地训斥了一顿：目无组织纪律，不向县委汇报，不向局里汇报，直接发往网站。省委主要领导亲自过问时，市委、县委什么情况都没掌握，一问三不知，弄得十分被动。县里已建议市里撤掉你的扶贫队长职务，让局里另外选派扶贫队长。手机又关机，作为一名老科长，这么没有大局意识！

张金强只是默默地听着，等林局长发泄完，他才将事情的来龙去脉向局长做了详细汇报，包括过去发生械斗的处理情况及造成的后果。刚开始林局长还不断插话，甚至批评他。到后来，不时蹦出“做得对”“是的”“做得好”“我支持你”。

挂断电话，张金强刚刚松了一口气。王海的电话就打进来了：“张队长，出了什么情况？怎么电话一直占线？你是不是也接到了威胁电话？我都快急死了！刚才接到一个电话，让我赶快删帖，否则看管好自己的双腿双手。删什么帖啊？”

“王海，你先别急，赶快报案，注意人身安全，后面的事情我来处理。”张金强连忙安慰王海。他没料到刁启保还敢这么嚣张，竟然威胁王海，简直是狗急跳墙，丧心病狂了。

张金强觉得事态发展得没有预期的好，邻省那边不仅不见动静，王海还遭到了人身威胁，必须将这一情况向县里报告，以免造成新的事端。

他还没来得及拨出电话，王海的电话又打了进来，张金强生怕王海又有什么意外，赶快按下接听键，只听王海兴奋地说：“张队长，我刚打电话报警，对方听说我叫王海，马上告诉我说，刁启保已去公安局自首了！县公安局专门为这次械斗事件成立了专案组，还说那边的镇党委书记、镇长被县委撤职了，会派人再去医院调查，还会派人到井上村调查，怕你担心我，赶快打电话来告诉你，放心，我没事了。”

张金强这才长长地吁了一口气。

谁都没有料到，这场械斗在邻省各级领导的高度重视下，在中央、省、市媒体的助推下，处理过程空前顺利，完全达到了预期。据传还是邻省副省长让刁启保主动到县公安局投案自首的，还给当地主要负责人打电话，特别强调了八个字：“不讲情面，依法处理。”最后，桐子坪村有九人被刑事拘留，五人被判缓刑，刁启保被判处五年有期徒刑。井上村受伤住院的三人医药费全部由对方承担，还赔偿每人误工费、护理费、生活费等各一万元。

在张金强的争取下，对井上村在过去械斗中的伤残人员也进行了补偿。两村签订了友好协议，成立了联合调纠委员会。

转眼两个月过去了。在张金强的极力劝说下，县、乡党委从实际情况出发，对井上村支部书记候选人破了例。老支部书记高俊胜再次出马，当选村支部书记。年富力强的欧阳春当选村主任。“两委”班子健全后，井上村的扶贫工作自此拉开了大幕。

4

通过两个月入户调查，以及对井上村村容村貌、自然环境的实地勘查，扶贫队不仅拿出了详细的精准帮扶计划，还摸底核查出了符合建档立卡的贫困户。当第一榜二百五十六户贫困户名单张榜公布时，井上村又一次掀起了轩然大波。有没上榜村民争当贫困户的、有举报已上榜贫困户的、有提出异议的……一时间，张金强的办公室成了信访接待室。

在龙母寺小组欧朝阳的院子里，欧朝阳媳妇刘翠花和隔壁住户张菊花、李梅花、王惠君四个女人，围在院里的大理石圆桌上，正在你一言，我一语。

“高青山家去年已得到照顾，吃了低保。这次又当上贫困户，享受这个优惠政策。那个优惠政策，过年过节还有慰问金，难道好事他家都得了?”李梅花忿忿不平地说。

“这还用说？支部书记高俊胜是他亲叔叔，俗话说：肥水不流外人田。”王惠君立马接上话茬。

“这宣传手册上明明写了不准优亲厚友，我们去扶贫队告他。”张菊花拿起扶贫手册，狠狠砸在石桌上。

“菊花，张队长跟你是老乡，又是家门，让他给咱们也加上去。我们当上贫困户就不告，当不上，往死里告。”王惠君年轻些，头脑灵活，自以为给张菊花出了好主意。

“你以为我蠢？他来我家摸底时我就说了，他使劲摇头，说不行呢。”张菊花摇着头，边说边模仿张队长当时的动作。

“你请他到家里来喝过酒没有？”李梅花焦急地问。

“那倒没有。”张菊花摇了摇头。

“我说你是死脑壳，你还真是死脑壳吧。捉只跳蚤还要吐上唾沫，你以为他是你亲舅老爷哩。赶明儿请他喝一顿，我们一起来陪酒。”李梅花边说边用右手食指在张菊花的头上戳了一下。

常言道：三个女人一台戏。这四个女人凑在一起，哪有不唱台戏的理？最后形成了一致的意见，由张菊花邀请张队长到她家吃饭喝酒，其余三人作陪。

此刻，井上村的欧阳力家两口子吵得不可开交，差点出了命案。欧阳力有四兄弟，他是老大，父亲没文化，在给他取名时正路过村头两块标语牌，见其中一块牌子上写有：“力争上游”四字。便给他取名欧阳力，还真给力，父亲又连生了三个儿子，分别取名欧阳争、欧阳上、欧阳游。欧阳力不知是没遗传上父亲生儿子的基因，还是父亲透支了儿子的指标，欧阳力婚后接连生了三个女儿。他盼儿心切，最后一胎还真遂了他的心愿，生了个胖小子。夫妻俩在沿海一橡胶厂打工，孩子刚生时夫妻俩皆大欢喜，渐渐地发现孩子不会笑，头不是偏左边，就是偏右边。到医院去检查，结果一出来，夫妻俩傻眼了——脑瘫。究其原因，医生主要说了两点：一是夫妻高龄生育；二是在橡胶厂打工时呼吸了有毒有害物质。为了这株传宗接代的独苗，夫妻俩举债送北上广医遍了，收效甚微，今年十岁了还没叫过一声爸妈。虽然三个弟弟接济了不少，但还是家徒四壁，负债十几万，穷得叮当响。本来这次想蹭上贫困户，因超计划生育，又从名单上被抹掉了！妻子卢美英接受不了这个打击，一股脑儿将气撒到了欧阳力身上，在家寻死觅活，还闹着要跟欧阳力离婚，不要这个家了。欧阳力是井上村大家公认的老实人，闷葫芦。他也想不出什么招来，见妻子闹着要离婚，索性自己也不要命了。从床底下摸出一瓶“敌敌畏”，拧开瓶盖就喝，幸亏只喝了两口，被卢美英看见抢夺了下来。村民马上报告扶贫队，等张金强和王海赶过去，欧阳力躺在床上，嘴角都开始冒白泡了。卢美英守在床边哭哭啼啼，甚是可怜。

“哭有什么用！还不赶快送医院！等死啊！”张金强见了，斥责着卢美英。

“张队长，家里实在没钱了，求求你们救救他吧，他要是有个三长两短，这个家就塌了。”卢美英“扑通”一声，双腿跪在张金强面前。

张金强来不及扶起卢美英，让王海赶紧拨打邻县120急救电话。他从裤袋里摸出钱夹，将钱全部拿出来塞到卢美英手里，才将她扶起来。高俊胜和欧阳春这时也急匆匆赶了过来，张金强吩咐欧阳春组织围观的村民拆下门板，放到床沿，将欧阳力从床上移到门板上，几人合力抬着门板往桐子坪方向快速跑去。卢美英收拾几件衣服，提起塑料桶就跟了出去。

幸亏送医及时，欧阳力总算捡回了一条命。

其实，欧阳力家的实际困难情况，张金强在入户调查时就很清楚了，但不能随便越过政策开口子。但在心里已做了考虑，待井上村扶贫计划报局领导同意正式实施后，将他妻子卢美英安排到村保洁队。村里修建基础设施时，合同上会明确要求施工队使用普工时尽量吸纳贫困户和欧阳力这样困难家庭的劳动力。

张菊花这两天有事没事地往村委会跑，每次都要跟张金强拉上几句话。今天上午又来到村委会，见张金强办公室挤满了村民，闹哄哄的，便在窗外向张金强招手，示意他出来一下。张金强也想出去透口气，便从办公室里出来了。

张菊花将嘴贴近张金强耳边，悄悄地说：“你妹夫昨天晚上在神仙岭的石洞里抓了只竹根鼠，他让我来请你到家里吃晚饭。”

张金强想了想，这两天这么多村民来反映问题，是真是假他心里也没底。扶贫队初来乍到，更多的是依靠村支“两委”。高俊胜和欧阳春在这次入户摸底工作中还是很认真负责的，毕竟他们对井上村家家户户的情况了如指掌。在确定建档立卡贫困户的名单时，政策依据充分，坚持原则，只要符合条件，都列入了贫困户名单。像欧阳力这种超计划生育的困难户还有十几户，怎么能碰政策的红线呢？至于村民反映的其他情况还有待核实。张菊花不是贫困户，又是老乡加家门，还与自己称兄道妹了，应该会站在公正的立场说话。尤其龙母寺小组反映的问题最多，今天又是周末，不如答应到她家吃顿饭，顺便了解些真实情况，便点头同意了。

龙母寺在井上村的三个自然村中人口最多，古民居规模最大，保护得最好，地理位置最独特。前人为防匪盗，入村口有一个五层六边形大古堡，既是瞭望台、烽火台又是防御工事，每层墙上设有瞭望孔、枪炮孔，可谓一夫当关，万夫莫开。村中有体现忠孝仁义的敬义堂，为福、禄、寿三进布局，前后三十六级台阶，气势磅礴；有体现学风鼎盛时的进士牌楼，为十二柱五楼式构造，仍保存着飞檐斗拱和三层屋顶，彰显该村曾出了一名状元、五名进士的辉煌历史；有体现民俗文化的雕龙画凤古戏台，虽然年代久远，风光不再，但仍能让人感觉出曾经散发过浓郁厚重的文化气息。至今，龙母寺村还传承着游乡、耍大刀、竹棍舞、傩戏、唱大戏等非物质文化遗产。

在经过村北头一四面无窗、暗无天日的石砌小屋时，张金强又想起那天高俊胜对小石屋的介绍。原来龙母寺村十分讲究“敬宗睦族”，家风族规严厉。此屋专门用于惩戒作奸犯科、败坏家风族规的不肖子孙。据说在数百年前，村里有一对同姓男孩和姑娘相亲相爱。而族规中有一条严规：同族男女不婚不嫁。无奈他们情窦初开，暗中倾慕已久，无视族规，偷偷行了床笫之事。一段时间后，姑娘腹中有了胎儿，终究事情败露。族人硬是将男孩狠狠鞭笞五十，将姑娘关进小屋，接连喂了五天打胎草药，姑娘在小石屋中痛得喊爹叫娘，死去活来。直到将腹中胎儿打掉才让她离开小屋，并再也不让那对有情人入堂拜祖。

张金强在心里思考着：这些明清时期的古建筑群、非物质文化遗产、民风民俗都要好好利用起来。在为贫困户制订好精准扶贫措施后，立即收集整理资料，抓紧申报国家历史文化名村和中国传统村落，为下一步制订乡村旅游开发规划做好前期准备工作。

心里揣着事，不知不觉张金强和王海、刘太全到了张菊花的后院旁。还隔着十几米远，便闻到了从院内飘出诱人的菜香味，还有几个中年妇女嘻嘻哈哈的说笑声。张菊花女儿已出嫁，儿子还未娶媳妇，何来这么多妇女的说笑声？张金强以为走错了院门，又仔细看了看周边环境，确定没错才推开虚掩的院门。只见院内空坪中间摆着一个大圆桌，已上了几碗菜，冒着腾腾热气。高俊胜和欧阳春已坐到桌边了，他心里顿时有些不爽。本来是想做个暗访，听些实话、真话，当着高俊胜和欧阳春的面张菊花还敢讲实话吗？但转而一想，张菊花能请上扶贫队三人吃饭觉得很有面子了；请支部书记和村主任作陪也就理所当然了。何况，暗访只是你的一厢情愿，张菊花怎么知道，她就当请你吃餐饭而已。张金强心态一下又转变了过来。

高俊胜和欧阳春见张队长他们来了，连忙从座位上站了起来。四个女人见了张队长都是一脸的灿烂，刘翠花、李梅花、王惠君还依次上前与他们握手。这种礼节对三名扶贫队队员来说，早已习惯了。但三个女人平时可能鲜有这个礼仪，为显客气才主动握手的。要么双手捏锄头一样，紧紧抓住他们的右手，要么一只手去握手，另一只手抓到了他们的手臂上。或许是激动，或许激动加紧张，距离没把握准，她们的敏感部位都贴到了他们的胸脯上了。本来天气炎热，穿得单薄，感觉就更明显，弄得张金强他们都有些不自在。

这顿饭菜很丰盛，荤的有鸡、鸭、鱼、肉、竹根鼠，素的有萝卜、茄子、青菜加醋黄瓜，四个女人加张菊花丈夫欧阳刚足足忙了半天。饭桌上起初的气氛融洽，四个女人争着敬酒、夹菜，张金强都有点应付不过来。随后，他才意识到这是一场“鸿门宴”。

几杯酒下肚，张菊花便向高俊胜提出，将她家纳入贫困户。

高俊胜一时犯了难，贫困户这顶帽子，不能说给就能给的，条条框框要符合要求，还有几千双眼睛盯着。但他又不知张队长是否已默认了，他们是老乡又是家门，今天还带着扶贫队队员到她家来吃饭，让他有些摸不着头脑了。毕竟是老支书了，他既不表态同意，也不好当着张队长的面，当面拒绝。便支支吾吾地说："只要扶贫队认可，我没什么意见。"轻松一脚，便把球踢给了张金强。

张金强为了给张菊花留个台阶下，笑着说："你申请贫困户是你的权利，但评不评得上还得按条件按程序来，不是你今天想要，今天就给你。你张菊花这么想当贫困户，就不怕欧阳刚在丈母娘面前交不了差？养个闺女，成了贫困户？"

张菊花没听出张金强话中有话，还以为张金强松口了，连忙说："不会、不会，我哥哥这次当上了贫困户，我娘可高兴哩。"

其他三个女人以为张菊花心想事成了，便纷纷提出给她们家也评上贫困户。这时，不仅高俊胜脸色越来越难看，张金强更是坐不住了，草草地吃了几口饭，以晚上扶贫队要开会为由，恨不得打飞脚离开了。

5

吕美娥左等右等，等不回丈夫陪她去省肿瘤医院，便让妹妹请了两天假，陪自己去了一趟省肿瘤医院。诊断结果比市中心医院的诊断要理想多了——原位宫颈癌。一种暂时不会危及生命的癌症。多天来压在吕美娥心中的石头终于落地了，但医生建议尽快做手术。吕美娥也没征求张金强的意见，当天就办了住院手续。

井上村整体精准扶贫计划已批了下来。建档立卡贫困户由第一榜的二百六十五户，根据村民的反映，经过反复核查，从第一榜名单中清出了三户，增加了八户，第三榜公示期也已结束。

张金强这才打电话给妻子吕美娥，说明天回家陪她去省城。当妻子告诉她已在省肿瘤医院住院，明天即将做手术时，张金强心里像打碎了个五味瓶，一时哽咽了。当第二天张金强从邻县坐高铁到市里，又转高铁到省城，直到中午才赶到省肿瘤医院，吕美娥已做完手术，躺到了病房里，正打着点滴。张金强不知说什么好，望着脸色惨白的妻子，眼泪一下唰唰地流了下来。吕美娥看着头发蓬散、又瘦又黑的丈夫，衣袖上还有几处泥污都没擦干净，十分心疼，两滴眼泪不由自主地从眼角流了出来。

张金强以为妻子生气了，连忙从衣袋里掏出一包皱皱巴巴的纸巾，给妻子擦拭眼泪。吕美娥从被子里伸出另一只手来，从张金强拿着纸巾的手中，抓起纸巾又给张金强擦拭眼泪。

张金强这才问了一句："疼不疼？生气了？"

吕美娥将手伸向张金强，摇了摇头。张金强握着妻子的手，坐到了枕头边。

“村里的事忙完了?”吕美娥轻声问。

“不说村里的事，还有三年呢，不急。你想吃什么?我去给你买。”

“什么都不想吃，就想让你在身边陪陪我，说说话。”

“好，我陪你。”

“小齐中考考完了，他说没考好，可能进不了一中。你得想想办法，找找关系。”

“算了吧，找关系也没用。”

“他妈妈有实权。你跟她说说，让她出出面呢?”

正在这时，张金强手机响了，他看了来电显示是刘太全打来的，便摁了拒接。

“你怎么不接电话?”吕美娥把头靠到了张金强的大腿上问。

“骚扰电话。”张金强撒了个谎。

妻子住院做手术，他没跟任何人说。打电话跟局长请假，也只是说老家有急事回去处理一下。他临走时跟刘太全简单交代了几个工作，让他将昨天晚上自己写的几份报告送到县发改委、县交通局、县水利局去，为井上村修机耕道、水渠立项和争取资金安排。安排王海回市里落实三个单位的扶贫资金。支书高俊胜和村主任欧阳春去做井下村几位村民的工作，修建村文化广场要拆掉那几位村民早已废弃的烤烟房，只要资金到位，马上开工。可能是刘太全在县里遇到了什么困难，向他请示。

“他妈的性格也是不愿求别人的，我试试吧。”张金强又接上话题。

“中考结束后，小齐成天泡在游戏厅，你要打电话劝劝他。我是后妈，说他多了容易产生逆反心理，以为我这个后妈故意刁难他。”

“嗯。”

不一会儿，刘太全的电话又打进来了。张金强又要去摁拒接键，吕美娥瞟了一眼，显示刘太全来电，便把头从张金强的大腿上移到枕头上，说：“到病房外面去接吧。”

张金强走出病房，刚接通，刘太全的声音就传了过来：“张队长，发改委那边不同意立项，说井上村年初没报计划。县交通局、县水利局说要发改委下了同意立项批复，他们才能列入计划。”

“这怎么行，这两年井上村村支‘两委’不健全，已经耽搁了。再等明年报计划，三年怎么脱贫？不行，月底前必须动工！”张金强急得在走廊上粗门大嗓。一名年轻护士过来提醒他说话小声点，这是医院。张金强立刻意识到了，便下到楼梯间去了。

“张队长，这些我都解释过，他们听不进去。坚持先报计划，我实在没有办法。”刘太全无奈地说。

“好吧，等我回来再说。你去县农商行联系贫困户小额贷款的事，越快越好。”张金强挂断电话，马上回到了病房。

“刚才在电话里跟刘太全吵架了？声音那么大，整栋楼都震动了。”吕美娥嗔怪地说。

“没什么，刘太全办事还是嫩了点。”张金强坐到床头，又将妻子的手攥在自己的手心里。

因为今天做手术，尽管医生说原位癌问题不大。但看到同病房一位患子宫癌，一位患乳腺癌的病人寝食难安的样子，丈夫又不在身边，吕美娥昨晚还是有些紧张，失眠了，只睡了不到三个小时。现在丈夫坐到了自己身边，医生说手术做得很成功，吕美娥闭目养神一会儿，就发出了轻微的鼾声。

病房开着冷气，张金强怕妻子受凉，便将妻子的手塞进被子里，又将被子理了理。妻妹这时进来了，刚才她下去吃饭，顺便给张金强带了个盒饭。他这才感到饿了，早上为了赶车没吃早餐，向妻妹道了声“谢谢”。打开饭盒，就狼吞虎咽起来。

吕美娥这一觉睡得很香，直到傍晚才醒过来。当她睁开眼，正看到张金强提着一个大号保温桶进来。

“燕窝银耳莲子羹来啰，吃喽。”张金强见妻子刚醒来，便把保温桶举得高高的。

他特意走了几条街，找了个中华老字号和记煲汤店，为妻子炖了一锅燕窝银耳莲子羹。当他将保温桶揭开，一股热气腾腾、淡淡的诱人香甜味弥漫了整个病房。

“搞什么鬼？这医院哪来的什么燕窝银耳莲子羹？”吕美娥闻到香甜味，慢慢坐了起来。

“出了医院大门往左拐一条街，再往右拐条街，然后直走一条街，中华老字号和记煲汤店最拿手的一道羹，色、香、味，包你满意。”张金强边说边为妻子舀了一小碗。

“美娥姐，你丈夫对你真好！”旁边床位的女病人向吕美娥投来了羡慕的目光。

“别急，这个房间只要穿了病号服的，人人有份。”张金强说着，走到两位女病人的床头柜上取来碗，为她们各舀了一碗，感动得两位女病人连说谢谢。一锅燕窝银耳莲子羹，让同病房的三个女病人心里暖融融的。

当天晚上，由市纪委、市扶贫办组成的联合督查组，抽查市直单位扶贫队员驻村情况。因井上村不通公路，又地处深山，便进行了电话抽查。刘太全在县里为贫困户办理小额贷款，赶不回井上村，便住在县城宾馆。王海回市里落实牵头单位和后盾单位各二十万元扶贫资金，修建村中心广场，住在家里。张金强已让妻妹回去了，自己租了一张小陪护床，睡在妻子病床边。本来打算关机，怕晚上来电话影响妻子和同病房病人休息，又因扶贫队三人都不在村里，担心井上村万一出什么状况，找不到他，便将手机调到静音状态。自己今天要赶来医院，昨晚写了几份报告让刘太全送县里相关部门，直至深夜才睡。加上今天又起了个大早，长途跋涉，十分疲惫了，便早早地睡了。督查人员打张金强的手机，看他是否驻村，同时核对刘太全和王海所说是否属实。打了十几个电话没人接，最后又关机了。督查人员打到市住建局局长那里，局长便按张金强请假时说的，回老家办事了，向督查人员证明张金强打电话请过假的。而队长张金强的手机定位显示在省城，居然请假说回老家办事，把扶贫工作当儿戏，是典型的欺骗领导和组织。督查组连夜提出意见，建议对张金强进行立案调查，严肃追责。

6

张金强早晨醒来后，一直忙着为妻子洗漱，准备早餐。妻子刚吃完，一位女教授带着十来位医生、护士、实习生过来查病房，对吕美娥昨天到今天的身体情况问得十分详细，什么昨晚疼不疼？伤口出了多少血？要用温开水擦身，注意护垫卫生……妻子的主管女医生还特意嘱咐张金强等会儿到医生办公室去一趟。

有什么问题不能当着妻子的面说呢？难道病情很严重？听到主治医生让他单独去医生办公室，张金强心里一下紧张起来了。

“让你去医生办公室，难道我的病很严重？”医生们刚出病房，妻子担心地问张金强。

“别担心，没事的。”张金强安慰着妻子。

“有什么问题怎么不当着你我的面说呢？是不是宫颈癌晚期了？癌细胞转移了？”吕美娥脸色明显阴沉了下来，不断地向张金强提问。

“原位癌不算癌，你自己可以在手机上查，只要注意饮食，调整好心态，做了手术就没事了，不要胡思乱想。”张金强极力安慰妻子。

“等会儿医生跟你说了什么，你要跟我说实话。”吕美娥还是心有疑虑。

“嗯。我这就去找她。”张金强在妻子面前虽然显得镇静，但心里还是七上八下，一边应着妻子，一边出了病房，到医生办公室等待主治医生。

坐在医生办公室里，张金强一直心神不定。脑袋里一会儿想到妻子的病况到底会怎样，一会儿想到井上村精准扶贫措施如何落实，一会儿想到儿子成天往游戏室打游戏，怎么跟他沟通，一会儿想到小女儿上学、放学的安全。直到上午十点钟了，主治医生才查完病房，回到医生办公室。

主管女医生让张金强坐到她的侧边，首先责怪他为什么妻子身患癌症，做手术都不在她身边。当张金强想解释怎么回事时，主治女医生根本不听他解释，连珠炮似的：“你不就是个扶贫队队长吗？人家市委书记、县委书记妻子做手术都陪在身边，你比他们还忙？”

张金强语塞了。

主治女医生见张金强低头不语，感觉张金强已意识到自己没有尽到做丈夫的责任，也没继续追穷寇了。话锋一转："还好，手术很成功，你妻子问题不大，过几天就可以出院了，你也不要太过自责了。原位癌是个养心病，注意保养，让她保持好的心情。你妻子做了这个手术，千万不能感染，要讲究卫生。你要尽量克制自己，夫妻少同房，同房要戴好避孕套。"最后两句话说得张金强脸都红了。

当张金强回到病房，看到妻子急切的眼神，连忙说："不用担心了，医生说手术很成功，过几天可以出院了。"

同病房的两位病人及陪护听了都为吕美娥感到高兴，脸上露出了笑容。

而吕美娥以为丈夫还在骗她，问张金强："就说这些？还神神秘秘让你去医生办公室？"

张金强将嘴巴贴到妻子耳边，轻声说："特别交代要我克制自己，以后夫妻之间少同房，同房要戴好避孕套。"

这才把吕美娥逗乐了。

张金强突然觉得大半天了都没接到一个电话，从床头柜上拿起手机一看，才发现手机已自动关机，连忙从包里拿出充电器接上电源后，就提着保温桶为妻子准备中餐去了。

市联合督查组上午又给张金强打了几次电话，还是关机。认为性质极其恶劣，便做出了对张金强停职检讨、立案调查的决定。并交办市住建局纪检组全面调查，严厉问责。这一切张金强还蒙在鼓里。

当张金强提着保温桶回到病房，吕美娥躺在床上不停地流眼泪。张金强连忙放下保温桶，问：“美娥，伤口又疼了？我去叫医生来看看。”

吕美娥摇了摇头，说：“你快回去吧，市里对你做出了停职检讨、立案调查的决定，让你马上回去配合调查。你到底犯了什么事？有这么严重？”

“开什么玩笑，我能犯什么事？尽说胡话。”张金强一脸茫然。

“你老婆刚才接听了个电话，接完就哭了。”旁边的女病人搭腔道。

原来张金强出去给妻子准备中餐，吕美娥躺在床上闲着没事，就将张金强正在充电的手机开机了。一下冒出几十个来电提醒，她还没来得及细看。手机又响了，她刚按下接听键，对方就劈头盖脸地训斥开了：“张金强，你是什么态度？跟组织玩失踪是吧？组织对你已做出停职检讨、立案调查的决定。希望你马上回来配合组织调查。”

“喂，同志，你好！张金强不在，我是他妻子，请问他犯了什么错误？”吕美娥的心一下像掉进了冰窟窿。

“张金强不在？要么不开机，开机了人又不在？他是故意不接电话，想回避是吧？你转告他，赶快回市里配合组织调查，否则，后果自负！”对方明显更生气了，挂断了电话。

张金强从昨天到现在，离开井上村才二十多个小时，怎么就被停职检讨、立案调查了？到底犯了什么错误？经济上的还是生活作风上的问题？吕美娥百思不得其解，躺在病床上泪水直流。

张金强听了也丈二和尚摸不着头。刚想调出电话号码回拨过去，王海的电话打进来了，王海劈头就问：“张队长，你说实话，你现在到底在哪里？”

“王海，出什么事了？我在省城。”张金强压低声音接听电话。

“你不是说回老家一趟，怎么又去省城了？昨晚上和今天上午怎么又关机呢？嗨！你闯祸了！”

“不就是来省城一趟嘛，闯什么祸！关机是手机没电了。”

“跟我说实话，你去省城办什么事？不会是去省城旅游吧？”

“井上村那么一摊子扶贫的事还没办，我有闲心来省城旅游？你想象力也太丰富了吧？”

“我就跟你直说了吧，昨天晚上市联合督查组抽查扶贫队队员驻村情况，我们井上村三名队员都没驻村。你说请假回老家，手机定位又在省城，说你欺骗组织，对你已做出停职检讨、立案调查的决定。你赶快回来配合组织调查。”

王海的电话终于解开了他们夫妻的谜团。

“你马上回去吧，不然误会会越来越深。”吕美娥劝张金强。

张金强摇了摇头。

他原本不想让单位和同事知道妻子患癌住院做手术，怕大家前往医院探望，增添麻烦，也不符合纪律要求。尤其自己身为法规科长，在处罚违法违规建筑项目时有绝对的话语权。如果消息传了出去，建筑公司老板、房地产开发商知道了，纷纷往医院跑如何是好？没想到一个善意的谎言，给自己引来了这么大的麻烦。组织的决定是对的，扶贫工作是头等大事，还被市委、市政府列为今年全市“六大战役”之首，有严格的纪律约束。

如果马上回去配合组织调查，妻子昨天才做了手术，上下床都得有人搀扶，身边无人照顾是万万不行的。省城举目无亲，妻妹刚回又叫她赶过来，也得到明天。但市里催得紧，不马上赶回去，又怕组织误以为他对抗组织的调查。

正在张金强左右为难之际，忽然想起市纪委书记前不久说的一句话：要为敢于担当者担当，为敢于负责者负责。便萌生了先给市纪委书记发条短信，做个详细说明的念头。

编发完短信，张金强还将妻子的住院通知单、手术通知单、病理记录全部拍了照片，发了条彩信。

不到十分钟，市纪委书记回了信息：请代我向你妻子表示慰问！如情况属实，先安心陪护好你妻子，回来后速向组织说明。

张金强连忙递给妻子看，吕美娥看完，夫妻俩这才露出了笑容。

7

刘太全为贫困户办理的每户五万元无息贷款指标全部落实，只待他们产业扶贫项目确定下来，资金便可到位。王海也将三个单位的六十万元扶贫资金落实到位。张金强直接找到县长汇报，因井上村是国家重点贫困村，县长为井上村特批了修建机耕道、水渠、三个自然村之间的村级公路，三个基础设施项目，县发改委都已立项。县交通局、县水利局列入了资金预算。

然而，扶贫队的满腔热情只是一厢情愿，村民们并不买账。

井上村不通公路，建筑材料车辆运不进来，只能从鸳鸯河通过船只运到河边，而从河边往村里修条简易公路，需要占用部分农田。恰巧沿途都是刘翠花、张菊花、李梅花、王惠君四户的田地。四个女人上次申请贫困户没达到目的，还搭上了一桌丰盛的酒席，赔了夫人又折兵。这次无论村干部和扶贫队队员怎么做工作，四个女人装聋卖傻，毫无商量余地。

产业扶贫征求意见表发到贫困户手中已有半个多月了，超过上交时期也有几天了，还没有一户贫困户上交意见表。表上所列家庭式养牛场、养羊场、养猪场、沃柑种植、油茶种植、药材种植等项目都是扶贫队同村支“两委”，根据井上村山多田少的地理环境反复研究、精心制定的。通过再次入户了解，原来贫困户们担心井上村不通公路，无论养殖、种植都需要专业的技术指导，如果遇上病虫害，竹篮打水一场空，还背上五万元贷款，虽说无息，但本金怎么还？就算养殖、种植成功了，村里只有几条小渔船，怎么运出去？因此没有贫困户愿意冒这个风险。

贫困户的后顾之忧不无道理，也是现实问题。找到了问题的根源，就需要对症下药。

村活动室内灯火通明，张金强连夜主持召开村支“两委”和扶贫队队员会议，研究对策。村干部中出现了两种不同意见，一些村干部主张先修通与桐子坪村对接的村级公路。通过上次械斗后，两村已化干戈为玉帛，结成了友好村。两月一次的联席会议已开了两次，气氛友好热烈。只要井上村提出来，桐子坪村不会有大的阻力。打通了出村的通道，既可加快井上村基础设施建设，又解决了农副产品的输出问题，贫困户看到了希望，产业扶贫项目落地问题就会迎刃而解。

一些村干部则认为这个意见是好，但实施起来困难也会不少。首先要占用桐子坪村的部分田地，田地怎么补偿？需要县、市、省层层审批同意。此外，在桐子坪村辖内还有一条小水港，现在是架了座简易的人行石板桥，要让车辆能通行，必须修座小型公路桥梁。跨外省修桥，县里能否同意立项？等论证、立项、审批、施工这个过程走完，要到猴年马月才能完成？三年脱贫目标怎么实现？

会议一时间陷入了僵局。

高俊胜一直听着他们的发言，也觉得他们的意见都有道理，但三年脱贫的目标刻不容缓。他在就职演说时许下过诺言：自己就是脱三层皮，也要配合扶贫工作队实现井上村三年脱贫的目标。

高俊胜清了清嗓子，说道："我认为当务之急是消除贫困户的顾虑，产业扶贫工作才能顺利推进。顾虑主要在两方面，一是专家的问题，请求县委、县政府和县扶贫办从县畜牧水产局、县农业部门各抽调一名专业干部充实到驻村扶贫工作队，解决病虫害的后顾之忧。二是出村通道的问题，无论是养殖还是种植产业，都要一年以后才能见成效，这就给了我们打通村道的空间。对接桐子坪村是一条跨省出口，可以考虑。另外，神仙岭后面不是有一条省级公路经过吗？上个月就举行了开工典礼，明年上半年路基就会修到神仙岭后面的山脚下。神仙岭虽然半边是石头山，但石头山里全是大小不一的石洞，最深的有三百多米。我翻看了与贫困户结对帮扶的名册，市住建局下属有个勘探院，张队长能否请他们来勘探一下，如果从大石洞里往山那边打隧洞，不就是两百米左右的黄土山吗？就是不打隧洞，井上村三千多口人，一年还掀开不了半边黄土山？"

高俊胜支书的一席话，引起了与会人员的极大兴趣。张金强在心里暗生佩服：姜还是老的辣啊！他立即表态：“请求县委、县政府调派专业干部，我尽快去落实。石头山的勘探工作稍微缓一缓，也由我负责落实。”

高俊胜的情绪也越来越高涨，继续说道：“当然，这还是纸上谈兵，贫困户不会信服。农村有句谚语：姐姐做鞋，妹妹看样。我建议不搞单打独斗，贫困户没那么大的胆量，也不敢冒那么大的风险。我建议由村干部带头，每名村干部组织五至十户贫困户成立一个家庭养殖场，组织十至二十户土地相连的贫困户开发种植产业园。村干部只入股，不分红，村干部要敢于吃亏，才配得上共产党员、村干部的称号。”

王海从座位上站起，带头鼓掌。他激动地说：“我也入一股，不分红。亏损全算我的！”

刘太全也不甘落后，马上表态：“我也算一个！”

两名扶贫工作队员的表态，更是起到了推波助澜的作用。会议意见高度一致，达到了与会人员预想不到的效果。

会议内容快速传到市住建局，局务会临时开会决定，压缩日常开支，为井上村产业扶贫设立二十万元风险基金。同时，要求全局系统所有帮扶干部时刻关注结对户，定期走访结对户，尽力解决结对户的困难和需求。

井上村二百六十五户贫困户获知消息后，仅仅一天时间，全部上交了征求意见表，一场产业扶贫的攻坚战拉开了序幕。

产业扶贫业已开始，而从鸳鸯河边修建简易公路的事还悬而未决，成了张金强的一块心病。村里马上“双抢”，这是谈补偿条件的最佳时期。“双抢”过后，是施工的黄金时间段。张金强考虑到高俊胜年龄大了，怕四个女人不给面子，让他当众太难堪，便和欧阳春去找刘翠花、张菊花、李梅花、王惠君做工作，谈补偿条件。

毫无悬念，张金强在四个女人那里碰了一鼻子灰。但对她们的个性和心理状况有了一些了解。最不讲理、最泼辣的是刘翠花，竟给张金强扣上损毁耕地的大帽子。张菊花虽然没有达到自己成为贫困户的目的，从言谈中，张金强还是感觉到她有所顾忌老乡的情面，毕竟张菊花还当众叫过他哥哥，说话随和些。李梅花性格内向，话语不多，尤其占用她家的田地最少，态度不是很生硬。王惠君年龄最小，为人精明，刘翠花说一句，她附和一句，是刘翠花的坚定追随者。只要把刘翠花的工作做通，就有八成的把握。

张金强也让刘翠花给点醒了，虽是简易公路，也要占用一些稻田，便亲自到县里办理相关手续。刚回到井上村，便听说龙母寺的刘翠花从屋顶摔了下来，身上有几处骨伤，头也摔破了。村里的刘水师正在为她治疗。张金强连口水都没喝，叫上王海便赶了过去。

刘翠花的丈夫和儿子在广东打工，女儿早已出嫁，家里只有她和年迈的婆婆。前天下了场大阵雨，古居屋顶有两处漏水，今天下午爬上屋顶修补，一脚没踩稳，从屋顶摔了下来。

等张金强赶过去，刘翠花已被抬到后院里的一块长条石板上，只穿了一条花短裤和一件白色内衣，刘水师在给她腰和腿上敷草药，右太阳穴被戳了个小洞，还在流血。张金强和王海进到院内，刘翠花卧在石板上不停地呻吟，痛得她头上直冒汗珠子。

“刘水师，怎么不先止血?”张金强见了连忙问刘水师。

刘水师端起旁边还冒着热气的半碗开水，用右手食指试了试水温，然后用食指在水面上比画比画，嘴里还念念有词。突然他喝了一口温开水，对着流血的伤口喷去。谁知血没止住，还流得更急了。张金强连忙掏出一块白手帕，折叠几下，堵住伤口。一手拨开刘水师，对王海喊道:“赶快送医院!”

王海马上动手拆下一块门板，在围观村民的帮助下，将刘翠花移上门板，四人各抬一个角，飞快地往桐子坪方向跑去。凑巧桐子坪村有位突发病人，提前呼叫了120，张金强他们刚到桐子坪村，救护车到了，张金强好说歹说，终于挤上了救护车。一路上，刘翠花休克了两次，幸好被医生、护士全力配合才抢救了过来。这一切把主动随张金强去医院陪护刘翠花的王惠君急得半死。

当刘翠花从手术室出来已是晚上十一点钟了。张金强让王惠君伏在病床边先睡，自己守着还在昏迷中的刘翠花。

“张队长，还是你先睡会儿，刘翠花是女同志，我守着方便些。”王惠君坚持让张金强休息。

“正因为她是女同志，现处在昏迷之中，只要观察有什么不良反应和看着打点滴就行了。明天白天她醒过来了，要上个厕所什么的，你就方便些了，还是你先睡，我明天上午再休息。”

王惠君觉得张金强言之有理，便不再坚持。平时在农村都早睡早起，现在已折腾到了深夜，伏在病床边一会儿，王惠君就进入睡梦中。等她醒过来，天已大亮了。刘翠花也刚刚苏醒过来，她见张金强一夜没合眼，双眼布满血丝，便要张金强去休息。张金强跟躺在病床上的刘翠花打个招呼便出去了。

大约过了二十多分钟，张金强提着给她们买的早餐和洗漱用品又进来了。直到她们洗漱完并吃了早餐，张金强才去休息。

等张金强一觉醒来，已过中午。他提着水果到病房，刘翠花的丈夫、女儿、女婿已赶了过来。王惠君早已把抢救刘翠花的过程跟他们说了。特别提到，如果不是张金强队长果断决定送医院，还好说歹说挤上救护车，刘翠花昨天就见阎王爷去了。一家人见了张金强，千恩万谢。

“张队长，我刘翠花太对不住你了。昨天的事情惠君妹妹都跟我说了，感谢你的救命之恩。上午我和惠君妹妹已商量好，赶快回去修路吧，也不需要补偿，有了路，我们施肥、收割都不用手抬肩挑了，对大家都有好处。我的家人都来了，你和惠君妹妹趁早回去吧。谢谢你了！”刘翠花说完，还伸出手来跟张金强握手。张金强走拢过去，双手紧紧握住刘翠花的手，动情地说：“谢谢！谢谢你们的大力支持！祝你早日康复！”

8

从县里派来的两名扶贫队队员已经到位。用县长的话说挑选什么样专业人才由张金强吃“点菜”。也就是说让他先去有关单位摸底，除了单位负责人外，只要他相中谁，就派谁去井上村。张金强得到了县人社局长的大力支持。张金强挑了省农大水果栽培专业毕业的王师杰，王师杰今年三十六岁，戴着一副黑边框眼镜，身材瘦高，是县农科所的副主任，他在县农科所已摸爬滚打了十几年，技术、经验十分丰富。另一名是前几年县里人才引进的女高才生冯琳娜，今年二十五岁，上个月才提拔为县畜牧兽医水产局副局长。不仅年轻，模样俊俏，还懂专业。她父亲二十世纪八十年代初从省农大畜牧专业毕业，在省畜牧研究所专门从事菜牛良种改造，八年前辞职回老家办了一个中型家庭养牛农场，牛肉全部销往北京市场，供不应求。她曾在父亲的家庭养牛农场实习了半年，得到了父亲的真传。他们俩的到来，不仅带来了技术，还带来了信息和政策，让井上村的产业扶贫工作如虎添翼。

在冯琳娜父亲的指导下，离井上村两里地的神仙岭山脚下，几十户贫困户挨着石洞修建了几个简易大棚，拉通了电。从神仙岭上用竹竿接来了山泉水，修了蓄水池。贫困户放牛守牛的生活设施虽简陋，也能凑合。通过从他父亲的家庭农场和外省买回的第一批六百头菜牛，白天散落在神仙岭上悠然自得地吃草，晚上就关在几个石洞里，刮风下雨都不用担心。为了充分利用牛粪，又在周边的黄土地上种了几十亩沃柑，沃柑长势喜人，明年就可挂果。

养牛场正式建成之后，在县畜牧兽医水产局的指导下，养猪场建在神仙岭下的一口大山塘旁边，离村里有三里多路。县畜牧兽医水产局为井上村从省里争得了一个生猪养殖扶持项目——示范性养猪场，每头生猪补贴五十元。只用了两个月时间，两纵两横四排长长的红砖墙、石棉瓦猪舍建成了，达到了一个中型养猪场的规模。按照边建设边投产的思路，建好一栋猪舍购回一批小猪仔。已陆续购进了五千头小猪仔，阳明山土猪、祁阳黑猪、宁远花猪、国外良种猪，品种齐全。在县畜牧兽医水产局的牵线搭桥下，与温氏集团签订了生猪供销合同。一头半人高的公猪与二十头大母猪在崭新的猪舍里兴奋不已，成天耳鬓厮磨，频频交配。

猪粪、猪尿、清洗猪圈的废水，全部排进山塘中。与紧挨猪场的贫困户沃柑园签订了供肥合同。前三年免费，由沃柑园负责从神仙岭引入山泉水至山塘，清理山塘中的猪粪，用山塘水灌溉沃柑园，保持山塘水的循环利用。

村机耕道、水渠、广场都在紧锣密鼓地施工，必须要在明年开春前全部完工。虽然有村干部和其他扶贫队队员各负其责，但张金强每天要查看施工的质量和进度，去养牛场、养猪场看看，到沃柑园转转，整天忙得连轴转。

还有几十户贫困户的无息贷款指标虽然批了，因户籍资料、个人信息不全，贷款还没放下来。刚开始他们还抱着观望心理，见其他贫困户搞得红红火火，仿佛脱贫在望，心里十分焦急，主动补充资料。等贷款到位，入股养牛、养猪农场人员爆满了。

张金强见鸳鸯河中间那狭长的绿洲上虽已深秋，仍野菜、青草遍地，便组织十几户贫困户在绿洲上养了一百多只黑山羊。其余贫困户建了三个大棚，从农校请来专家指导，种植名贵药材铁皮石斛。二百六十五户贫困户产业扶贫项目全部尘埃落定。

眼见着小猪、小牛仔一天天长大，食量大增。新的难题摆到了张金强的面前。进入冬季，只能喂苞谷、糠饼，还要购进草料等饲料。鸳鸯河将进入枯水季节，连小运输船都不能通航，连接外界的运输通道已迫在眉睫。高俊胜支书的两个方案都有可行之处，打通与桐子坪的连接线距离最短，工程量最少，见效最快。但要在桐子坪村辖区修一座小型桥梁，虽然近在咫尺，却是跨省的项目，就算能立项，时间跨度也会很长。况且两村过去积怨较深，这次表面上化干戈为玉帛，是迫于舆论的压力。毕竟副省长的侄儿进了班房，他们心里还是有股怨气的，今后如果再出现点碰擦，他们堵桥封路，也是有可能的。当务之急，按高俊胜支书提出的第二方案，对神仙岭的半边石头山进行地质勘探，等勘探结果出来后再权衡定夺。

张金强决定回局里汇报，请求派局下属单位勘探院尽快勘探。当张金强回到家，已是晚上八点钟了。妻子和妻妹在客厅看电视，女儿在房间做作业，儿子最后还是按分数被市七中录取，在学校住校。张金强跟妻子打了招呼，妻子"嗯"了一声，盯着电视看都没看他一眼。

妻妹问了声："姐夫回来啦，吃过饭没有？"

"还没吃，想回到家来吃点家的味道。"张金强诙谐地说，想调节一下气氛。

妻妹从沙发上起身，想去厨房为张金强煮碗面条，吕美娥一把拉住妹妹，虽没吱声，已不言而喻。

自妻子在医院住了七天院，张金强从省城送妻子回到家后，配合组织调查，在家住了三天，澄清自己的问题后，又回到了井上村，直到国庆节放假才回来。那时又正值村里从鸳鸯河边往村里修建简易公路接近尾声，七天假也只在家待了四天，说要值班，又赶到井上村去了。

张金强推开女儿的房门，想进去看看女儿。女儿见他进来，叫了声“爸”，又埋头写作业了，近乎有些冷漠。不像第一次从井上村回来，女儿一下跳到自己身上，双手搂着自己的脖子，还在自己胡子拉碴的脸上亲了几下。

张金强只好退出房间，自己去厨房煮面条吃。他不怪妻子、女儿的冷淡和冷漠，自己的确不是一个称职的丈夫、爸爸。到井上村扶贫半年多来，在家的时间屈指可数。过去儿子天天住在家里，不知是不愿给患病的妻子增加负担，还是与妻子有了隔阂，市七中离家不到一千米，他天天寄宿在学校。周末学校放一天假，他也留在学校不回家。到底是在学校看书，还是泡在网吧，他也不知道。几次打电话让前妻去学校了解一下儿子在学校的学习成绩和表现情况，前妻找各种理由拒绝了。上次国庆节放假回来，去儿子宿舍看过，是旧宿舍，屋内昏暗，白天都要开灯，上下铺住了八名同学，条件十分简陋。当时张金强劝他搬回家里去住，儿子红着眼圈摇脑袋，就是不吱声。他这次特意选在周四回家，明天向局领导汇报，打算周末跟儿子沟通一下。

上午的汇报十分顺利，得到了局领导的大力支持。下午到局下属单位勘探设计院也对他大开绿灯，选派了业务能力强的四位同志组成勘探小组，下星期一随张金强去井上村。

这一整天下来，张金强也很忙碌，为了弥补对家人感情上的亏欠，天刚亮他就去菜场买菜，早、中、晚三餐亲自下厨。中午也没休息，把家里的床单、被褥全部洗了。

吃完晚饭，洗刷完碗筷，便陪着妻子来到滨江广场散步，打算等晚九点钟儿子下了晚自习，将儿子接回家父子好好谈谈心。

虽时至深秋，狭长的广场上人头攒动，音乐轰鸣。有跳广场舞的、有打太极拳的、有跳健身操的、有跳溜溜球操的……更多的人群和张金强夫妻一样，沿着滨江小道散步，不时有慢跑的市民擦身而过。

此时，井上村养猪场一片混乱。从下午开始，陆续发现有几十头生猪趴在猪圈里呼吸困难，村干部和扶贫队队员全部赶到了养猪场。在全体扶贫队队员的配合下，冯琳娜忙着对生猪注射药物，并紧急向县畜牧水产局报告，请求调派人员和药物支援。高俊胜和欧阳春按照冯琳娜的安排，带领其他村干部和几十户贫困户，清洁猪圈，猪场消毒。

“冯局长，这生猪得的什么病？来得这么突然？”刘太全问冯琳娜。

“从症状判断，是腹泻病。”冯琳娜一边注射，一边回答。

“上午还好好的，怎么就腹泻了？什么原因呢？”王海百思不得其解地问。

“原因很多，环境卫生不好，消毒不到位；昼夜温差大，降低了猪群的抵抗力；还有饲料品质差，品种单一。这些都可能导致病原微生物趁虚而入，诱发腹泻病。”冯琳娜很专业地回答道。

“平时消过毒，饲料也是正规品牌，怎么这么多生猪患腹泻病了？”

“唉，这些贫困户们处处想着节约成本。我经常发现他们消毒药水比例不当，还偷偷喂他们从山上、菜地里割来的猪草。我说过多次，他们就是听不进去。”冯琳娜叹着气，无可奈何地说道。

因预防药物储备量不够，注射一千多头生猪后，药物已全部用完。到傍晚，已有一百多头生猪躺在地上，四肢强烈抽搐，不时从鼻、口中流出泡沫样血样物。不一会儿，十几头生猪，肛门外翻，一命呜呼。贫困户们将死猪从猪舍里抬出来，个个心痛不已。

“高支书，要报告张队长吗？”欧阳春问高俊胜。

“报告他有用吗？张队长难得回家一趟，让他双休日陪陪家人吧。我在这里守着，你快去路上接县畜牧局的同志，让他们赶紧点，他们早一分钟到，猪场就多一分希望。”高俊胜向欧阳春挥了挥手，示意他赶快去接县畜牧局的同志。

欧阳春放下手中的工具，拿起一把手电筒，快速地向神仙岭上跑去。

发病的生猪越来越多，死猪都已超过了两百头。贫困户们的心理承受能力达到了极限，几位女村民开始偷偷掉眼泪。

冯琳娜吩咐王海带贫困户们到神仙岭下，挖个大坑，撒些石灰，把死猪埋掉。

冯琳娜话音刚落，特困户高俊山冲到冯琳娜面前：“埋了？全糟蹋掉？”

“这全是病死猪，当然要全部埋掉，还要消毒处理。”冯琳娜肯定地回答。

“村里哪年不病死几头猪？我们都吃了也没事。这么多死猪，做成小腊肉、香肠，卖些钱减少损失不好吗？你怕死，不让你吃，我们吃！”高俊山说着，扛起一头死猪就往村里走。

“回来！这病死猪，绝对不能吃！吃了会死人的！”冯琳娜冲高俊山一声断喝。

高俊山把肩上的死猪往地上一丢，折回来，冲到冯琳娜面前，吼道：“你个丫头片子懂什么！猪场的损失让你赔！”

“对！让她赔！让她赔……”几十个贫困户一下围着冯琳娜，嚷嚷闹闹起来。

高俊胜怕把事态闹大，挤到冯琳娜身边，对大家说道：“乡亲们，大家要冷静！冯局长的话有道理。大伙儿摸着良心想一想，她放着县里的局长不当，到井上村住猪场，为的是什么？她经常半夜三更起床查看猪舍，生怕生猪有个三长两短，这不都是为了大伙儿早日脱贫？现在猪场出了问题，大伙儿要齐心协力，渡过难关。一切听冯局长的安排，将死猪挖坑全都埋了。不仅不能吃，更不能制成腊肉、香肠去卖钱！去祸害人！咱井上村虽穷，穷要穷得有骨气！穷得有底线！”

高俊胜的一席话，让大家的情绪稍稍平息下来。有人在猪舍里喊道：“不好了，又死了一大片。”

大家一股脑又涌向猪圈，看到几十头生猪死在猪舍里，贫困户们再也控制不住了，纷纷嚷着：

“退股！退股！”

“我们强烈要求退股！”

“我们要找张队长。”

…………

张金强正拉着妻子的手在滨江小道上散着步，手机铃声响了，来电显示是自己的结对帮扶对象高俊山。高俊山妻子患有间歇性精神病，发病时常常不知去向，发动全村人去找，有时去了桐子坪村，有时躲在神仙岭的山洞里。一双儿女也神志不清，是井上村第一特困户。难道他妻子又发病了？张金强摁下接听键，高俊山带着哭腔的声音传了过来：“张队长，我要求退股。猪全没了，呜呜……”

“什么？你再说一遍？”

“养猪场的猪发瘟了，已死了几百头，呜呜……还没控制住，我们要求退股……”

“不好了，井上村出大事了，我现在就赶回去。老婆，对不起，你自己慢慢回家吧。”张金强挂断电话，丢下妻子，就往家里跑去。

9

养猪场的这场瘟疫损失惨重，死了一千多头生猪，受到感染又治好的有近两千头。要不是县畜牧兽医水产局的同志带着药品和消毒液及时赶到，损失会更大。这次猪疫事件无疑给了贫困户们极大的打击。

但出乎意料的是，这个省里审批同意的示范性养猪场，由省里统一投了生猪病死险，全部损失将由保险公司赔付，给了贫困户们极大的安慰。十几户坚决要求退股的贫困户，得知这个消息，也不再坚持退股了。

随后，县畜牧兽医水产局从省里为井上村养猪场，争取了一套免费提供的、全自动化清洗猪舍和喷洒消毒液的设备。张金强的一位大学同学调任分管农业的副县长，经过他死缠烂打，争取了十万元惠农资金，对猪舍进行了封闭式改造。

神仙岭的勘探报告也出来了，张金强看了数据，激动得半夜没合眼。勘探结果显示：半边石山部分，除了养牛场旁边几个被填了小半洞风沙泥土的山洞外。还有大小山洞五十多个，最大的高二十多米，宽五十多米，纵深近百米，可容纳上千人。最小的也有二十多平方米。因历经多朝多代风雨的侵蚀，洞里填埋了厚厚的土壤，洞口灌木遮掩，不易被人发现。尤其有一个高和宽达十多米的石洞往里延伸进去达三百多米，越过神仙岭山脊近百米，离神仙岭那边的省级公路路基只相隔一百五十多米。遗憾的是洞尾狭窄，石壁坚厚。

勘探院的同志们还在神仙岭山脊上发现了一个近万平方米的古石堡，四周全是一丈多高的石墙，南北石墙边建有两个“石鼻大哥”瞭望台，登至石壁上，可一览外面全景，整座古堡保存较为完整。东南西北有四个结实、隐秘的石门，石门上的一块石碑上刻有文字，因年代久远、风雨洗刷模糊不清，但落款清晰，为明洪武十年。石堡中间还有多个石槽、石凳。石堡内外有几十棵上千年的古银杏树，树叶金黄，风景绝佳。据推测，过去井上村常遭匪患，古村前是第一道防御，古村口是第二道防御，这神仙岭上的石堡是躲避匪患的最后一道防御。因神仙岭上古树参天，过去上山的小路早已被树木、荆棘封死，不易被人发现。要不是这次请勘探院来勘探，这么好的旅游景点和银杏拍摄基地，将永远藏在深山人未识了。

村机耕道、水渠、广场都在按部就班、紧锣密鼓地施工。中标单位赶在鸳鸯河枯水前进足了建设材料。张金强安排刘太全、王海和村干部分组具体负责项目施工的质量和进度。贫困户家中的男劳力都分配安排到工地。村里成立的保洁队安排困难户中的老少病残妇村民。井上村暂时没有了任何内外矛盾，张金强腾出精力，请市交通局道路设计院对穿洞出村公路进行施工设计，又请来局下属单位规划设计院的几位专家对井上村制定近期、中期、远期乡村旅游规划。井上村保存完好的明清古民居群、神仙岭上的古石堡、千年银杏林、传统非物质文化遗产等都是宝贵的旅游资源。

距养猪场上次的瘟疫已经过去一个多月了，还令冯琳娜心有余悸。从保险公司的赔付款中又购买了两千头小猪仔，二十头母猪都有了身孕，成了她重点关注的对象。现在从消毒药水的配比和饲料的品种都由她亲自把关。虽然寒冷的冬天来了，因猪舍进行了封闭式改造，昼夜温差可控。

养牛场那边目前全部在石洞内圈养，每天中午放出来活动两个小时左右。父亲每个月主动过来义务检查指导一次，让她更为省心了。

绿洲上的羊群操心最少，每星期刘太全划着小渔船，陪她上去一次，观察羊粪的成型，喂一些预防药物。

冬季来了，王师杰最轻松，给沃柑、冰糖柑等水果做了防寒处理后，就回农科所上班去了。明年春暖花开时节，再过来修枝剪叶就行了。

这天晚上，张金强正在办公室审查穿洞公路施工设计方案，王海神秘地来到张金强办公室，开门见山地问道："队长，你猜刘太全去哪儿了？"

"他去哪儿了？去村里串门去了？"

“养猪场。”

“好啊，这么关心猪场的事，也许被上次猪瘟吓怕了，去巡查巡查。”

“嘻嘻，他又不是兽医，巡查有什么用？用得着每天去三次？肯定不是为了猪，是为了人吧。”

“为了谁？”

“你真没看出来？”

张金强摇了摇头。

“我说你智商高，情商低，没错吧。冯琳娜！”

“哦！这段时间他俩倒是走得很近，每次刘太全还自告奋勇，划小渔船送冯琳娜到小洲上去。他们谈恋爱了？一桩好事！王海，我告诉你，你是有妻室的人了，不许吃醋。”

“队长说哪儿话了，我王海革命军人出身，有这个贼胆，也没这个贼心。只是市里有个女孩天天给太全打电话，刚来时我问过太全，是不是有女朋友了，他默认了。我是怕这小子脚踏两条船，万一闹出什么事来，他吃肉包子，你跟着受处分就冤枉了。”王海一下认真起来。

“脚踏两条船？这不行，不行。逮住机会，敲打敲打他一下。”

“队长，我猜太全已关机了，你信不信？”

“这么早就关机了？”

“拨打一下不就知道了?”

张金强还真的拿出手机拨了过去。听筒里传来了:“您拨打的电话已关机,请稍后再拨。”

“你怎么知道的?”

“这不简单。他跟冯琳娜在一起不关机,市里的女朋友打电话来,一说没完没了,咋办?”

“有道理。王团副,你在部队是侦察兵吧?”

“上个星期,他跟女朋友通电话,我在他身后,他没注意。我听刘太全跟女朋友说,农村里不像城里,扶贫队又没有电视机,睡得早,所以关机了。你听,全是假话吧?前几个月怎么不关机,最近就关机了?”

“噢,这事你先莫宣扬,侦察一段再说吧,万一不是那么回事呢?”

“好嘞。不打扰你看图了。”王海说着,离开了张金强办公室。

养猪场修了三间宿舍,冯琳娜住一间,贫困户中除了高俊山因妻子有间歇性精神病不值班,其余每两户轮流值班一个星期。

还真让王海说中了,刘太全在冯琳娜的宿舍里,两人正围着一个小烤火炉,炉里燃烧着的活性炭,是刘太全特意从市里买来送给冯琳娜的。说她住在野外,宿舍透风寒冷,烤烤火,暖暖身,让冯琳娜好一阵感动。刘太全正在烤火炉上给冯琳娜烤村民自制的红薯饼吃。

“我说你一个女孩家家的，怎么想到学兽医呢?”刘太全没话找话地问。

“女孩学兽医不好吗?”冯琳娜一双大眼睛扑闪扑闪地反问刘太全。

“好。当然好。”刘太全将一块烤得黄黄的红薯饼塞进冯琳娜嘴里。突然一拍大腿：“我知道了，你父亲也是学兽医的，你是兽医世家，厉害！怪不得上次猪场发生瘟疫，你临危不乱。”

“你真是哪壶不开提哪壶，尽拣不堪回首的事说。”冯琳娜噘起小嘴唇，露出一副不太高兴的样子。

“对不起，说错话了，罚掌嘴。”刘太全闭着嘴巴，伸向冯琳娜。冯琳娜还真抬起手，在刘太全的嘴上，轻轻拍了两下。随后，又发出银铃般的笑声。

这时，住隔壁的王大妈拿着4个红透了的柿子来敲门。冯琳娜刚要起身，刘太全抢着把门打开了。

“冯……”见是刘太全，王大妈马上把话收回去了。“哟，刘科长也在这里，拿几个柿子给你们尝尝。”王大妈把柿子放到刘太全手里，连屋都没进就离开了。

刘太全说了声“谢谢王妈”就将门关上了。

他坐回到火炉边，十分献殷勤地拿起最大的柿子，小心翼翼地撕掉薄薄的柿子皮，往冯琳娜嘴边送。冯琳娜嘟了一下嘴，还是用手接了过去。

冯琳娜吃得满嘴周边都是柿子汁。当她伸手去扯纸巾擦拭时，刘太全连忙说："不用，不用。"便伸出舌头去舔她嘴角的柿子。

"你真坏!"冯琳娜用沾满柿子汁的右手食指戳在刘太全的额头上。

"男人不坏，女人不爱嘛!"刘太全见冯琳娜拒绝，赶忙扯了两张纸巾递给她，自己也扯了张纸巾在额头上擦了擦。见时间也不早了，与冯琳娜道了声："晚安！明天见!"

冯琳娜也道了声："明天见!"

刘太全到了门口，送给冯琳娜一个飞吻，关上门离开了。

10

一场多年罕见的鹅毛大雪，把井上村装扮得银装素裹，分外妖娆。村里大人们窝在家里，围着火炉烤火。孩子们不惧寒冷，在雪地里滚雪球，堆雪人，打雪仗，一双小手被冻得通红通红，还玩得津津有味，不亦乐乎。

村活动室里，村支"两委"围绕打通出村公路的专题会议正在进行。通过论证，从石洞连接神仙岭外的省级公路是最佳方案。有利条件多：无论是山还是地，都在井上村辖范围内，没有与外界的矛盾纠纷；连接村内公路时，经过养牛场、养猪场、果园，所有交通构架便捷；穿过神仙岭，石洞长达三百多米，剩下只有一百五十多米，又全是黄土，工程量也相对较少。但也有不利的因素：石洞尾端三十多米长的洞口狭小，需要爆破；省级公路的路基还没修过来，爆破设备、大型挖掘机械运不进村里；剩下一百五十多米是打隧洞还是破山？县里已明确表态支持穿过神仙岭的施工设计方案，但只能按全县修建村级公路标准拨款，剩下的由村里自筹；打隧洞必须请专业公司，资金缺口更大；破山也需要大型挖掘机械，还要去省国土资源厅、省林业厅报批，即使批下来，各级手续办下来，一年半载还没把握。这是井上村百年大计的工程，也是迫在眉睫的项目。猪、牛、羊一天天在长大，总不能赶着几千头猪、几百头牛翻山越岭吧？可谓前有虎后有狼，会议开了整整一天了，还没有形成最后意见。

“等，是没时间了。现在是风雪天气，大伙儿下不了地，干不了活儿。先组织村里全部劳力，清除洞内的淤土。尾洞的石头打风钻，用大锤凿，也要凿穿。你们看看几百幢古居，有多少石墙、石柱，工程量多大啊！都是老祖宗靠一双手，一锤一锤凿出来的。现在只有三十多米的石洞，何况我们还有风钻。至于后段的黄土山，到时再说，不至于一百五十米的黄土山，能挡住井上村的出路！”高俊胜的意见获得大多数与会者的赞同。

“高支书的意见确实很好。组织全部劳力清除洞内的淤土，明天就可开工。但尾洞的石头不爆破，靠手工凿还是行不通的。

场地太窄，有劲儿使不上，如果像村民卖叮叮糖一样，一点一点去敲，三十多米一年都敲不完。”欧阳春的说法也有道理。

“爆破不错，是个又快又好的办法。但必须是有资质的专业公司，还要有使用雷管、炸药的安全许可证。”王海提出了一个现实的问题。

“我有个建议，不知当讲不当讲？”村文书欧阳涛谨慎地问。

“没关系，这是会议，有什么想法都可以说。”张金强鼓励欧阳涛。

“前些年，桐子坪村作为村集体经济，成立了建筑队，资质齐全。桐子坪修通村公路时，还全程参与了打隧洞。这几年，碍于副省长的面子，听说他们县里经建投资公司一些不需要公开招投标的小项目，每年通过邀请招标给了几个让他们建筑公司做。能否借用他们的资质或者让他们承包，价格肯定比请大公司便宜，也可以改善两村的关系。”欧阳涛边说边看与会者的脸色。

“不行！怎么能让他们赚我们的钱？”

“他们欺负我们这么多年，还讨好他们？”

“这不是在桐子坪村面前，跌了我们井上村的矮子吗？”

“讨米都不去桐子坪！怎么出这种馊主意！”

欧阳涛话音刚落，遭到其他几名村干部坚决反对。

“我只是提出我个人的想法，行不行得通过会议决定。自扶贫队驻村后两村关系缓和了，我才提出来的。不然，我想都不敢想去请他们。”欧阳涛连忙解释道。

“我不这么认为，反而觉得这个思路很好。俗话说：冤家宜解不宜结。只要报价合理，也是两村关系正常化的催化剂。目前桐子坪村是井上村紧急情况下唯一的出村通道，咱们已经有好几次将危重病人通过桐子坪送往医院。最近也是将猪、牛饲料及果树苗通过车辆运到桐子坪，再人工运到村里，他们也没有刁难过。将来井上村旅游规划实施了，两村关系理顺了，邻省的游客多了一条进村的通道，何乐而不为呢?”刘太全马上替欧阳涛解围。

正在这时，高俊胜的手机响了。村民报告，高俊山家的一间房子被大雪压垮了！幸好高俊山带着两个儿女在屋外玩雪，只有他的妻子被埋在废墟里面。

会议立即中断，与会人员踏着厚厚的白雪，一路奔跑赶往高俊山家。

当大家赶到高俊山家时，邻居们正七手八脚在搬废墟，高俊山边搬边哭着呼喊妻子的名字：“王满姣！王满姣！”

一双傻儿女疯狂地将碎砖瓦砾往旁边扔，双手都划开了口子，鲜血直流。

张金强观察一下后，是房屋的后半部分垮塌。见一根横梁边有个小洞，便让人拿来一根碗口粗的杉树，利用杠杆力学原理，寻找到一个支点后，将杉树最粗的一头放在横梁下面。在张金强的指挥下，七八个人在杉树的尾部慢慢往下压，横梁被慢慢向上抬了起来，瓦片和白雪哗哗啦啦往下掉。高俊山急着要钻进去，被张金强一把拉住了：“老高，别急！你不能进去，先用根短树撑住。”

高俊胜连忙抽出一根窗户过梁，支撑在横梁下。欧阳涛拿着手电，将半个身子探了进去，用手电在里面边照，边呼叫：“王满姣！王满姣！”

当手电照到衣柜边时，里面发出了一声“啊！”的尖叫。王满姣蜷缩在衣柜的侧边，见到手电光，“啊，啊，啊”拼了命地往外爬，无奈前面全是横七竖八的树木、断板挡着，怎么也爬不出来。听到王满姣的尖叫声，说明王满姣还活着，大家心里都松了口气。

“别动，王满姣，别动，别动，等我把树板移开。”欧阳涛卧下身子往里移，由于上面压着树、板、瓦砾，空间狭小，根本使不上劲。他用手电照了照，看清楚王满姣所处的位置后，又退了出来。

“张队长，里面全被树木、断板挡住了，只能掀开这个位置的瓦砾，锯掉木板，从外面拉她出来。”欧阳涛用手电照了下外面的位置，对张金强说道。

张金强一边安排人看住高俊山和他的儿女，避免他们冲动，造成二次伤害。一边安排人小心翼翼地掀开王满姣头顶位置的瓦砾。王满姣因受了惊吓，神经受到了刺激，在里面一直“哇哇”大叫。

大家费了好一阵工夫，终于将王满姣拉了出来。她全身已被雪水湿透，冷得瑟瑟发抖。高俊山把她抱到邻居家换了衣服，村医给她检查了全身，只是脸部、脚上受了几处擦伤，头顶上被碎瓦砾砸出了两处肿块，村医都一一进行了包扎处理。

高俊胜便在自己的四合院腾出两间房，临时安置高俊山一家。一场惊心动魄的房屋垮塌抢险事故，终于圆满结束。

随后，张金强将村干部和扶贫队队员分成三组，分别到三个自然村挨家挨户查看有无危房，凡有安全隐患，及时加固，以免再次出现房屋垮塌事故。

会议第二天继续进行。通过高俊胜、张金强在会上反复权衡利弊，最后决定请桐子坪村的建筑工程队进行爆破施工，井上村负责组织村民搬运土石方。同时，会上还做出了两项决定：确定了十八户贫困户向县扶贫办申请异地搬迁；确定了井上村申报国家历史文化名村、中国传统村落。

11

这场鹅毛大雪，还在飘飘洒洒下个不停，但丝毫没有阻挡住井上村加快脱贫的步伐。

张金强和高俊胜、欧阳春，冒着大雪来到桐子坪村。村支部书记兼村建筑工程公司总经理匡明显得知二位的来意后，很是诧异。虽然两村已结为友好村，召开了两次联席会，但每次不超过两个小时。讨论的都是些鸡毛蒜皮的小事，无非喊些加强团结、相互沟通、代代友好的口号。实际上双方还是心存芥蒂，面和心不和。没想到井上村竟将石洞的爆破工程交给村里建筑工程公司，还要签订打通神仙岭隧洞的意向性合同。

在得到张金强的肯定回答后，匡明显一通电话，将村主任兼村建筑工程公司副总经理匡研及总工程师、技术总监、项目负责人，全部通知到村委会开会。临了，还特意打电话让村秘书赶紧买条老狗宰了，要招待井上村的客人。秘书以为听错了，不仅自己从小到大，就是从爷爷、父亲嘴里，还未听说过桐子坪村的人与井上村的人同桌吃过饭，竟然要买条老狗招待井上村的人？还称他们是客人？

“这事你要用心给我办好了。‘一狗三吃’，狗肉可要炖烂了。”匡明显以不置可否的语气说完，就挂了电话。

匡明显将他们三人带到村委会的二楼小会议室。两台立式空调开了一会儿，整个会议室就有了暖意。

匡研几人随后到了。匡明显逐一做了介绍后，先播放了一部公司的宣传片。从公司成立到近几年的主要施工项目，包括爆破、打隧洞、修路、建桥都作了详细介绍，公司的技术实力和机械设备情况也一目了然。

“张队长、高支书、欧阳主任，说实话，我们虽然只相隔几里地，过去因各种原因，老死不相往来，我们公司的情况你们也很陌生。刚才让你们看看片子，主要让你们更多地了解我们公司的技术实力和机械设备的情况。尤其对张队长来说，你是市住建局的科长，是内行。公司的资质都是到我们市住建局去申报批准的，也可以上网去查。总之，你们相信我们，我们也要对你们负责。”播放完宣传片，匡明显一脸诚恳地说道。

“匡支书，宣传片已展示了你们公司的实力，我们肯定相信。今天我们过来，也是诚心诚意邀请你们去做这个工程的，村支‘两委’也开会研究同意了的，这个请你放心。”张金强当着大家的面，也开门见山地说道。

“匡支书，你们也知道的，我们井上村还没有通村公路，祖祖辈辈窝在穷山沟里，隔山如隔世。过去连想都不敢想，这次搭帮驻村扶贫队请来队伍，对神仙岭进行勘探，找到了一条捷径。只是井上村太穷，没有集体经济，全靠上级拨款，村里拿不出配套资金，还要仰仗你们高抬贵手。”高俊胜也是实话实说。

“这个没问题，好商量，好商量。施工方案做了没有?”匡明显问道。

“施工方案、施工图都有了。”张金强从包里将一沓图纸拿出来递给匡明显。

接着，大家围绕图纸，就施工细节、预算等问题进行了讨论。

“按照工程造价做的预算，你们是难以承受的。我提个建议，再听听大家的意见。神仙岭隧洞尽管地质条件好，但石洞尾端爆破量大。先不说还有一百五十多米的黄土隧洞工程和路面硬化。我知道井上村十分贫困，承受不了这么大的资金量，必须要削减预算。像前期工作，石洞里的淤土这不需要爆破，也不需要技术，你们组织村里劳力清除。我们公司只负责石头爆破，爆破的石头也由你们负责运出洞外，这样就大大减少了预算，你们认为如何？”

“好！太好了！”高俊胜听了十分激动。这正是他最担心的，生怕他们嫌爆破工程量少，要总体承包。没想到匡明显这么豪爽，便带头鼓起掌来。

“高支书，现在不是叫神仙岭隧洞吗？我建议改为‘井桐隧洞’好吗？”张金强也不知用什么语言来表达感激之情，问高俊胜。

“好！好！”高俊胜和欧阳春异口同声地回答。

不知不觉到了吃中饭的时间，高俊胜准备起身告辞。因中午龙母寺小组的欧阳小平添了孙崽，还要去喝满月酒，便提出下午再过来接着商谈，签订合同。

这时，桐子坪村秘书推开会议室的门，探进半个身子，说：“匡支书，狗肉已炖好，可以开餐了。”

“匡支书，我们先回去吃饭，下午过来再谈合同的事吧。”高俊胜从椅子上站了起来，欲离开。

“老高，你这就见外了。这么大雪天，你们送工程上门，让我感动不已。今天你我两人带头，破了两村人不同桌吃饭的规矩！我特意安排宰了条老狗，姜酒都煮好了，让你老高暖暖身子。‘一狗三吃’，喝酒去！”匡明显不容分说，定要留他们吃中饭。

这回轮到高俊胜诧异了，在井上村和桐子坪村有个习俗，主家宰狗待客，是最高的礼遇了！“一狗三吃”，更是高看一等、厚爱一层了！

见高俊胜有些犹豫的样子，张金强拉了一下高俊胜，说：“高支书，恭敬不如从命，客随主便吧。”

“好，好。”高俊胜连忙回应道。

这顿饭是狗肉宴：两大碗腌辣椒炒狗杂，两碗狗肉扣，另加一大锅白萝卜炖狗肉火锅。喝着既去寒又暖胃的姜酒，尽管室外寒冷刺骨，但大家推杯换盏，心里暖融融的。仿佛过去两村的恩恩怨怨，早已烟消云散。

酒过三巡，匡明显端起酒杯，执意要敬公司其他几位一杯酒，把大家都弄得有点糊涂了。

只见匡明显端着酒杯，说：“几位兄弟，拜托大家给我这个法人代表一个面子，表个硬态。井上村石洞爆破工程，就按成本价，不赚他们一分钱！现在大雪天，工程队闲着也是闲着。行不行？”

“行！干了！”大伙情绪一下高涨起来。

高俊胜也被感动得眼眶泛起泪花，倒了一小碗冒着热气的姜酒，站起来要敬匡明显。

“老高，你先坐下，这碗酒肯定要喝，先吃点狗肉。”匡明显不紧不慢地给自己也倒了一小碗酒，夹起一块狗肉扣送进嘴里。继续说道：“桐子坪村与井上村相隔没泡尿远，虽然现在属两个省管辖。我看过县志，三百年前我们两村都属道州知府衙门管辖，还是一家人。两村签订什么友好协议，那都是虚的。来，我们来点实的，干了！”匡明显端起小碗与高俊胜同饮而尽。

“是啊！是啊！匡支书说得对，我们本是一家人。远亲不如近邻嘛！”张金强马上附和道。

欧阳春也不失时机，敬了匡研一小碗酒。

“听说你们井上村正在做乡村旅游规划？”匡研问欧阳春。

“对。已报到县住建局去审批了。”

“乡村旅游是发展趋势，你们古民居保护得很好，还有神仙岭、鸳鸯河，有山，有水。你们还是挺有眼光。”匡研有些佩服地说道。

“其实，你们桐子坪也有不少旅游资源。鸳鸯河在你们村有个大湾区，水面开阔，可以建一个大型水上乐园。鸡冠山顶的小天池，清澈见底，四周风景不错。还有山中那几条大瀑布就很吸引游客。”张金强插话道。

“张队长，你去过鸡冠山？”匡研好奇地问。

“当然去过。国庆前的一个星期天，我带扶贫队的同志去爬了鸡冠山，还真是天然氧吧呢。”

“张队长，我们村也可以搞旅游开发？”匡明显问张金强。

“当然可以。那么好的资源不利用，我倒觉得可惜了。”

“不怕我们抢了你们的生意？”

“你看，你看。匡支书刚才还说是一家人，怎么又说两家人的话了？这叫强强联合，兄弟共同发展。”

“好！张队长不愧是大科长，有胸襟。兄弟我佩服！敬你一杯！”不等张金强端杯，匡明显就喝了个底朝天。

这顿饭的价值远远超出了大家的想象，达到的效果可以记入两村的史册！

当张金强三人揣着合同，走在返回井上村的半路上时，高俊胜接到了村秘书的电话，高俊山的傻儿子在龙母寺欧阳小平孙崽的满月宴上砸场子。三人听了不由加快了脚步。

原来欧阳小平添了孙崽，一家人十分高兴，在村祠堂大摆宴席庆祝。请了龙母寺的父老乡亲每家每户，喝孙崽的满月酒。高俊山因妻子王满姣在房屋倒塌时精神受到了刺激，情绪很不稳定。加之又借住在高俊胜家里，怕生出事端，便让傻儿子代他赴满月宴。又怕傻儿子傻乎乎地在喜宴上说不吉利的话，便千叮咛、万嘱咐傻儿子在喜宴上不要说任何话，只管吃饭吃菜就行了。

傻儿子向父亲保证不乱说一句话后，就高高兴兴赴满月宴了。宴席上也确实做到没说任何话。因是满月宴，习俗较多，所有礼仪完成，差不多近两个小时才结束。傻儿子只是闷头吃喝，也不跟别人讲一句话。别人跟他打招呼，他也是傻笑一下。他觉得酒足饭饱了，坐在那里又没说一句话，实在闷得慌，便起身先离开了。

在雪地上走了二十多米远，不知何故，又折回来了。直接走到欧阳小平旁边，撅着头，说："欧阳伯伯，我今天在酒宴上没说过一句话，对吧？"

"是的。没听见你说了什么话，怎么啦？"欧阳小平被问得莫名其妙。

"那丑话说在前头，以后你孙崽死了，就不要怪我今天说过蠢话就行了。"大着嗓门说完，扭头就走。

大家听了，顿时都蒙了。好好的满月宴上，咒他孙崽去死，太晦气了！欧阳小平更是气得两手发抖。欧阳小平儿子抓起桌上一只碗向着刚出祠堂门的傻儿子后背砸了过去。见有人在身后打他，傻儿子不管三七二十一，转身连续抓起地上的雪和泥土，没有目的地向祠堂里撒去，大家到处躲避，几乎桌上所有的菜碗都抛进了泥土，整个祠堂里乱成一团麻。

后来众人将他绑在了祠堂的石柱上，欧阳小平儿子还要去揍傻子，被大家左劝右劝才劝住。村秘书只好给高俊胜打电话，让他赶快过来处理。

当张金强他们赶到时，傻子还被绑在石柱上。高俊山已经赶了过来，跪在祠堂前的雪地里，替儿子谢罪。

对一个傻子来说，说了句傻话，又怎么处理呢？

张金强和高俊胜只能反复安慰欧阳小平全家，不要跟傻子一般见识。

高俊胜训斥了傻子一番，接着又训斥跪在地上的高俊山，为何不好好管教傻儿子，还让他来吃宴席。

欧阳小平全家见傻子绑也绑了，高俊山跪着替儿子谢了罪，也算挽回了面子。扶贫队队长和村支书也出面主持了公道，和一个傻子再纠缠下去也没有太大的意义，便同意让高俊山把傻儿子领回去了。

12

张金强从龙母寺回到村委会，刚进办公室，王海火急火燎进来，说："张队长，出事了，出大事了！"

张金强一听出事了，全身都起了鸡皮疙瘩。他不明白，井上村怎么就有这么多事出？

"出什么大事了？快说！快说！"张金强催促道。

"有了，冯琳娜有了。"

"有什么了？冯琳娜到底有什么了？"

"有身孕了！"

"啊！怎么回事？你是怎么知道的？"

"刚才吴大姐从养猪场回来，在村头遇见我，欲言又止的样子。我追问她有什么事，刚开始她吞吞吐吐说，冯琳娜这几天早晨起床后总是呕吐又吐不出东西来。我说这大雪天，可能受寒感冒了。她说不像感冒。我说那是什么了？她说凭她的经验判断，应该有喜了。我说不可能，冯琳娜还没找男朋友，别坏了她的名誉。她走近两步，悄悄跟我说，让我去问刘科长。说完，神神秘秘的样子，就走了。"

"这个兔崽子！人呢？"

"还用说，在养猪场。"

"走！去养猪场。"

张金强和王海踏着积雪来到养猪场，刚走到冯琳娜宿舍前，里面传来了争执声。

"我还没做好思想准备，不能要，坚决不能要！"刘太全态度坚决的声音。

“你算什么男子汉？敢做不敢当？想让我去堕胎，这是不可能的！”冯琳娜带着哭腔、态度坚决的声音。

听到这里，张金强本想一脚把门踹开，进去给刘太全扇上两记耳光。但最终还是克制住了自己，一声不响，闷头闷脑地往回走去。王海也只好默不作声地跟在后面。一路上，只有两人踩在厚厚的雪地上发出“吱吱吱”的声音。

走到半路，张金强突然转身对王海说：“给那兔崽子打电话，让他立刻、马上到我办公室来！”说完，又气冲冲地往前走去。

回到村委会办公室，王海说：“张队长，刘太全马上会过来，我就不陪你了。”

“你就在这里，看他当着我们的面，还会演出什么好戏来！”张金强怒气未消。

过了一会儿，刘太全进来了。

“张队长，王团副，你们找我有什么好事？”刘太全装成一副嬉皮笑脸的样子问道。“是这样的，上午村支‘两委’跟桐子坪村建筑工程公司签订了爆破合同，先由井上村挑选三十个精壮劳力将石洞内的淤土清除干净，扶贫工作队派你去协助。”张金强克制自己，尽量不露声色地说。

“张队长，能否请王团副去协助？我想请一个星期的假。”刘太全边挠后脑勺边说。

“家里有什么急事？还是想见女朋友了？”张金强故意引入话题。

“张队长，你真是火眼金睛。女朋友过生日，让我一定回去，同她父母见个面。”

“女朋友多大了？叫什么名字？在哪个单位工作？你们谈了多长时间的恋爱了？”

“张队长，太过分了吧。请个假，还要查户口啊？”

“这是张队长关心你，你还不知好丑。”王海在一旁插话。

“好吧，说就说，女朋友叫冯琳艳，后天是她二十三岁生日。去年参加公务员考试，考到我们园林局财务科，谈了一年多了。这总可以批假了吧。”

“冯琳艳？你们单位财务科的？就是坐在靠窗户边那个女孩？”王海问道。

“对呀，你怎么这么清楚？你小子起了什么坏心吧？”

“唉呀呀，你小子艳福不浅啊！冯琳艳那长相、那身材、那个子，绝对是你们的局花！张队长，肯定还是你们住建系统的一流美女。我上次去你局划那二十万元扶贫款，就是她办的。笑起那两个酒窝，啧啧啧……刘太全，你们谈了一年多，怕早就同居了吧？”王海说得唾沫四溅。

“王团副，不要乱说，冯琳艳是个很传统的女孩。谁要是碰了她，不得好死！”刘太全一脸认真的样子。

“冯琳艳？冯琳娜的妹妹？”张金强故意问刘太全。

一提到冯琳娜的名字，刘太全脸上的笑容突然消失了。

“不、不是，不是她妹妹。”刘太全有些口吃了。

“刘太平，你到底有几个女朋友？”张金强开始严肃起来。

“就、就一个呗。”刘太全低着头回答。

“就一个？那到底是冯琳艳，还是冯琳娜？”

“张队长，你这是什么意思？不就是请个假，同意就同意，不同意就不同意，何必弄得这么复杂。”说完，扯开脚就要往外走。

“你回来！”张金强发怒了。

听到张金强怒吼，刘太全一只脚刚伸出门外，又抽了回来。

“刘太全，你不要再在我面前演戏了！你是共产党员、国家干部、扶贫队员，自己做的事情，要对自己负责。我问你，冯琳娜的肚子谁搞大的？”

“你、你是怎么知道的？”

“我是怎么知道的？现在全井上村的人，除了我张金强还被蒙在鼓里，还有谁不知道？你明明知道自己有了漂亮女朋友，亏你对冯琳娜还下得了手！”张金强站起身，一拳砸在办公桌上。

刘太全这才彻底服软，低着头，默不作声了。

半晌，刘太全对张金强说：“张队长，我不请假了，也不回市里了。”

“太全，这本来是你的私事，我刚才也不应该发脾气。可你这事做的，左一个冯琳艳，右一个冯琳娜。作为一个国家公职人员，你想要哪个就可以要哪个？没有纪律能管你？让你来扶贫，你扶到人家肚子里去了？传出去有多大的影响？你考虑过没有？不说多了，给你一星期假，自己的破事，自己去处理好，不许闹出任何事情来。”

“嗯。”刘太全应着，灰头灰脑地出去了。

正在这时，高俊胜和欧阳春拿着三十名精壮劳力名单，征求张金强的意见来了。

“张队长，我们拿了个初步名单，说是精壮劳力。因年轻的都外出务工了，五十岁以上的占了一大半。三个自然村，每个村挑选了十名，应该不会有大的意见，到时村支‘两委’再通过一下。”高俊胜说着，把名单递到了张金强手里。

“高支书，初步名单就这么定了。现在有几个问题要列出来，一是按点工给报酬，还是承包制；二是报酬多少的问题；三是动工的时间问题。我的意见实行承包的方式，搬运一方土多少钱。时间也不能再拖了，石洞里清淤土，下雨下雪都不受影响。你们抓紧拿出具体方案，明天召开村支‘两委’会议研究。”张金强说完，又将名单递给了高俊胜。

这时，冯琳娜红肿着双眼进来了。见办公室里支书、主任都在，又想转身出去。

“琳娜别走，进来吧。”张金强叫住了冯琳娜。

高俊胜和欧阳春见冯琳娜郁郁寡欢的样子，也没跟她打招呼，就出去了。

“张队长，你可要给我做主，刘太全欺负我。”冯琳娜说着说着，伤心地哭了起来。

“不哭，不哭。我给你做主。来，坐下慢慢说。”张金强一边安抚她，一边给她搬了张椅子。

“你们谈了多久恋爱了？”张金强问。

“快三个月。”

“快三个月？也就是不到三个月，就怀孕了？真是高铁速度啊！”张金强这句话，把冯琳娜和王海都逗笑了。

“他是浑蛋！是骗子！”

“先不说这些没用的，你又不是几岁的小孩，是高才生，那么容易被骗的？说实话，你心里爱不爱他？”

冯琳娜羞涩地点了点头。

“他爱不爱你？”

“他说爱我，一天不见如隔三秋。”

“你就信了？”

“嗯，他嘴巴特甜，特会哄人。”

“他让你堕胎，你同意了？”

“没有同意。我要将孩子生下来。”

“他同意跟你结婚了？”

“他没说同意，也没说不同意，只说还没有思想准备，让我先堕胎，我没答应。”

“胡说八道！混账东西！”张金强一下又激动起来。冯琳娜听了，眼泪又哗啦哗啦往下流。王海连忙扯了几张纸巾递给她。

“他刚才去过你那儿没有？”

“没有。给我打了个电话，说你批了他的假回市里，过几天再来给我一个明确答复。我怕他一走了之，就来找你了。”

“他敢！跑得了和尚跑得了庙？琳娜，不是我说你，你也太轻率。一个女孩子，就那么听不得几句好话？给你灌了点迷魂汤，就分不清东南西北了？当年我跟你嫂子谈恋爱，半年都没牵过手，硬是结婚那晚才……嗨，不说这些了，你先回养猪场去，千万不要受寒，安安心心等他回来，看给你一个什么交代。满意了，你们乐和着去。不满意，我给你做主！行了吧？”

“嗯。谢谢张队长！谢谢王团副！”冯琳娜听到张队长要为她做主，满意地离开了。

王海起身走到门边，转身对张金强说：“张队长，我太佩服你的口才了。几句话，把冯琳娜逗笑了。几句话，又把冯琳娜说哭了。又几句话，把冯琳娜的心安稳了。你要是年轻二十岁，比刘太全还要刘太全。”

“去去去。”张金强向王海挥了挥手，自己也觉得好笑起来。

13

神仙岭外的省级公路的路基，铺设进度在加快，大约两个月内能延伸到神仙岭下。井上村组织精壮劳力清除石洞里的淤土，因洞中还夹杂有大量的巨石，工期比预期的两个月，又延长了一个多月。

高俊胜不顾七十多岁的高龄，一直奋战在清淤队伍中。在清除尾端的淤土时，因劳动强度大，严重缺氧，高俊胜倒在石洞里，休克了过去，送到医院抢救了一天一夜才醒过来。后来在病床上还昏厥过几次，高俊胜担心过不了这道坎，给老伴儿都留下了遗书，全村人都为他捏了把汗。幸好，最后还是挺了过来。

眼见着养牛场的菜牛、养猪场几千头肥猪在一天天长大。果园里的果树也开满了花，即将挂果。井桐隧道的贯通，成了当务之急。张金强这段时间硬是“五加二”“白加黑”连轴转。熬夜写报告，修改方案……到县、市发改委，交通局送报告，找领导汇报……上下足足跑了三个月，终于将井桐隧道的所有手续全部批了下来。但还差几十万的资金缺口，又让他犯了难。

扶贫队进驻井上村才刚刚一年时间，县委、县政府、市直各部门对井上村无论从项目扶持还是资金支持的力度都是空前的。只要出村道路打通，县里就为村里安装六十万伏的光伏发电项目，作为村集体经济收入。选址都已确定，放在养猪场旁边的山坡上。井上村第一批十八户异地搬迁户的指标，一户都没核减，在春季雨水来临之前，两排新房已封顶。张金强实在不好意思再提过分要求，怪也只能怪井上村过去村支“两委”组织不健全，工作不力，历史欠账太多。

桐子坪村建筑工程公司已做好了进洞爆破的准备工作。井桐隧道的工程从意向合同，通过邀请招标的形式，以最低工程造价也与他们签订了正式合同。虽然爆破资金有了保障，但隧道资金的缺口能否让他们先垫资呢？张金强暂时还开不了这个口，等石洞爆破完成后再说吧，只能走一步看一步了。巧妇难为无米之炊，张金强终于体会到了这句话的无奈。

其实，井桐隧道资金缺口有人自愿捐资，但被村里的五保户，人称“老顽固”的欧阳金龙给拒绝了！

这欧阳金龙名字取得大气，猜测他父母为他取名时，祈盼他长大成为一条有出息的金龙，荣华富贵，光宗耀祖。可事与愿违，他从小到大性格孤僻、固执，与村里人老死不相往来。用村里人的话说，他是万事不求人的人。今年已六十五岁，身体时常出些毛病，还是光棍一人，平时靠低保和捡些破烂卖钱维持生计。祖辈留下的一间正房，一间伙房，到处都有修补的痕迹。房梁已歪斜，用根大树撑着。前两年村里将他列为危房改造对象上报，无偿为他在村外修建两居室，他坚决不同意。

今年春节期间，在深圳打拼多年、已有上亿资产的外甥到井上村来给他拜年。看到他家徒四壁，房屋摇摇欲坠，便提出为他修栋新房。欧阳金龙不但拒绝还出口伤人，对外甥说："你不就是有钱吗？想充神气？借你穷舅舅出名？我不上你的当！"

毕竟这么多年，外甥也知道他的脾气，不跟他计较。听村里人说要修出村公路，便主动找到高俊胜，承诺为村里修路捐款一百万元。欧阳金龙知道后，追去当众将外甥又臭骂了一通。有些话骂得更加不堪入耳，气得外甥一拍屁股就走了。

春节过后，高俊胜将这事告诉了张金强。张金强摇了摇头，叹息道："都说人是高级动物，有些动物的智商并不比某些人差。"

石洞爆破进行了三天，张金强最怕出现安全事故，整天守在工地现场。两台旧式大鼓风机往洞尾送风，鼓风机、风钻发出的轰鸣声，让整个石洞内震耳欲聋。

正在这节骨眼上，张金强的儿子张小齐在学校从单杠上摔了下来，造成右腿粉碎性骨折。上午九点开始，学校老师给他打来了十几个电话，他在石洞内没听见，直到十一点，他要出洞方便才看到有十几个未接电话。

他当即打电话给前妻，前妻未满周岁的小孩患了手足口病，正在市中心医院住院治疗。妻子吕美娥又在省城医院复查。等张金强赶到市中医院，已是夜晚八点多了，儿子张小齐右腿已做了手术，打了石膏板，躺在病床上。两位穿着校服的同学分别站在病床两边，在擦儿子头上的汗水。儿子紧咬牙关，表情痛苦，见父亲走到床边，眼泪一下涌了出来。

“辛苦同学了，我来照顾，你们回去吧。”张金强对两位同学说。

“您是？”一位同学问。

“我是小齐爸爸。”

“他妈妈呢？您怎么才来呀？张小齐麻药醒了，疼得全身都湿透了。您怎么空着手呢？换洗衣服拿来了没有？”另一位同学劈头盖脸地问。

“医生开了止痛药没有？”张金强问。

“开了止痛药，张小齐怕吃了止痛药，影响记忆力，坚持不吃药。”一位同学从床头柜上拿起止痛药递给张金强。

“张小齐，来吃一粒药，吃少量的没关系。”边说边将一粒止痛药放进儿子嘴里，又端起口杯让他喝了口温开水，把药送了下去。

“你们吃了晚饭没有？”张金强问两位同学。

“他们一直守着我，还没吃饭。”张小齐说完，又咬紧牙关。

“再辛苦你们一会儿，我去给你们打饭。”张金强便出去了。

等张金强提着四人的盒饭回来，也许是止痛药发挥了药效。三位同学正在病床边有说有笑。

在医院照顾了张小齐三天，实在放心不下井上村。张金强天天给前妻打电话，做工作，前妻终于同意将患手足口病的幼儿转院到市中医院，兼顾陪护儿子。

半个月后，张金强突然接到全国五家大型旅游有限责任公司的电话，他们要求到井上村来考察。起初，张金强莫名其妙，井上村连路都没修通，他们是怎么知道井上村的？又怎么知道自己的电话号码的呢？

原来张金强在陪护儿子的三天里，除了给儿子弄吃的，基本闲着无事，便在儿子的手提电脑上，以井上村旅游资源为题材，写了篇散文《井上村：新时代的世外桃源》，抱着试试看的心态，通过邮箱投给了《中国旅游报》副刊。投去没几天，竟刊登出来了，引起了全国五家大型旅游有限责任公司的强烈关注。

就在五家公司先后考察期间，井上村申报的“国家历史文化名村”“中国传统村落”都得到了批准。这两块金字招牌，对五家公司更有吸引了。

不到一个月，五家公司都向井上村递交了合作开发意向书和旅游实施开发策划书。北京宏旺旅游有限责任公司是一家上市公司，它的合作条件和策划方案中的主要条款特别吸人眼球：第一期投资 3 亿元人民币。村民以古民居、土地入股。将井上村全部稻田以每年每亩一千元置换，划分四大片，分别种植油菜、油葵、花卉、太空莲。种植管理人员全部吸纳井上村村民，实行按劳取酬。神仙岭最大的石洞，改造装修成非物质文化遗产表演大厅，安装世界一流的音响、灯光设备，演员全部吸纳井上村的村民，工资报酬另付。将神仙岭三十多个小石洞，全部改建成客房，供游客居住。对古民居、古城堡进行修缮。合同签订期限五十年。同时，为修建井桐隧道捐款一百万元。待神仙岭外的省级公路正式通车，井桐隧洞打通及路面硬化后，签订正式合同。

第二期投资两亿元人民币，在桐子坪村的鸳鸯河大湾区修建大型水上乐园，开发鸡冠山旅游区。

当消息传开，不仅井上村沸腾了，桐子坪村也是奔走相告。桐子坪村建筑工程公司更是加班加点，大大加快了工程进度。

14

井桐隧洞按计划顺利贯通，与神仙岭外的省级公路路基实现无缝对接，石洞内路基正在铺设碎石。冯琳娜挺着个大肚子和刘太全回市里举行婚礼去了。王海妻子二胎生了个胖小子，也回去休陪护产假去了。现在井上村扶贫工作可谓是顺风顺水，扶贫队也是喜事连连。

井上村今年的“双抢”没有了往年的繁忙，只抢收，不需要抢插。田地已被北京宏旺旅游有限责任公司置换，按公司的规划全部种植景观植物，一年四季都有美景，供游客观赏。

去年年底，井上村遇上一场罕见的鹅毛大雪，村里人都说瑞雪兆丰年。但今年春季又有些反常，雨量比往年偏小。没想到，抢收完成后，接连下起了大暴雨，已历时三天三夜还没有停歇的迹象。张金强特别担心井桐隧道外的护坡垮塌，派人买了几百米塑料布，将隧洞两边护坡全部遮盖了起来。

鸳鸯河的水位也在迅速上涨。张金强吸取大雪压垮民居的教训，与高俊胜、欧阳春到村里每家每户巡查，发现几户房屋漏雨厉害，动员他们搬到了村活动中心暂时居住。

到了第五天，隧洞两边的护坡开始出现松垮，张金强让人拉起了警戒线，并安排人在洞内值守。

到第六天上午九点，鸳鸯河水位已超出了历史警戒线，离河中心绿洲上的羊圈不足两米高了。这时，高俊胜接到乡政府通知，上游桃川水电站十小时后放闸泄洪，让下游村组做好防洪防汛和财物转移工作。

张金强连忙召集村支“两委”召开紧急会议，组织养羊户和调集村里五只小渔船，将绿洲上的几百头羊紧急转移到井桐隧洞内。

河水湍急，没有动力的小渔船，根本不听使唤，一个大浪打来，渔船左摆右晃，向下游冲出几十米，险象环生。

羊群转移被迫停了下来。张金强请求乡党委书记李锋速派大中型动力船只支援。

时间在一分一秒过去，鸳鸯河水位还在上涨，养羊贫困户们心急如焚，又要冒险划小渔船去运羊，被张金强制止住了。

直到中午时分，一艘中型柴油动力船，开足马力，“突、突、突”冒着浓浓的黑烟从下游开了过来。船刚靠岸，几十个贫困户争先恐后跳了上去，去绿洲上赶羊群。

天公作美，大雨打了个盹儿，停歇了下来。张金强亲自坐镇，两小时后转移了大半羊群。随着一道闪电划过，从远到近，由小到大，一阵“轰隆、轰隆”的声音传来。一个炸雷仿佛在头顶上炸开，雨也跟着哗啦哗啦下了起来。

这时井桐隧洞那边传来了不好的消息，护坡禁不住连续多天大雨的浸透，滑坡了！

张金强只好带着欧阳春下船赶过去，让村文书欧阳涛继续组织转移羊群。而高俊胜不顾年老体弱，执意要亲自上船指挥。

“高支书，雨越下越大，你年纪大了，船上太危险。你在岸上指挥转送，船上的事交给欧阳涛。”张金强极力劝阻高俊胜。

“都什么时候了！你们快去组织滑坡抢险！不用担心我这把老骨头。”高俊胜说着，爬上了船。

“欧阳春，你留在这边指挥。劝高支书下来，我一个人去那边处理。”张金强对欧阳春说道。

“高支书都上船了，劝不下来的了。张队长，走吧，你先去滑坡现场。我去桐子坪村，请他们建筑工程公司派技术人员过来协助我们。”

张金强觉得也有道理，回头向船上的高俊胜喊道：“高支书，注意安全！”

“知道了，快去吧！你们也要注意安全！”

滑坡现场没有张金强想象的那么严重。虽然隧洞两边的护坡都有滑坡，土方量不大。几百只全身湿透的羊，“咩咩咩”的叫声在石洞里此起彼伏。

当最后一只羊装上船，鸳鸯河水已漫进了羊圈。高俊胜让几十个贫困户在绿洲上等着，先将羊运过去，再来接他们一趟。几个女村民见雨越下越大，又闪电雷鸣，不听高俊胜的劝阻，纷纷往船上爬。其他人见了，也跟着往上爬，最后全都挤上了船。

高俊胜只好让船手慢慢开，自己站到甲板上指挥几十位村民在甲板的两边平衡站立，让羊群在中间。

当船离岸边还有三十多米时，一道闪电拖着长长的尾巴从船头闪过，接着一个炸雷“啪”的一声，像是在船甲板上炸开。羊群受到了惊吓，到处乱窜，有两只羊从甲板上跳到了鸳鸯河里。贫困户欧阳波见了连忙脱掉鞋子，想跳进河里把羊抱上来。高俊胜一个箭步冲过去，要拉住他。结果欧阳波被拉住了，高俊胜自己失去重心，一头栽进了鸳鸯河。只挣扎了几下，一个旋涡将他转了进去，再也没了踪影。

船上几十人顿时乱了方寸，都朝着右边涌过来，呼喊着高俊胜的名字。船失去重心，突然往右倾斜，幸好船已接近岸边，险些翻船。

等张金强和欧阳春接到电话赶过来，欧阳涛已带上几个村民，乘船往下游寻找高俊胜去了。望着汹涌湍急的鸳鸯河水，张金强双腿一软，瘫坐在地上，两眼呆滞。

直到第三天清早，高俊胜的尸体才浮了出来，离下水的地方不足百米，村里人说，他连死了也舍不得离开井上村啊！

按照井上村的习俗，高俊胜的遗体不能进入高氏祠堂，只能在村文化广场上搭建灵堂。村里白发苍苍的王奶奶，让几个儿孙将自己那副已上好大红油漆的上等棺材，抬到了灵堂。

高俊胜的家人将高俊胜的墓穴选在神仙岭对着井上村的半山腰上，为的是让高俊胜能清楚地看见井上村走上脱贫致富的道路。

第三天清早，追悼会冒雨进行。张金强主持追悼大会，乡党委书记李锋致悼词。村文化广场上挤满了前来参加追悼大会的村民，大家都沉浸在悲痛之中。

追悼会结束，随着张金强一声高呼："出殡!"抬杠的八个精壮青年同时蹲下身子，却怎么也直不起身来。棺材像是生了根，硬是纹丝不动。临时加了八个精壮青年，十六条汉子齐呼"起!"还是纹丝不动。

"莫不是钩住了地上的什么东西？先移动一下。"有人在旁边提醒道。

十六条汉子稍一用力，棺材被移动了一下。汉子们信心倍增，又齐声高呼：“起！”棺材仍像一块巨大的卧石，一动不动。再移，再动。一位抬杠的青年动情地说：“兄弟们，就是移，我们也要把老支书移上神仙岭。”他的话音刚落，十六条汉子憋足劲往前移，这下连移都移不动了！

前来参加追悼会的村民“扑通”一声，全跪在地上，面向棺材磕头、作揖。任凭大家怎样虔诚，棺材还是纹丝不动。

“我们还没脱贫，老支书放心不下，罢葬了！”

“老支书对井上村的村民感情太深，舍不得离开我们啊！”

…………

村民们跪在地上一边抽泣，一边议论。

就在大家一筹莫展时，高俊胜的老伴儿从屋里出来，颤颤巍巍地从衣袋里摸出上次高俊胜在医院里写的遗书，递给欧阳春。欧阳春扫了一眼，几乎是吼叫道：“按老支书的遗愿，去火葬场！起！”

十六条汉子再次同声：“起！”棺材魔术般地离开了地面，一行长长的送葬队伍慢慢地向井桐隧道走去。

雨，突然停了。太阳拨开云层，洒下道道霞光。不知什么时候，井上村与神仙岭之间，竟架起了一弯七色彩虹……

蓝蓝的勾蓝

1

盘志群打电话向陈宗宝请了几天假，开着奔驰向家乡疾驰而去。到县城已是下午四点多钟，盘志群将车停在县城停车场，换上一套泛白的工装，手机放进行李箱，租了一辆两轮摩托车直奔勾蓝瑶寨。在寨口刚下摩托车，正好遇上原生产队长盘晓旺，连忙侧身避让，谁知盘晓旺已认出了他。

盘晓旺："八斤半！"

盘志群只好慢悠悠回转身。没料到盘晓旺冲过来就紧紧抱住他，激动地说："回来了！终于回来了！八斤半，乡亲们找你找得好苦啊！"

盘志群心里咯噔一下：难道十几年了乡亲们还在找我寻仇？幸好将奔驰停在县城，不然会被乡亲们砸成一堆废铁。

盘晓旺突然松开双手，扯开嗓子向寨里呼喊道：“乡亲们！八斤半回来了！八斤半回到勾蓝瑶寨了！”

随着盘晓旺的呼喊，寨里人纷纷从家里出来，将盘志群团团围起来，议论纷纷：有的说八斤半白了，有的说八斤半胖了，有的说八斤半帅了，有的说八斤半像个当官的模样了……盘志群站在那里像一尊木偶，云里雾里，任凭乡亲们议论。

这时，寨里老支书挤进围观的人群，先打量了一下盘志群，接着双手握拳擂在他胸口上，训斥道：“八斤半！你是个浑蛋！你还认得回勾蓝瑶寨的路？你还知道勾蓝瑶寨是你的家？十几年了杳无音信，乡亲们还以为你……以为你……嗨！回来了就好！走！上我家喝酒去！”

老支书不由分说，拉住盘志群的手就往外走。

盘晓旺：“慢！老支书，总得有个先来后到吧？我是第一个发现八斤半回勾蓝瑶寨的，这顿酒怎么也是去我家喝！”

老支书的儿子欧阳光从围观的人群外挤了进来，站在他爹和盘晓旺中间说：“爹，盘晓旺叔叔，你们都别争了，先让八斤半叔叔回他家四合院看看，我在合作社的光盘酒楼摆几桌，各位乡亲们愿去的都去，晚上八斤半叔叔就住在我家民宿里，吃住一条龙，你们觉得怎么样？”

盘晓旺：“好！还是光仔考虑周全。八斤半，没想到吧？你出去那年光仔刚考上农业大学，现在他不仅是市里派驻咱勾蓝瑶寨乡村振兴工作队的队长兼村支部第一书记，还是乡亲们发家致富的带头人！”

在老支书和盘晓旺的陪同下，盘志群来到自己的四合院。黝黑的宅门，锃亮的门钹，比他离开勾蓝瑶寨时还光亮；过去早已斑驳的外墙，全部进行了修补；以前门头、窗花破损的雕饰也都修复得完好无损；门廊增添的彩绘体现着民俗民风和瑶族传统文化；院内整洁干净，树木葱郁。这座四合院是祖父留下的家业。祖父曾是勾蓝瑶寨的瑶王，统领黄家、上村、大兴三个勾蓝瑶村联袂组成的勾蓝瑶寨。

据传祖父任瑶王的那些年，土匪闹得特别凶，三天两头匪贼马队出没，劫财掠色弄得瑶寨不得安宁。瑶王主持修建了寨头的三层六角古堡和环绕瑶寨的古石城墙，随后添置了土炮、火枪，硬是将土匪挡在了寨外。

那年日本人打到勾蓝瑶寨，激战十分惨烈。据瑶寨族谱记载：瑶王组织妇孺藏进寨后山洞后，不顾年事已高，亲自坐镇寨头六角古堡指挥抗日，硬是坚守了三天三夜，寨里青壮年男子死伤过半，瑶王的五个儿子，只剩下患有小儿麻痹症、尚未成年的小儿子盘金文，由此可见壮烈程度惨不忍睹。最后，日本人调来几门山炮，将六角古堡炸塌了半边，石城墙轰开了几道口子，瑶王被弹片炸成重伤。眼见敌人蜂拥般进寨，瑶王挣扎着悄悄在身上绑了几管炸药，敌人见他手无寸铁，又身受重伤，毫无戒备之心，号叫着拥向瑶王："抓活的！"

瑶王顽强地从地上站立起来，像一座屹立不倒的丰碑。待敌人一窝蜂似的扑向他，毅然决然地点燃导火索……

勾蓝瑶寨虽经历了战乱的洗劫，但瑶寨几百座青砖黛瓦的古建筑得以幸存下来。

当年，循规瑶王可以世袭。无奈瑶王四个身强体壮的儿子在与敌人的激战中都壮烈牺牲，盘金文尚未成年，又是个瘸子，瑶王世袭无能为力。因祖父积攒的万贯家财被洗劫一空，就剩下那座空荡荡的四合院，从此家道没落。幸亏盘金文捡了个"漏"，得以娶妻生子，延续了家族香火。

据寨里人说，盘志群的娘身材矮小，身子单薄，过去还嫁过一户人家。可惜婚后十余年都没生过一男半女，寻访了方圆上百里的土郎中，中药吃了几箩筐，肚子还是不见任何动静。偏偏婆家是个独苗，她娘不能延续香火，便被婆家休了。当媒人将他娘领进四合院，他瘸子爹哪里还敢挑三拣四，只要是个女人，早已求之不得，就这样总算成了个家。也许是他娘过去吃了几箩筐中药起了潜移默化的作用，也许是嫁对了该嫁的人，结婚后的第三年，他娘竟怀上了盘志群，可谓谢天谢地。因此，寨里人常常笑话他爹捡了个"漏"。

俗话说：十月怀胎，一朝分娩。他娘宫口开了十指宽都两天两夜了，疼得头发湿了又干，干了又湿。勾蓝瑶寨经验丰富的三个接生婆轮番上阵，调胎、热敷、按摩、坐盆，十八般武艺用尽了，盘志群只在宫口露出个头顶，就是不愿离开他娘的肚子。眼见羊水都快流干了，接生婆狠下心，伸进两根手指头夹住盘志群的头，活生生地将他从娘的胎盘里拽了出来。放到竹篮里一称，好家伙，竟有八斤半重！接生婆们给他取了个绰名：八斤半。从此，寨里人几乎没叫过他的学名，就连盘志群后来进了学堂读书，老师、学生都叫他“八斤半”。

而他娘却没有八斤半那么幸运，因撕裂性创伤导致大出血，还没来得及抱一下八斤半，便命丧黄泉。招致寨里人议论纷纷，说八斤半命硬。

与其说八斤半是吃百家奶长大的，不如说八斤半是伴随着饥饿成长的。盘金文瘸着腿，抱着襁褓中的盘志群在勾蓝瑶寨黄家、上村、大兴三个勾蓝瑶村轮流转，听到谁家传出婴儿的啼哭声或打听到谁家媳妇生了孩子，便去蹭口奶吃。

那时国家刚经历过三年困难时期，谁家日子都过得拮据，很多哺乳期妇女营养不良。本来供自家孩子的奶水都不足，但看在八斤半是“瑶王的后裔”，加上八斤半一出生就没了娘，时常饿得哇哇大哭，甚是可怜，便给他分得一杯羹。而八斤半的食量特大，不把奶水吸干就不松口。再到后来，吸不出奶水，八斤半就咬人。渐渐地，整个勾蓝瑶寨的产妇们都被八斤半折磨怕了，纷纷躲着八斤半和他的瘸子爹。导致八斤半营养严重不良，骨瘦如柴。

2

顾名思义，勾蓝瑶寨都是清一色的瑶族。他们的远古祖先为蚩尤，“蚩”指苗族先民，“尤”指瑶族先民。蚩尤实际上就是苗族和瑶族先民共同组成的部落联盟。他们过去长期巢居在崇山峻岭之中，在历史上也是一个频繁迁徙的民族，素有“东方吉卜赛人”之称。勾蓝瑶在明洪武年间被朝廷招安下山，才有了固定的居所——勾蓝瑶寨。八斤半当然继承的是正宗瑶族血统。按理说，经过几百年世世代代血缘传递，血液中那种粗犷、野蛮的因子成分有所稀释、淡化。然而，在八斤半身上又返璞归真了，因此八斤半成了勾蓝瑶寨的另类。

勾蓝瑶寨地处偏僻的岭南山脉，山多田少，交通极为不便，瑶民们生活的艰辛可想而知。在经历了互助组、初级社、高级社到勾蓝瑶大队的变迁后，盘金文也成了上村生产队的一名社员。那时社员们集体出工，记工分取酬，男劳力每天记十二分，女劳力每天记八分，多劳多得。生产队分配粮食时除了上缴国家粮，先按人口分配基本口粮，其余的都是按工分分配。盘金文是个瘸子，田里的功夫及背、抬、挑的活计望尘莫及，只能照顾他做些为生产队放牛、喂猪、打杂的轻松活儿，每天记六分，也就是算半个男劳力。

八斤半六岁那年，生产队分配属集体所有的柚子，这只能算作生产队的副业，便没有按人口分配，全部以工分分配。别人家工分多，分得几箩筐柚子，八斤半家靠他爹半个男劳力的工分只分得一竹篮柚子。尽管八斤半年幼，但知道香柚甘甜爽口，十分眼红嘴馋，竟然不声不响地从分剩的柚子堆里去捧了两个大柚子，放到自己的竹篮里。生产队队长盘晓旺见了，让八斤半放回去，八斤半不肯，还将身子伏在竹篮上。盘晓旺强行去拿，刚伸手去拉开八斤半，被八斤半咬了一口。盘晓旺恼羞成怒，照着八斤半脸上狠狠打了两记耳光，还给他扣上“偷生产队集体财产”的帽子，将他家分得的一竹篮柚子全部没收！盘金文拖着瘸腿上前想与盘晓旺理论几句，还没开口，盘晓旺瞪着眼对他说：“瘸子，你再不管教好儿子，就下田里干活儿去！”一句话直接戳到了盘金文的痛处。他即刻认尿了，转身在八斤半屁股上打了几巴掌，竹篮也不要了，拖着八斤半一瘸一拐地往回走，八斤半居然没掉一滴眼泪，回头对盘晓旺“哼！哼！哼！”连哼了三声。

第二年霜降过后，正是柚子收获的季节。一天深夜，盘金文早已熟睡，八斤半悄悄下床，拿着一个事先准备好的布袋子，趁着夜色溜出了门。过了不大一会儿工夫，八斤半喘着粗气，背着鼓囊囊的布袋子回来了。盘金文被惊醒过来，点亮灯，见八斤半正从布袋子往外掏柚子，盘金文顿时明白了，抄起旁边一根打狗棍，咬牙切齿地说道：“看我今天不打死你！”说完拖着瘸腿要去打八斤半。八斤半双手叉着腰立在那里一动不动，倔着头说：“等等！等我吃完两个柚子再打。”

其实，盘金文也是吓唬吓唬八斤半，不能让八斤半养成偷鸡摸狗的习惯，一时急了才说了句狠话。没想到八斤半不闪不躲，还视死如归，简直戳到了盘金文的心窝子！盘金文举起的木棍停在半空，迟疑了一下，狠狠地打在自己的瘸腿上。

从那以后，每当生产队的橘子、桃子、柚子快要成熟的时候，夜幕下的果园里，都会留下八斤半挪腾的身影。起初，大伙儿怀疑过八斤半。盘晓旺也暗地里派了几拨男劳力去值守。有天夜晚，月朗星稀，值守人员见桃树园里溜进一个小黑影，便悄悄跟了过去。进得桃树园，为了不打草惊蛇，值守人员关掉手电筒，蹑手蹑脚在园里寻找小黑影。当他们走近一棵树叶浓密、挂满桃子的桃树时，突然从树杈上蹿出一个头发蓬松、龇嘴獠牙、笑容诡异，发出“来吧……来吧……”声音的“女鬼”，吓得值守人员双腿软麻，连滚带爬逃出了园子。

闹鬼这事，只有八斤半和盘金文心里最清楚。当盘金文知道盘晓旺暗中派人值守，生怕八斤半被值守人员逮住，轻则免不了一顿皮肉之苦，重则新账老账一起算，逐出族门。想想祖上曾为瑶王，怎能招此奇耻大辱，盘金文便劝八斤半不要再去生产队园里偷果子。可八斤半听了不屑一顾的样子，打又打不得，劝又不听劝，盘金文实在没辙，便去生产队祠堂，从他保管的傩戏服装中挑了几件物饰，配成一件鬼服，让八斤半套上……

3

八斤半三十岁那年，有一次与寨里人冰释前嫌的机会，可惜他不仅没抓住，还弄巧成拙。一天，他从集镇上卖完柴回家，半路上要撒尿，可半路上前不着村后不着店，换别人就是被尿憋个半死，也得寻个方便处。八斤半反正打了半辈子光棍，野惯了，站在路边的一块石头上撒尿。石头旁边的草丛中，突然蹿出一只小鸡雏，“叽叽叽”地叫个不停。八斤半撒了一半，急不可待地从石头上跳下去，捉住了小鸡雏带回家去喂养。不久便能辨出是一只芦花鸡公，几个月后长成七八斤重的膘肥“大汉”。

八斤半的芦花鸡公在勾蓝瑶寨早已引人注目。一只鸡公能长到七八斤重，这在勾蓝瑶寨实属罕见，自然同八斤半搭讪的人也多了起来，纷纷问他：“八斤半，你那只芦花鸡公是从哪里买回来的良种鸡呀？”“八斤半，你给芦花鸡公喂的什么食，那么疯长？”每当这时，八斤半装得很神秘的样子，煞有介事地回答说：“有天夜晚，我刚进入梦乡，鸡仙姑来到床头对我说，八斤半，你要走运啦！说完，没等我看清那鸡仙姑是啥模样儿，便飘然而去了。第二天起床去开鸡笼时，第一只出来的便是那只小芦花鸡雏。它肯定是喝了什么仙水，要不能长得这般肥壮吗？”

初听起来，寨里人将信将疑，听的次数多了，且那芦花鸡公愈长愈大，竟都认为真有其事。有了八斤半的那只芦花鸡公，勾蓝瑶寨其他喂养的本地鸡公就显得多余了。他们以不杂种为借口，杀的杀了过生日，卖的卖了换油盐。正当各家各户准备存蛋上抱窝孵鸡雏时，勾蓝瑶寨的鸡群中却不见芦花鸡公了。原来，八斤半把芦花鸡公同他家两只母鸡关起来喂养，不给别人家的母鸡交配了。寨里人纷纷问他为啥不把芦花鸡公放养而圈养，平时连放个屁都不响的八斤半，比当年他爷爷做瑶王时还摆谱，傲慢地说：“这是芦花鸡公的生活习性，每年这个时候是不能让它出门的，怕染上鸡瘟，鸡仙姑嘱咐过的。”

听说是鸡仙姑嘱咐的事情，寨里人也就不再多问，况且一时半刻也喂养不大一只公鸡，便选出大个儿未经交配的蛋同八斤半兑换。八斤半鬼精，不肯一换一，说他的芦花鸡公不能白喂，三换二都不干，硬要二换一。勾蓝瑶寨的乡亲们为了孵鸡雏，又幻想着经芦花鸡公交配过的小鸡雏能长到七八斤，没办法，只好二换一，但都在心里咒他将来打一辈子光棍。

寨里有个叫玉嫂的，还不到三十岁，接连生了五个崽女。她的丈夫时常到山外面去卖些苦力，挣钱养家糊口。玉嫂想抱一窝小鸡雏，无奈只喂了两只母鸡，又没能给它们饱食，其中一只断蛋打抱窝了。家里只有十来个鸡蛋，到八斤半那儿去换，只能换得五个。五个鸡蛋怎好上抱窝呢？她便去求八斤半给个人情，先借几个鸡蛋上抱窝，日后再还他。

那天中午，玉嫂来借蛋了。人没进门，一声“八斤半兄弟”喊得脆生生的，八斤半在屋里听了，心里像注进半罐蜜。他把玉嫂引到家里，给她沏了一杯糖茶。当玉嫂说起借蛋之事，八斤半知道她家贫寒，本想送她一窝鸡蛋做诱饵，开开“洋荤”，又怕玉嫂性子刚烈闹将出去，想着不如送她一窝蛋，让玉嫂给自己说个媳妇。

玉嫂娘家寨子有位堂哥病死，堂嫂得知八斤半还是大黄花郎，个子高高大大，五官端端正正，又是瑶王的后裔，尤其家里有只大芦花鸡公，母鸡下蛋可以二换一，便答应同八斤半先见面相处。八斤半早早把房间打扫干净，还从玉嫂家不多的家具中，挑选了两件漆色好的摆在堂屋里。

没过几天，玉嫂把堂嫂带到勾蓝瑶寨。堂嫂叫秋葵，人长得确实不错。八斤半两眼不住地在她身上转来转去。秋葵虽然做过媳妇育过孩子，还是被八斤半贪婪的目光盯得很不自在。玉嫂临走时随口说：“八斤半，我把秋葵请到你家里来了，舍不舍得杀芦花鸡公就看你的了。”说完，她撂下秋葵回家忙事去了。近晌，八斤半叫玉嫂过去吃中饭，在八斤半门前的台阶上，玉嫂发现一大堆芦花鸡毛，不由心里一惊，砍脑壳的八斤半真的把芦花鸡公给杀了！

秋葵在玉嫂家住了一夜。第二天早上，八斤半将头天中晚餐吃剩的芦花鸡公为秋葵煮了一海碗汤面，秋葵吃了才恋恋不舍地回去。自那以后，秋葵又来过两回勾蓝瑶寨。据寨子里一位猎人说，有天清早，他从山上狩猎回寨，见八斤半家里出来个女人。第二天，他遇到八斤半说起头天清早的事，八斤半支吾着不肯承认，但脸却红了。那正是秋葵最后一次来勾蓝瑶寨。

那天，八斤半打算卖些鸡蛋，买些礼物到秋葵家去看望她的两个小孩，顺便商定领证结婚的日子。玉嫂慌慌忙忙赶来告诉他，秋葵娘家不同意他们的婚事！原来秋葵有个哥哥三十挨边了还没找到媳妇，要用秋葵去“棉花换纱”。秋葵不依，后来经她娘哭哭啼啼地劝说，女人的心软了，便捎信给玉嫂让她转告八斤半，不是她不愿意嫁给八斤半，是她娘要她去“棉花换纱”。玉嫂听了，心都凉了半截，犹豫几天才敢来告诉八斤半。八斤半听后当场发飙，说是要去找秋葵的娘拼命，玉嫂好说歹说才把他拦住。八斤半转而将满腔怒火往玉嫂身上泄，不但要玉嫂赔他只芦花鸡公，还把他送给玉嫂孵鸡雏的那窝鸡蛋砸得稀巴烂。玉嫂为息事宁人，答应赔八斤半一只老母鸡，八斤半不干，非得要玉嫂赔他只芦花鸡公。那段时间，八斤半同玉嫂吵得不可开交，让寨里人看够了笑话。

从那以后，八斤半因没有了芦花鸡公，加上寨子里的人对他“二换一”恨之入骨，八斤半又回到了过去那种无人理睬的日子。

八斤半自知再在勾蓝瑶寨待下去实在没趣，便将两只老母鸡卖了，责任田白白送给邻居耕种，独自南下打工去了。

4

经过两天一夜坐汽车转火车，八斤半到达了广州。这是他初次离开偏僻闭塞的勾蓝瑶寨，来到一个大都市，对他来说完全是一个陌生的世界，眼前一片茫然。

八斤半在广州城里转悠了两天，见人就问哪里需要人干活儿。由于他操着一口浓重的勾蓝瑶寨方言，语速又快，别人像是听天书，不是摇头就是摆手。偶尔有人用粤语问他是什么意思，八斤半也听不懂对方说了什么。眼见兜里的钱越来越少，也意识到自己的方言让对方迷糊，八斤半索性用锄头挖地、扁担挑土的肢体语言，来诠释自己要找活儿干。也许动作幅度过大过于夸张，反被路人当成了“癫子”，避之不及。直到第三天下午，八斤半正用方言问路人，被路过的同县老乡顺儿听见，上前与八斤半搭讪。顺儿是平地瑶，在广州一新建的火电厂做砌工，见八斤半身材高大，有股子力气，便将他带到工地打下手。

那天，顺儿的新婚妻子芳妹千里迢迢从老家来到工地。工地没有家属接待室，都是十几个工友住的简易大工棚。顺儿只好把自己那几块木板搭成的，与八斤半紧挨着的床铺，搬到工棚内工友们平常放脸盆、水桶的空地，又从工地捡回几块油毛毡和几根树尾巴，在八斤半的协助下，围了个两米来高的小巢，总算和芳妹有了个独立歇息之处。

工友们白天干的都是重体力活儿，夜晚都早早上床睡了。芳妹头枕着顺儿的手臂，幸福地躺在顺儿的怀里，急不可待地挑逗，暗示顺儿。顺儿将嘴俯在芳妹耳边，小声地说："莫急。等工友们熟睡了再说。"过了大约半个小时，工棚里鼾声此起彼伏。

"来吧。我好想为你生个儿子。"芳妹细声地说。

"嗯。"顺儿应着，把手臂从芳妹的脖颈下抽了出来。刚要侧身，"啪"的一声，工棚里的灯亮了，是八斤半起床去上茅厕。顺儿和芳妹只好又屏声静气地躺着。整整一夜，八斤半都没停歇，原来不知他白天吃错了什么，闹腹泻。顺儿和芳妹也几乎没合眼，硬是煎熬了一夜。

第二天夜晚，因白天顺儿强行让八斤半进城去药店买了止泻药，八斤半睡得十分安详，鼾声雷鸣。顺儿头天夜里没合眼，白天又劳累了一天，在等待工友熟睡的过程中，不知不觉入睡了。芳妹虽然心情迫切，但十分心疼丈夫，过了半夜才将顺儿弄醒。顺儿心领神会，悄悄地将身子压了过去……

俗话说：久别夫妻胜新婚。何况这是一对新婚又久别的小夫妻，此刻，好似干柴遇烈火。尽管夫妻俩配合默契，无奈那几块木板搭成的床很不配合，不断发出"吱呀吱呀"声。夫妻俩时不时停下来侧耳细听，生怕吵醒工友。

突然，“咔嚓”一声，一块床板断裂了！

“抓贼！有贼撬门！”被惊醒的八斤半条件反射似的，边喊边一骨碌从床上坐起。

“抓贼，抓贼……”顿时，十几个工友喊声四起。顺儿慌忙从芳妹身上滑落下来，也跟着嚷嚷：“抓贼，抓贼。”芳妹偷笑着在他的背上狠狠地掐了一把。结果，工友们当然是虚惊一场。意犹未尽，半途而废的夫妻俩只好作罢。

天亮后，天空淅淅沥沥地下了场小雨。早饭过后，雨越下越大，工友们接到通知，停工休息。大家便把被子卷起，坐在床上，或扯胡子，或三打哈，或斗牛，吆喝声、争执声不绝于耳。工友们平时要上工地不准沾酒，趁着难得的停工休息，中餐、晚餐都有工友喝得酩酊大醉，酒气和着几位工友吐出的劣质烟雾，一天下来，工棚已是乌烟瘴气。

顺儿则一整天都在小巢里捣弄着昨晚坏了他好事的床铺。他先是将断裂的床板换掉，又找来几根木方料床架进行反复加固。每加固一次，他都躺到床上用力摇晃，直到没有任何“吱呀”声。

入夜，喧闹了一天的工棚，又早早地恢复了往夜的鼾声。芳妹睡得很安分，竟然对顺儿没有任何暗示。顺儿便从前两夜的被动变为主动，用肩膀轻轻碰了碰芳妹：“嘿，嘿。”

“安心睡觉吧，大姨妈来了。”芳妹小声回道。

顺儿急了，不解地轻声问：“这大半夜的，什么大姨妈来了？工友们都睡得死猪一般了！”

“那个……那个……咋就提前来了，来例假了。明早我就回家去。”芳妹说着，眼泪唰唰地流了出来。

“唉，真巧啊！倒是辛苦你白跑了一趟。”顺儿无奈地叹息一声，从枕头底下摸出几张餐巾纸，轻轻地给芳妹擦拭着眼泪。

第二天，雨过天晴，芳妹觉得留下来反倒成了顺儿的负担，一再坚持要回去。顺儿是大砌工，要抢工期，便向包工头借来一辆自行车，让八斤半送芳妹去广州火车站。八斤半本来才刚刚学会骑自行车，尾架上又坐着体态丰盈的芳妹，自行车龙头有些不听使唤。加之火电站还在建设中，进出道路又没硬化，被大货车轧得坑坑洼洼，颠簸得很厉害。芳妹坐在尾架上，身子东倒西歪，还不时从尾架上颠下来。骑了一段后，八斤半让芳妹双手搂住他的腰。芳妹想想八斤半是顺儿最要好的朋友，便一只手拿着布包，一只手搂住八斤半的腰。尽管芳妹有意保持着身体距离，由于路上实在太颠簸，身体不时蹭在八斤半后背上。在经过一段下坡路时，八斤半竟忘记了刹车，车速越来越快，芳妹惊叫一声，八斤半回过神，慌乱中刹车将两人掀翻，滚落在路边的草地里。八斤半怦然心动，毫不迟疑地翻身压在芳妹身上。芳妹一边拼命挣扎反抗，一边嘴里不停地辱骂：“畜生！禽兽！”正在这时，一辆满载建材的大货车，碾轧着路“轰轰轰”从远处驶来，八斤半猛然顿住，扶起地上的自行车，来不及整理衣衫，骑上自行车向广州方向飞奔而去。

八斤半偷偷溜进广州火车站，爬上一辆刚刚启动的货运车。他蜷缩在车厢一角，也不知道货运车是往南还是往北开，直到第二天早上货运车停靠在了一个小镇上的火车站，他才赶紧从车厢里爬了出来。

5

八斤半经过一夜的冷静后，十分后悔自己干了那么龌龊的事，简直太荒谬，太无耻。他没有走出火车站，而是沿着铁轨继续往前走。一路上，他想过回去向顺儿负荆请罪，期望得到顺儿和芳妹的谅解，可想想自己干的破事，不会得到任何一个男人的饶恕，便打消了这个念头。他又想过回勾蓝瑶寨，又怕顺儿已报警或亲自找上门报仇雪耻，自己在勾蓝瑶寨已无立足之地，如果这事闹将出去，更无脸见人！八斤半彻底步入进退两难境地。

这时，一列火车迎面疾驰而来，八斤半脑海里顿时闪出就此结束一生的念头。他停下脚步，站在铁轨中间，做了个张开双臂拥抱火车头的姿势，一副视死如归的豪迈气概。在他与火车头相距二百米左右时，火车发出刺耳的长长汽笛声。八斤半突然被长长汽笛声震慑住了，急忙收拢双臂，身子往下一蹲，腾空跳出了铁轨。飞驰的火车几乎与他擦肩而过，让他倒吸了一口冷气。等他回过神来，整列火车一溜烟从他眼前闪过。

到了中午，八斤半已是四餐没吃没喝，饿得两眼开始冒金星。铁道两边全是竹林，穿过一个隧道，见距铁道线两里地有一个小工厂，八斤半有气无力地走下铁道，向工厂走去。走近厂门见一块“福建省龙岩竹笋食品加工厂”厂牌，他才知道自己到了福建。

八斤半刚进入厂门，走路有点趺趺撞撞了。突然，一条高大凶猛、全身毛发黑亮的狼狗蹿了出来，直接冲到八斤半跟前。幸好狼狗拴着一条铁链，在八斤半面前打住了。八斤半被吓得一屁股瘫坐到地上，狼狗不依不饶露出狰狞的面孔，两条后腿站立，两条前腿对着八斤半张牙舞爪般“汪汪汪”地叫个没停，挣扎着要扑向八斤半。

这时，从旁边简易办公室走出一个中年人，对狼狗训斥了一句，狼狗老老实实地停止叫声，四肢着地后退了几步。

中年人关切地问八斤半：“小黑没伤着你吧？”

八斤半摇了摇头，他想站起来，可双腿怎么也不听使唤。

中年人问八斤半：“你怎么了？”

八斤半声音微弱地回答：“饿。”

中年人连忙搀扶起八斤半，向工厂食堂走去。

这是一家私营企业，利用当地丰富的竹笋资源制作竹笋罐头。中年人正是厂长陈宗宝。

八斤半在食堂就着竹笋炒五花肉狼吞虎咽吃了两大碗米饭，又喝了一大杯井水后，身体才渐渐恢复了过来。由于在火电厂打了几个月工，工友来自全国四面八方，八斤半学会了些夹生的普通话，与陈宗宝交流起来比他初到广州顺畅多了，他在陈宗宝面前吐了一肚子的苦水，毫无悬念地省去了在火电厂打工的经历。当陈宗宝得知八斤半是“瑶王”的后裔，至今还是个孤儿，家贫如洗，无依无靠，身无分文，不惜爬火车外出打工时，便将他收留了下来。

竹笋食品加工厂规模不大，工艺较为简单，剥笋、切笋、煮笋、封装，工作比在火电厂打工既轻松又不用日晒雨淋。八斤半有了之前的教训，心无旁骛，十分珍惜这份来之不易的工作。凭着一把子力气，重活儿、累活儿、脏活儿抢着干，加班加点毫无怨言，深得陈宗宝信任。

随着工厂逐年加工竹笋，周边竹笋资源已越来越少。

那天，天气晴朗，阳光普照。陈宗宝开着手扶拖拉机去大山里收购竹笋，特意带上八斤半去当助手。

由于大深山里没通公路，为了将山里的楠竹和树木运出山外，当地政府租用挖掘机沿着小溪流靠山的一侧挖了一条临时供货车运输的土路。陈宗宝驾驶着手扶拖拉机，八斤半站在车斗里，双手扶着车斗护栏一路颠簸着向大山里驶去。

经过一上午的沿途收购，到中午时分收购的竹笋已高高越过了车斗护栏。正当陈宗宝和八斤半返程时，天空突然阴沉了下来。福建本就属亚热带季风气候，多雨。尤其大山里气候反复无常，比川剧变脸还来得快。陈宗宝连忙驾驶手扶拖拉机，八斤半坐在陈宗宝旁边的铁质工具箱上向山外疾驰而去。

天公真不作美，起初只是下了些零星小雨，还剩最后一座山头时，雨像断了线的珠子"哗哗哗"地下了起来。弯曲陡峭的土路在货车的碾轧下两条深深的车辙十分平滑，雨水一淋就更像在车辙上抹了一层油。行驶在平路上手扶拖拉机都扭曲滑行，在驶上一段上坡路时，轮胎更是打滑得厉害。好在陈宗宝具有丰富的山区驾驶经验，挂上最低挡位，将油门拉到底，柴油发动机冒着滚滚浓烟呈蛇形向上爬行，总算到了坡顶。在经过最后一段长长的下坡路时，雨越下越大，土路经雨水浸泡后更加泥泞不堪。陈宗宝丢开油门，双手紧握刹车，虽然拖拉机轮胎被刹车死死刹住没再转动，但四个车轮根本不听使唤，沿着车辙快速向下滑去。陈宗宝用力踩住脚刹车也于事无补。眼见手扶拖拉机越来越快地向下滑去，坡下又是一个急拐弯。陈宗宝心想：如果以这种速度冲下去很有可能车毁人亡，便示意八斤半跳车。八斤半不仅没跳车，竟毫无惧色，镇定地站到铁质工具箱上，一手紧握车斗护栏，一手从车斗里抓起一捆捆竹笋抛向手扶拖拉机前面的车辙上。然而，手扶拖拉机没有丝毫减速的迹象，继续像一匹脱缰的野马向下冲去。

陈宗宝：“八斤半，惯性太大，没用的！我挂倒挡，你往山边跳车！”

八斤半：“不行！挂倒挡损坏了齿轮箱，手扶拖拉机更不好控制！我不能丢下您！要死咱俩死到一块！”

八斤半疯了似的，头也不回，快速地从车斗里抓起一捆捆竹笋向脑后抛去。一捆捆竹笋在两个车轮前堆积，渐渐地两个后车轮也堆积了不少竹笋。由于车轮的挤压，慢慢地，一部分竹笋外衣嵌入车辙中，随后越来越多的竹笋外衣嵌入车辙中，车速终于降了下来。终于来到坡下急拐弯时，由于坡度太长、太陡，惯性太大，八斤半又是一手握着车斗护栏，一手还在车斗里抓竹笋，一时失去重心，被甩了出去，重重地落在山坡的崖石上，脑袋被磕开了一道口子，鲜血直流。

陈宗宝连忙将柴油发动机熄火，手扶拖拉机还没停靠稳，便从车上跳了下去。

八斤半想脱掉外衣遮挡头上的雨水，可左手怎么也不听使唤，原来肩关节脱臼了。

陈宗宝拼命地爬上山坡，脱掉外衣为八斤半遮挡雨水，又从自己的衬衣上撕下一块布条为八斤半包扎完头上的伤口，才搀扶着八斤半从山坡上缓缓下来。

6

转眼十几年过去了。龙岩竹笋食品加工厂已从作坊式小企业，发展为龙岩食品集团公司。产品从单一的竹笋制品，囊括为水果类、肉类、鱼类、植物类等上百种深加工品种，生产线也由过去的半机械化变成了全自动化。产品不仅销往全国各地，还远销美国、日本、欧盟，成了福建省的创汇大户。

自从八斤半与陈宗宝成为生死之交，陈宗宝送他去参加各类食品加工技术培训班，又不惜重金送他去日本深造，还将外孙女、公司财务副总监顾晓兰介绍给他。虽然顾晓兰是二婚，但比八斤半整整小了十岁，温柔贤淑，知书达理，婚后夫妻相敬如宾。随着工厂的不断发展壮大，八斤半持有公司百分之二十股份，成为集团公司技术副总经理。

盛夏的一个星期天上午，八斤半正在书房修改公司就地扩建方案，顾晓兰拿着手机兴高采烈地推门进来。

顾晓兰："老公，你家乡的县委书记、县长在勾蓝瑶寨直播带货哩！"

八斤半拿过顾晓兰的手机，画面上刚好出现勾蓝瑶寨蒲鲤生井、山窟藏庵、犀牛望月、天马扫槽等景点，尤其寨中央潺潺流淌着的那条小溪流，溪水清冽，不少游客依次从坝上走过。溪流两边的古建筑青砖黛瓦，挂满一排排大红灯笼，有着节日般的喜庆。这些地方都是八斤半小时候经常玩耍的地方。画面还在不断变化：车尾山下的橘园里金黄的橘子挂满枝头，把树枝压弯了腰；呼雷山下成片成林的柚子树上，一个个柚子吊挂枝梢，像一群穿着绿马夹的小精灵；望月山下一望无际的香芋基地，青翠碧绿或紫红色的叶片，在阳光下折射出五彩的光晕。一条宽阔的水泥路从寨口延向远方，一辆辆满载橘子的大货车从寨里徐徐驶出。随后的画面切到县委书记、县长正在直播推销橘子，只见县委书记抓起一个金黄的橘子，剥开橘皮，橙黄色的果肉显露出来。县长拨了一瓣塞进嘴里，橘子汁顺着嘴唇流了出来……

当天晚上，八斤半躺在床上，脑海里不时映出手机里勾蓝瑶寨的画面，县委书记的最后一段话，让他辗转反侧久久不能入眠：通过前些年产业扶贫，勾蓝瑶寨建立起万亩橘子园、两万亩香柚园、两万亩香芋基地，今年优质柑橘、香柚、香芋大丰收，欢迎广大客户网上订购！价格优惠！同时，全县已种植柑橘面积三百万亩、香柚面积五百万亩、香芋面积三百万亩，欢迎全国经销商前来批发销售。

八斤半心里清楚，国家这些年精准扶贫举措效果明显，全国各地像家乡一样，种植、养殖等产业发展迅速。公司这些年原材料收购货源十分充足。过去是上门收购，现在是送货上门，而收购价格还呈下降趋势。勾蓝瑶寨和县里大面积种植的柑橘、香柚、香芋等品种保鲜期有限，一旦滞销，该怎么办？

正在这时，顾晓兰将头靠了过来，并轻声说：“怎么啦？翻来覆去地想家乡了？老公，你都十几年没回去了，我想带着孩子陪你回勾蓝瑶寨，亲眼看看你的家乡，看看你那古色古香的四合院，怎么样？”

八斤半没吭声。其实，这些年勾蓝瑶寨是他最牵挂的地方，然而要回勾蓝瑶寨，他心中顾虑重重，想起自幼在勾蓝瑶寨做的糗事，特别是强行与芳妹发生的那桩事，虽然未遂，不知道顺儿闹到勾蓝瑶寨去了没有？前几年他去广州参加一个产品展销会，偷偷去过一趟火电站，本想向顺儿负荆请罪，可是进出火电站的道路已硬化，顺儿和工友们早就离开了。

顾晓兰：“老公，好不好嘛？我还想带儿子到公公婆婆坟前上炷香。”见八斤半没回应，顾晓兰继续追问了一句。

八斤半眼泪唰地流了出来。八斤半最对不起的就是他爹。十几年来，八斤半都没回去给爹上坟扫墓，心里十分愧疚。妻子这么一说，更像一记鞭子抽打在他身上。

突然，八斤半号啕大哭道：“爹啊！儿子不孝！请您原谅！”

顾晓兰连忙打开灯，问：“老公，你怎么啦？”

八斤半捶胸顿足，哭得更加伤心欲绝。

顾晓兰丈二和尚摸不着头，只好一把将八斤半揽进怀里。

半晌，八斤半才抽泣着说：“老婆，谢谢你！我先回勾蓝瑶寨将爹娘的坟修葺好，你和儿子再过来。”

顾晓兰：“我们一家三口同时回勾蓝瑶寨不好吗？”

八斤半：“不，还是我先回去。”

顾晓兰：“老公，莫伤心了，我听你的。”

八斤半是担心勾蓝瑶寨的乡亲们还记恨着他，对他不冷不热，不理不睬，在妻子、儿子面前丢面子。

7

老支书见八斤半在四合院东瞧瞧，西看看，满脸疑惑，便滔滔不绝地介绍道：三年前，勾蓝瑶寨成功申报为中国传统村落，住建部按照上报通过的方案，下拨了三百万维修资金，县里组织聘请了队伍，按照老祖宗的技法，对寨里的古建筑进行了修缮。你这些年长期在外，又不能撬门入室，只对你家的门、窗、屋面、翘角进行了修复，尤其有些檩子和椽子都腐蚀了，幸亏及时维修，不然屋顶都塌陷了。

盘晓旺接上话茬：“去年村里开发乡村旅游项目，村民的古建筑入股分红，有的还腾空四合院做民宿。你放心，你去年的红利村里给你保管着哩。”

老支书接着补充道：“还有你家的责任田和山地，都收归到合作社集中连片发展产业，红利一并村里给你保管着。”

八斤半动情地说：“谢谢！谢谢乡亲们！我八斤半过去对不起大家，我向乡亲们赔礼道歉！”

盘晓旺：“那些陈年烂芝麻小事就别提了，过去乡亲们都穷，日子过得苦巴巴的，跟你计较也情有可原。这些年家家户户脱贫致富了，正甩开大步奔小康。乡亲们都后悔当初不该那么对你，害得你远走他乡，孤苦伶仃。十几年来寨里人无论外出打工，还是走亲访友，到处打听你的下落，都杳无音信。刚才老支书当着大伙的面说不出口，我现在告诉你，乡亲们还以为你去爹娘那里团聚了哩！”

八斤半问：“老队长，连您也不记恨我了？”

盘晓旺：“记恨！记恨你敲诈了我一只老母鸡和一吊腊肉！”

其实，八斤半何止敲诈了一只老母鸡和一吊腊肉。

盘金文中年得子，况且是个独子，唯一血脉，“宠”八斤半情有可原。但盘金文对八斤半过分溺爱，更助长了他飞扬跋扈的性格。

那年春天，春插刚刚结束，盘金文也确实到了无米之炊的境地，他和八斤半只好一日两顿，还是稀的。八斤半已临近小学毕业，正是食量大增，长身体的时候。那天下午，八斤半走在放学回家的路上，肚子里饥肠辘辘。刚进寨门，生产队的谷场上一条鼓着大肚子大约两米长的毒蛇时而游走，时而停下来昂头吐着长长的信子。寨里人见了生怕被蛇咬伤，巴不得退避三舍，连鸡鸭牛羊都绕道而行。八斤半咂了咂舌，将书包一丢，捡起地上的一截粗竹棍就迎了过去。毒蛇开始并没理会八斤半，八斤半右手握着那截粗竹棍，左手捡起地上一个小石子砸向蛇。虽然小石子只是从蛇身上滚过，但蛇已明显感觉到被攻击，一下掉转头，伸着长长的脖颈，“嗞嗞嗞嗞”地吐着火红的信子。躲在屋檐下的大人、小孩都为八斤半捏了一把汗，纷纷向他喊话：“八斤半，走开！快走开！八斤半，你不要命了？八斤半，你活腻了？”

八斤半连头都没回，两眼眨都没眨一下，只是嘴巴轻轻咂个没停。八斤半调整好呼吸，快速向蛇移动两步，就在蛇向八斤半发动攻击的刹那间，八斤半以迅雷不及掩耳之势将竹棍伸向蛇头，并狠狠地将蛇头摁在谷场上，随即伸出左手捏住了蛇的七寸。八斤半刚将竹棍从蛇头松开，蛇从嘴里对着八斤半的眼睛吐出了一股浓浓的毒液。八斤半连忙高举起左手，脖子一缩，毒液从头顶上飞了过去。蛇不甘示弱，将身子翻转直往八斤半左手臂上缠，八斤半连忙将竹棍伸了过去，蛇的身子在竹棍上缠了好几圈。

八斤半左手死死握着蛇的七寸，右手握着缠满蛇身子的竹棍，大摇大摆地离开谷场向家里走去。旁人看得心惊肉跳，目瞪口呆，纷纷避让。

当八斤半握着蛇回到自家四合院，盘金文见了心里打寒战，瘸腿打哆嗦。

有段时间，村生产队接连闹蛇患，盘晓旺家里也发现一条蛇，先是在堂屋优哉游哉，被人发现后的尖叫声惊吓，一溜烟爬进卧室不见了踪影。一家人毛骨悚然，都不敢进卧室找蛇。路过的村民提出请八斤半来抓那条蛇。一提到八斤半，盘晓旺便想起当年打耳光和没收柚子的事，便打消了这个念头。到了傍晚，盘晓旺见卧室没了动静，壮起胆子进到卧室探虚实，刚靠近床头，蛇从蚊帐顶上垂下半截身子，向他吐着信子。盘晓旺吓得魂飞魄散，三步并两步出了卧室，自己赶紧去请八斤半来抓蛇。

盘晓旺捉了只老母鸡，亲自去请八斤半捉蛇，八斤半也不理睬。直到盘晓旺赔礼道歉，承诺还他当年一竹篮柚子，外加一吊腊肉，他才去盘晓旺家，将蛇从蚊帐顶上捉了出来。随后相继有几户人家，家里进了蛇，都是请八斤半去捉蛇，报酬和盘晓旺一个标准：一只老母鸡外加一吊腊肉。

后来大家渐渐发现，几户人家家里的蛇大小、长短似曾相识。再后来慢慢梳理发现一个更大的秘密，进蛇的那几户人家都与八斤半或与他爹有过过节，都在心里猜想是八斤半故意报复所为。当然，猜想归猜想，谁也没有也不敢去捅破这层窗户纸。因为大家担心引蛇入室。

8

老支书："你俩就别斗把了，离吃饭还有点时间，八斤半，我刚才发微信让光仔为你准备了祭品，去你爹娘坟头祭拜一下吧。”

八斤半：“谢谢老支书，我这就去拿锄头和畚箕，为我爹娘堆堆坟。”

盘晓旺：“不用了，老支书每年清明节都为你爹娘堆过坟，还盘了石圈，快去快回吧。”

夕阳西下，一抹淡淡的阳光柔和地洒在勾蓝瑶寨古建筑群上，闪着金黄色的光芒。

夜幕降临，光盘酒楼宴会厅里摆了满满六桌，座无虚席。欧阳光首先致热情洋溢的欢迎词，其中一句话让八斤半特别暖心：“虽然八斤半叔叔没有见证勾蓝瑶寨这些年脱贫攻坚的历史变迁，但绝不能再让八斤半叔叔在勾蓝瑶寨乡村振兴奔小康的道路上掉队！”老支部书记代表勾蓝瑶寨以最高礼仪为八斤半赠送了一套崭新的瑶族服装。八斤半脱掉工装，换上瑶族服装后更加容光焕发。他先向大家行瑶族跪拜礼，感谢乡亲们原谅他过去在勾蓝瑶寨的所作所为。接着他行酒令感谢乡亲们这些年对他的惦记和牵挂。欧阳光特意将勾蓝瑶寨民俗表演团调派过来助兴，表演具有瑶族特色的文艺节目，让八斤半更加心潮澎湃，激动不已。

八斤半做梦都没想到勾蓝瑶寨的父老乡亲会像迎接凯旋的英雄为他接风洗尘，令他十分感动。然而，八斤半又心生疑虑，从进寨到现在，竟然没有谁问过自己这些年在外过得怎么样？

其实，从进寨那刻起，寨里人对他就没看好过。本来八斤半过去就是寨里吊儿郎当的孬种，能在外混出个什么人模狗样来？十几年都没回过勾蓝瑶寨了，今天突然不声不响回来，除了一身泛白的工装，连个行李箱都没有，肯定是在外落魄到混不下去了啊！为了不刺激八斤半的神经，盘晓旺悄悄在勾蓝瑶寨微信群里喊话，让大家见面后千万不要提八斤半这些年在外过得怎么样的话题。说白了，乡亲们把他看成是勾蓝瑶寨唯一还未脱贫的贫困户！

宴会厅里觥筹交错，气氛热烈。八斤半逐桌逐个给乡亲们敬酒，问好，喝得自己酩酊大醉。

9

八斤半第二天醒来已日上三竿，在民宿里吃早餐时，遇到一位中年女服务员，八斤半好生面熟，也明显感觉对方多看了他一眼。刚好欧阳光和盘晓旺过来，说是陪他去寨里寨外转转。

昨晚宴席结束后，村党支部连夜对八斤半回寨后的安排进行了专题研究，有的建议将他安排到橘子产业组，有的建议将他安排到香柚产业组，有的建议将他安排到光伏发电产业组，有的建议将他安排到村办旅游公司。最后，盘晓旺考虑到八斤半已离开寨子十几年，也不知在外学到了什么特长，不如与八斤半先沟通一下，听听他的想法再作决定。

三个人先游览了新增的旅游设施和景点，八斤半确实感到勾蓝瑶寨发生的质的变化。当年的禾场上，现已全部种上油葵。一朵朵金灿灿的油葵张开笑脸，在风中摇曳，迎面扑来一股浓浓的香味。游客们三五成群，或在油葵地里嬉戏，或以绽放的油葵为背景合影留念。当年洗泥节的大鱼池，已固定为每年洗泥节的专用场地，周边已全部硬化，还修建了一排排观众席，旁边石碑上刻的“省级非物质文化遗产”字迹格外醒目。

八斤半一手扶着石碑，看着悠然游在清澈鱼池中的草鱼，想起了当年自己在洗泥节上的恶作剧。

那年八斤半十八岁，人长得高高大大，也算得上英俊，可还是劣性不改。那年六月，勾蓝瑶寨举办一年一度温馨质朴的洗泥节，那是瑶族祖先们留传下来的传统节日，每年忙完春耕后，寨里人都要举行狂欢、联谊、祭祀等民俗文化活动，目的是承载瑶族的文化信息和原始记忆。那天八斤半在洗泥节上的做法确实有点过了。

洗泥节选在寨中心一个水面硕大的鱼塘，先放进上千斤草鱼，活动内容为摸鱼、抢鱼。黄家、上村、大兴三个生产队都同时参加，可谓人山人海。主持人一声令下：“活动正式开始！”上百人挤进半米深的鱼塘里摸鱼、抢鱼，不一会儿，个个都成了泥人，气氛浓厚，场面热烈。

突然，八斤半站在塘埂上喊了一声：“蛇！蛇！”

大家定睛一看，还真的有条蛇从塘埂上滑入了鱼塘。鱼塘里顿时一片鬼哭狼嚎声，大家争先恐后往塘埂上爬。唯有八斤半卷起裤腿，若无其事地进入鱼塘摸鱼。蛇在鱼塘里游来游去，岸上的群众齐声喊：“八斤半，快捉住蛇！八斤半，快捉住蛇！”八斤半当作耳边风，独自在鱼塘里摸鱼，一条又一条大草鱼进入了他的鱼篓。

不知人群中谁喊了一句：“是八斤半故意放蛇进鱼塘的，他要独吞鱼塘里的鱼！”

塘埂上的群众这才恍然大悟，愤愤不已，纷纷捡来小石子、土块砸进鱼塘，有的打蛇，更多的石子、土块砸向八斤半，打得八斤半在鱼塘里抱头东躲西窜。盘金文跪在塘埂上求大伙放八斤半一马。大伙不仅没住手，砸向八斤半的石子、土块反而更密集了，尤其前几年家里进蛇的那几户人家，终于找到了报仇的机会，趁八斤半双手抱着头看不清是谁砸的时机，净捡大石子、大土块砸八斤半。

终于，在大家的合力下，蛇被赶跑了。八斤半的头上被砸开了几道口子，鲜血直流。上百人又拥进鱼塘摸鱼、抢鱼，有人故意将八斤半的鱼篓掀翻，十几条大草鱼全部逃了出去。有人故意往八斤半流血的头上泼泥水，疼得八斤半两眼泪汪汪。

八斤半洗泥节犯众怒后，最惨的要数盘金文，在生产队队员们强烈要求下，盘晓旺取消了对他的照顾。放牛、喂猪等轻松活儿由妇女们轮流干。盘金文只得拖着瘸腿下水田干活儿，身上常常没有一根干纱。背、抬、挑等不能干的粗重活儿就休工，不记工分。寨里人见了八斤半不是吐唾沫就是指桑骂槐，可以说八斤半在整个勾蓝瑶寨真的成了孤家寡人。

直到几年后，勾蓝瑶的乡亲们都没有原谅八斤半。那年，他爹盘金文因病去世，硬是没人朝过门。俗话说：死者为大。最后由勾蓝瑶大队支部书记出面派工才将盘金文入土为安。

睹物思人。八斤半心里十分懊恼，真是愧对乡亲愧对爹啊，不知不觉眼眶湿润了。盘晓旺走到面前，拍了拍他的肩膀："过去的事就让它过去吧！谁小时候没做过几桩调皮捣蛋的事？走，去产业基地看看。"

寨外的几个产业基地，与县委书记、县长直播带货的画面基本一致，但见瑶寨首尾相连的车尾山、人平山、呼雷山、望月山上青翠欲滴，一望无际的竹林，引起了八斤半的极大兴趣。他走近车尾山脚，那一簇簇高高矮矮的小笋挺着笔直的腰杆，笋尖的嫩叶上滚动着晶莹的露珠，薄雾在竹林里慢慢飘浮，像轻轻飘动的羽纱。八斤半顺手扯了一根小笋，剥开笋衣放进嘴里嚼了嚼，脸上露出了一丝不易觉察的微笑。

欧阳光见了，连忙说："好多年没吃到家乡的小竹笋炒腊肉了吧？扯一把小竹笋中午炒一大盘？"

八斤半："不用，不用。没想到这些年几座山上成了竹海，品质也不错啊。”

盘晓旺：“过去小竹笋是寨里人桌上的主食，这些年上山扯竹笋的少了，自然就成林了。”

三个人寨里寨外看了一遍，在返回的路上，欧阳光觉得时机已成熟，便引入正题。欧阳光说：“八斤半叔叔，你离开勾蓝瑶寨十几年了，今天寨里寨外也转了一大圈，你有什么想法和打算？”

八斤半：“与我记忆中的勾蓝瑶寨简直是两码事，更美了、靓了、富了。呃，昨天你在晚宴上说，勾蓝瑶寨下一步要实施乡村振兴，规划做出来了没有？”

八斤半脱口问出的问题，让欧阳光和盘晓旺大吃一惊。

欧阳光：“上个月县里召开了实施乡村振兴工作动员大会，按照一村一策由县里统筹规划。我想征求你自己有什么打算？”

八斤半：“哦，不瞒你们说，回勾蓝瑶寨之前，我是有过一个不成熟的考虑，但从昨天到今天我的想法又不一样了。我打算到县里其他乡镇进一步调研后再做决定。不过你放心，就像你昨天晚上说的，我八斤半没有见证勾蓝瑶寨这些年脱贫攻坚的历史变迁，但绝不会在勾蓝瑶寨乡村振兴奔小康的道路上掉队！”

八斤半的回答，让欧阳光和盘晓旺听得面面相觑。正在俩人疑惑之际，八斤半又问盘晓旺民宿的中年女服务员是谁。

盘晓旺：“那个留短头发的中年女服务员？”

八斤半点了点头。

盘晓旺："哦，那是芳妹，苦命啊！十年前，她的丈夫在广州一家火电厂打工，由于作业平台搭建比较简易，发生了坍塌，从离地面四十多米高的平台上摔了下去，当场就没命了。五年前芳妹带着两个孩子改嫁到寨里，她丈夫就是你的小学同学，过去一直单身的王二麻子。前年王二麻子不小心摔了一跤，也没见什么外伤，脑壳里面却在流血，幸好寨里修通了公路，及时送到医院做了开颅手术，花了二十几万才捡回条命。现在走路还不稳当，欠下一屁股债。"

八斤半听到"芳妹"二字，心里顿时一阵紧张，脑袋一片空白。真是怕什么来什么啊！芳妹肯定认出自己来了，但从芳妹看他的眼神，竟然没有丝毫的愤怒、怨恨。

八斤半："她家还没脱贫？"

欧阳光："脱了。村里为芳妹家申请了低保，属于政府兜底式脱贫。去年瑶寨搞起了旅游开发，考虑到王二麻子行动不便，不能下地又欠着一屁股债，照顾他承包旅游用品商店，一年下来能赚个三万左右。芳妹在民宿做服务员也有固定收入，加上老宅租赁、产业分红，过几年债务就可以还清了。怎么突然问起芳妹？你们过去在一起打过工？"

八斤半："没有，没有。只是觉得有些面熟，寨里好多乡亲都认不出来了，随便问问。"

仨人走到寨口，八斤半先回民宿，欧阳光和盘晓旺打完招呼就去村部了。八斤半住的房间门敞开着，芳妹正在房间低头搞卫生，他走进门关房门的声音，惊动了芳妹。

芳妹："不好意思，昨天客人多，房间都住满了，卫生马上就好。"

突然，八斤半跪在芳妹面前，低着头说："芳妹，对不起！请你原谅我！"芳妹愣了半晌才说："起来吧。事情都过去十几年了，况且只有你知我知，就让它烂在肚子里吧。"

八斤半："你一直瞒着顺儿？"

芳妹："你又没把我咋的，让他满世界去找你寻仇？"

八斤半："芳妹，谢谢你！虽然那件事过去十几年了，但一直不能让我释怀，像一副枷锁牢牢地扣着我的心。你家的情况我听说了，你放心，欠的那些债务我帮你还，请你给我一个赎罪的机会。"

芳妹："谢谢！其实，早几年我去过福建，去过你的公司，我的一个远房亲戚还是你公司的中层干部。这些年寨里人到处打听你的下落，想让你回到生你养你的家乡，乡亲们真心想帮衬你。我知道你过得好，就没吭声了。"芳妹放下抹布，边说边将八斤半拉了起来。

八斤半："到了公司，你怎么不找我？"

芳妹："找你？你见了我也会避之不及，生怕我是去找你的麻烦。”

八斤半一时语塞，从衣服暗袋里掏出一张银行卡，塞到芳妹手里：“里面有十万块钱，去把债务还了吧，密码是……”

芳妹：“别说了，我家的事有政府管，有村里管，不用你操心。我知道你现在有钱，有能力了，你要帮，就帮寨里做些事情吧。”芳妹说完，将银行卡放到桌上，提起搞卫生的塑料桶，打开房门出去了。

10

与八斤半分开后，欧阳光和盘晓旺心里一直嘀咕，这八斤半到底是什么来头，要么不说话，一说出来就让人摸不着头脑。规划、调研……这些词语出自八斤半之口，真的是让人感到匪夷所思！

盘晓旺怀疑八斤半恶习不改，这些年在外学会了油嘴滑舌，甚至干了不少坑蒙拐骗的勾当，这次突然回勾蓝瑶寨，说不准没怀什么好意。他在心里后悔昨晚不该盛情招待八斤半了。

欧阳光从小就知道八斤半的德行，寨里人见了八斤半都躲着走。但欧阳光毕竟是大学生，对八斤半从昨天到今天的一言一行，都看在眼里，昨晚他向乡亲们的忏悔是虔诚的，是那种掏心掏肺的醒悟，今天上午虽然话语不多，就凭他那一问一答，都令自己对他刮目相看了。尤其那句“我打算到县里其他乡镇进一步调研后再做决定”，这是一种谨慎和深思熟虑的风格，是那种决战前知己知彼的大将风范！特别是他重复昨晚致辞说的：“我八斤半没有见证勾蓝瑶寨这些年脱贫攻坚的历史变迁，但绝不会在勾蓝瑶寨乡村振兴奔小康的道路上掉队！”他的眼神里透出坚毅的光芒，语气又是那么的铿锵有力！

正当欧阳光和盘晓旺还在讨论八斤半回乡的目的，芳妹来到了村委会。芳妹：“支书，叔，八斤半让我转告你们，他过几天再回来。”

盘晓旺：“他人呢？”

芳妹：“坐出租车走了。”

盘晓旺：“我没猜错吧？骗子！恶性不改！”

欧阳光：“叔，先别下结论，莫心疼，不就一餐饭嘛。”

芳妹：“哦，我还忘了告诉你们一件事。他临走前要取民宿大堂里挂的那幅《勾蓝瑶寨鸟瞰图》，还要你们的手机号码。”

盘晓旺：“你让他取走了？告诉他手机号码了？”

芳妹：“我说储物间有张旧的‘鸟瞰图’，他说也可以，我就给他了，手机号码写在图纸背面。”

盘晓旺：“他葫芦里到底卖的什么药？现在勾蓝瑶寨富了，美了，他用‘鸟瞰图’去外面骗女人？不行！我去追回来。”

欧阳光：“叔，别！那张‘鸟瞰图’就送他做个纪念吧。管他做什么用，等他下次回来问问不就清楚了？”

盘晓旺：“他还敢回勾蓝瑶寨来，我打断他的腿！”

八斤半离开勾蓝瑶寨直奔县委大院，他要见县委书记、县长。他知道事先没有预约，这么去很突兀，但时间不等人，这趟回去就要召开董事会通过就地扩建方案，如果将就地扩建方案改到勾蓝瑶寨异地建厂，必须得到县委、县政府的支持，县里同意立项，自己才能在董事会上积极争取。择日不如撞日。八斤半赶到县委办时已到下班时间，当他走进挂着县委办副主任牌子的办公室，副主任正在关电脑。八斤半连忙向他说明了来意，副主任紧紧握住他的手，激动地说：“你来得太及时了，县委书记、县长正在开县委常委会，讨论全县乡村振兴规划，你先坐一会儿，我马上去向书记、县长通报。”

县委书记听了副主任的汇报，立即暂停了常委会，亲自过来将八斤半请到常委会议室。八斤半首先做了自我介绍，话没说完，县委书记插话：“等一下，你就是勾蓝瑶寨的八斤半？”

八斤半：“是的。”

县委书记：“你是离开勾蓝瑶寨已十几年的那个八斤半？”

八斤半：“是的。”

县委书记：“好，你继续说。”

八斤半自我介绍完，接着详细介绍了集团公司的概况，随后在会议桌上铺开《勾蓝瑶寨鸟瞰图》，将他打算在勾蓝瑶寨设食品深加工分公司，以及公司生产规模的构想全盘托出。县委书记和县长对视了一眼，起身带头鼓掌。

县委书记："八斤半，当初勾蓝瑶寨将你列入贫困户，后来一直联系不到你。村里给县委打报告要注销你的户口，我狠狠地批评了他们。看看……看看，现在你不仅是勾蓝瑶寨的骄傲，更是全县的骄傲！"

八斤半站在那里不知说什么好，直摸后脑勺儿。

县委书记当场拍板："县委、县政府开辟绿色通道，县发改委等部门重新调整全县乡村振兴规划，各部门特事特办，全力支持食品深加工分公司在勾蓝瑶寨落地。"

当天下午，八斤半驾车返回福建，在高速公路一服务站加油时，想起给欧阳光和盘晓旺打个电话，从行李箱中取出手机，手机电池耗尽自动关机了。

欧阳光接到县发改委主任电话，让他第二天同盘晓旺到县里参加八斤半投资建设的勾蓝瑶寨食品深加工分公司筹备小组会议。欧阳光以为听错了，直到发改委主任说这是县委常委会议的决定，欧阳光才如梦方醒。

当盘晓旺开完会回到勾蓝瑶寨，将食品厂年加工橘子、竹笋、香柚、香芋各一千万吨，不仅解决全县农产品滞销的问题，产品还将销往东南亚国家，勾蓝瑶寨用工厂建设用地入股，利润三七分成的初步方案说给乡亲们听时，乡亲们以为盘晓旺喝多了酒，说胡话，不以为意。当欧阳光召集村支两委开会专题研究时，整个瑶寨沸腾了起来。

11

八斤半回到家里已到半夜。他直接进到书房，修改公司扩建方案。直到天亮了，顾晓兰起床为儿子做早餐，才知道八斤半回到家里来了。

当八斤半两眼布满血丝地走进陈宗宝办公室，让陈宗宝大吃一惊。

陈宗宝：“你不是在电话里说过几天回来？眼睛怎么啦？勾蓝瑶寨富了，你得红眼病啦？”

八斤半从手提包里拿出在勾蓝瑶寨设深加工食品分公司方案，边递给陈宗宝边说：“还不是为了这个。”

陈宗宝顺手接过翻开一看，顿时眉头紧锁。

八斤半坐到茶台前泡茶，故意装作没看见。

陈宗宝翻看了几页方案后，将方案丢到一边，有些愠怒地对八斤半说：“你先出去吧。”

八斤半心里一阵紧张，给陈宗宝的茶杯里盛满茶，连忙说：“陈董，我想向您当面汇报一下在勾蓝瑶寨设深加工食品分公司的理由。”

陈宗宝呷了一口茶，说："你这上面不是写得清清楚楚了吗？连利润五五分成你都作主了！"

八斤半："没有，没有。陈董，您别误会，我只是个建议稿，最后由您拍板。"

陈宗宝："好吧，董事会酝酿过的扩建方案和你要设分公司的方案，都上董事会讨论，由董事会集体决定吧。"

八斤半从陈宗宝办公室出来，明显感到他有些许恼怒。原来的就地扩建方案是经董事会酝酿过的，董事会授权由他主持起草。虽然这次回到勾蓝瑶寨被乡亲们的热情所感染，临时起意在勾蓝瑶寨设深加工食品分公司看似冲动，但家乡的香芋、香柚、柑橘是得天独厚的优质资源。还有勾蓝瑶寨那几座山乃至整个岭南山脉的优质竹笋资源，福建的竹笋是无法比拟的。只是时间仓促，手机也没带在身边，后来没电自动关机了，事先没有向陈宗宝汇报请示。昨天见了县委书记、县长，见他们让项目落地的急切期盼，更让自己坚定了信心。不过，回头想想，自己连夜拿出的在勾蓝瑶寨设深加工食品分公司方案，也确实有先斩后奏之嫌。既然事已至此，就等陈宗宝消消气再说吧。

这时，一阵风吹来，八斤半感到全身酸胀，加之在陈宗宝面前碰了个软钉子，亢奋劲一松弛，睡意来袭。他索性回家睡觉去了。

等八斤半一觉醒来已是下午四点钟了。顾晓兰知道八斤半一个人从家乡开车回福建很辛苦，又是一个通宵没睡觉，看他睡得那么香甜，中午吃饭都没叫醒他。由于手机开到静音状态，陈宗宝打来的几个电话也没接。当他回过去时，陈宗宝只是冷冷地说：“到我办公室来吧。”

八斤半草草地吃了几口顾晓兰放到电饭煲里保温的饭菜，赶到陈宗宝办公室时，顾晓兰也在。

陈宗宝开门见山地说：“刚才晓兰将县委书记、县长在勾蓝瑶寨带货直播的视频给我看了，当地的产业布局已规模化，货源十分丰富，这是设立分公司的有利条件。但是，勾蓝瑶寨与集团总部相距几百公里，管理成本会大幅增加，利润如何保证？在勾蓝瑶寨投资两个多亿设立分公司，县委、县政府是什么态度？建设用地、税费给予什么优惠政策？用工问题怎么解决？运输问题怎么解决？这些问题你考虑清楚了没有？办企业不能意气用事！”

八斤半：“我已跟江永县委书记、县长见过面，县委、县政府全力支持，县里已成立了以县长为组长的筹备领导小组。”

陈宗宝：“你都跟江永县委书记、县长见过面了？谁给你授权了？晓兰，你看你丈夫眼里还有没有我这个董事长！公司这么大的决策，我竟然还被蒙在鼓里！”

顾晓兰：“舅舅，您莫生气。我也是今天中午他在睡觉，我从书房电脑上看到的这个方案。他去勾蓝瑶寨来回也就两天时间，太仓促。你还不了解八斤半？就是给他十个胆也不敢背着您自作主张！”

八斤半：“是的，是的。晓兰说得对，时间太仓促，这不一回来就向您汇报了嘛。”

陈宗宝：“你这叫汇报？方案都白纸黑字出来了！你先跟我通气了？上董事会酝酿了？董事会授权你起草这个方案了？连晓兰都比你明事理，中午在电脑上看到了方案，下午一上班就来跟我做解释、做说明，还就方案怎么完善，说得有理有据。”

顾晓兰：“舅舅，您大人不记小人过。昨天下午他开了几百公里车，半夜回到家就开始写方案，一个通宵没合眼。您也知道他就那点文化底子，办事莽撞，您就原谅他吧。况且勾蓝瑶寨是生他养他的地方，想为家乡乡村振兴出份力也是赤子之心，情有可原。”

陈宗宝：“你就知道偏袒他。这样吧，你们将我刚才提的几个问题再仔细考虑一下。方案中的观赏农业、观赏工厂还是有创意的，这样就进一步整合了勾蓝瑶寨的乡村旅游资源。还有厂房用电、用水、排污等一系列问题都要考虑进去，对方案推倒重来。总而言之，上董事会必须是一个成熟的可具实施性的方案。”

八斤半：“行！谢谢董事长。”

两人走出董事长办公室，八斤半按捺不住，在顾晓兰额头上亲了一下。顾晓兰用手指在八斤半的额头上戳了一下：“你呀，都几十岁的人了，性子还是那么急躁，心急吃不了热豆腐。”

江永县这边也在马不停蹄地开展筹备工作。八斤半离开的第二天上午，县长主持召开了第一次筹备领导小组会议，当天出了会议纪要。针对勾蓝瑶寨山多地少的特点，为了契合八斤半在县委常委会上提出的观赏农业、观赏工厂创意，整合勾蓝瑶寨的乡村旅游资源，将寨前一个面积达二百多亩的山丘作为工厂建设用地和办公、员工宿舍用地。勾蓝瑶寨深加工食品分公司一旦动工兴建，县教育局立即恢复勾蓝瑶寨小学招生计划，解决员工子女就学问题。勾蓝瑶寨深加工食品分公司除享受县政府已出台的招商引资优惠政策外，二百多亩的山丘由县政府出资实施三通一平工程，前三年税费全返，后三年税费减半。立项、规划、建设等报建手续一律实行容缺办理，保证项目当年立项、当年建成、当年投产、当年获利。

12

龙岩食品集团公司董事会如期举行。会上，全体董事会成员针对就地扩建和异地新建两个不同的方案各抒己见，争论激烈，就前面的几位董事会成员发言来看，同意就地扩建的占了绝大多数。

渐渐地，八斤半有些坐不住了。正在这时，公司办公室给他送来一份江永县政府传真过来的会议纪要，八斤半如获至宝，吩咐立即复印发给董事会成员。

随后，八斤半开始发言。他按照与顾晓兰反复酝酿过的思路，就异地新建的财务成本、原材料和产品的运输成本、原材料的收购价格成本、人工工资成本等等，尤其对在勾蓝瑶寨新建深加工食品分公司的利与弊、县里的扶持政策力度以及集团公司未来的发展方向进行了详细阐述。末了，他说："如果异地新建方案董事会不能通过，我跟晓兰商量好了，转让公司股份，投资建设勾蓝瑶寨深加工食品厂。"

八斤半语速缓急恰当、声音厚重的发言，特别是最后一句的摊牌，无疑在董事会上掷了一枚重磅炸弹。在座的董事们开始交头接耳，议论纷纷，有的说八斤半在要挟董事会，有的说八斤半在向陈宗宝逼宫，有的赞赏八斤半有头脑、有胆量。

唯有陈宗宝十分镇定。对于修改后的异地建设方案他是满意的，也是持积极态度的。异地新建既是公司扩宽市场、占领市场的发展手段，也是未来的发展趋势。对于如果异地新建方案董事会不能通过，八斤半转让公司股份，投资建设勾蓝瑶寨深加工食品厂。顾晓兰也是会前同他沟通过，并得到了他的默许。这两天他查阅了当地及周边县的地理及气候资料，它地处道江盆地南部，地势低平，土地肥沃，气候温和，雨量充沛，有"南洞庭"之称。适宜水果、蔬菜种植，无论地上的还是地下的，品质都十分优良，这是全国难寻的优质原材料供应基地。从当初怀疑八斤半在勾蓝瑶寨新建深加工食品分公司藏有“私心”，现在反倒对他刮目相看了。

由于八斤半从财务成本入手对异地新建进行了深入的阐述，对在勾蓝瑶寨新建深加工食品分公司的利弊分析精准，县政府的会议纪要更像是一场及时雨。后面几位董事纷纷表态赞同异地新建。

陈宗宝的最后拍板不出预料，董事会通过异地新建方案，由八斤半兼任分公司董事长。

三个月后，寨前山丘三通一平工程顺利完工。八斤半带着妻儿回到勾蓝瑶寨，出席深加工食品分公司奠基仪式。礼仪小姐手捧安全帽和白手套，引导县委书记、县长、陈宗宝、盘志群等人走向奠基场地，并握着系有红绸的新锹为奠基石培完土。勾蓝瑶寨的乡亲们穿着崭新的瑶族服装，有的打腰鼓，有的吹起葫芦丝、唢呐，有的跳起了长鼓舞、铜鼓舞、陶鼓舞。八斤半的儿子猫着腰在人群中跑动，一边向着八斤半喊：“爸爸……鼓……鼓……爸爸……舞……舞……”

正当勾蓝瑶寨的乡亲们沉浸在节日般的气氛中时，盘晓旺的妻子朱亚玲却忧心忡忡躺在了床上。寨前传来一阵阵悠扬悦耳的葫芦丝和唢呐声，她听得是那么刺耳、揪心。她在心里急切地期盼女儿盘玉倩赶快回到家里。

几天前的一个晚上，欧阳光到家里来与丈夫盘晓旺坐在堂屋商量筹备深加工食品分公司奠基仪式，朱亚玲热情地端出一盘红西瓜籽和一碗水煮花生，又给欧阳光沏了一杯大叶苦茶就进卧室去了。过了好一会儿，朱亚玲从卧室出来经过堂屋去上茅厕，刚好听到盘晓旺向欧阳光提出要将村支部书记让贤给八斤半！朱亚玲听了心里不由咯噔了一下，出了堂屋，朱亚玲没有急于上茅厕，躲在门后侧耳细听。

只听欧阳光问："考虑清楚了？"

盘晓旺坚定地回答道："考虑清楚了，奠基仪式结束后我就向组织递交辞职报告。这些天我想了很多，勾蓝瑶寨要在乡村振兴的路上迈开大步往前走，八斤半是最合适的领路人！"

朱亚玲上完茅厕回到堂屋，欧阳光已离开。盘晓旺正在用扫帚打扫地上的红西瓜籽壳、花生壳。朱亚玲气鼓鼓地一脚踩在扫帚上，怒气冲冲地问："你要辞职？给八斤半让贤？"

见朱亚玲一脸怒气踩在扫帚上质问自己，盘晓旺将手从扫帚把上松开，回了句："关你屁事！"不再搭理朱亚玲，直接进到卧室去了。

在朱亚玲看来，盘晓旺做出辞去村支部书记的决定是脑壳进了水。那年老支书因一场大病卸任后，勾蓝瑶寨党支部就处于半瘫痪状态，当时村里还没修通乡村公路，村集体没有任何收入，村民穷得叮当响，还时常为争水与邻村发生械斗，矛盾重重。乡里派来工作组对村党支部进行换届，因无人愿意接这个烂摊子，最后不了了之。就这样持续了三年后，当时身为村支部委员兼村会计的盘晓旺经民主选举担任了村党支部书记。盘晓旺不负众望，全身心扑在工作上，为了修通村级公路，跑乡里上县城硬是磨破了几双“解放鞋”。为增加村集体收入，化解与邻村的矛盾，盘晓旺常常半夜才回家。这可苦了朱亚玲，既当爹又当妈，田里的农活儿还没忙完，地里的茅草已齐腰高了，她又一头扎进地里忙活，成天累得直不起腰。朱亚玲为此跟盘晓旺吵过架，闹过别扭，盘晓旺到地里没干半个小时，心里惦记着村里的事情，丢下锄头又走了。特别是前几年瑶寨开展精准扶贫工作，盘晓旺没日没夜扎进工作中，全力配合驻村扶贫工作队跑资争项，发展古寨旅游、种植产业，实现了全村整体脱贫，自己家里却差点成了贫困户。现在村民日子好过了，盘晓旺在村民中的威信更高了，随着村支书、主任一肩挑，月工资也提高了，他竟要辞去村支部书记职位，让贤给八斤半，这对于朱亚玲来说是绝对不能接受的。

朱亚玲一连跟盘晓旺打了几天冷战，眼见奠基仪式即将举行，盘晓旺没有半点妥协的迹象。朱亚玲便打电话给女儿盘玉倩，谎称自己病了，让女儿从县城开车回家。

盘玉倩将车停在院子里，提着一袋水果推开虚掩的房门，见堂屋没人，直接奔向卧室。

盘玉倩见朱亚玲躺在床上，急忙喊道："妈，您病了？得的什么病？"

朱亚玲："心病！"

当朱亚玲将盘晓旺要辞去村支部书记，让贤给八斤半的事情向盘玉倩和盘托出后。

盘玉倩疑惑地问："哪个是八斤半？我怎么不认识。"

朱亚玲："他离开勾蓝瑶寨那年你才几岁，还记不记得那年家里突然进来一条蛇？"

盘玉倩："就是给家里放蛇吓我们的那个人？"

朱亚玲："何止是吓？差点要了我和你爹的命。现在他出息了，回勾蓝瑶寨建什么深加工食品分公司，你爹给他让贤，不能就这么便宜了他。"

盘玉倩："不行！我这就找爹去！"

盘玉倩转身要走出卧室，朱亚玲连忙喊道："回来，你爹是头犟驴，找他管什么用？快去找耗子商量，他最听你的话，让他带人去搅黄八斤半建深加工食品分公司。"

13

奠基仪式结束后，八斤半和欧阳光、盘晓旺陪同县委书记、县长、陈宗宝等一行人在古瑶寨转了一圈后，县委书记、县长上车回县城。顾晓兰和儿子也随陈宗宝的车回福建了。

欧阳光和盘晓旺去了村部，八斤半急着赶往工地。刚到半路上，八斤半的手机响了。

八斤半接听了一会儿，急忙说："不要报警！都是乡里乡亲，不要激化矛盾，我马上就赶到。"

八斤半不由加快了脚步。

当八斤半赶到工地，只见几个年轻人有的在工地上的彩旗，有的在驱赶正在施工的工人。被称为"耗子"的年轻人，一把扯掉了电源。

八斤半："住手！你们想干什么？"

耗子："想干什么？这是我们的责任山，补偿一分钱没给就想建厂房，你也不掂量掂量自己几斤几两。"

其中一人插科打诨道："他呀，八斤半。哈哈哈。"

引得众人大笑。

八斤半怒斥道："你们不要敬酒不吃，吃罚酒！合同上写得明明白白，瑶寨土地入股分红，哪来的补偿？"

耗子："山上的树白种了？工厂没效益谁来保证分红？你八斤半过去在勾蓝瑶寨的底细谁人不知？谁人不晓？你能建个工厂，我都可以造原子弹了！"

八斤半被耗子怼得脸红脖子粗。其他几个人也跟着起哄道："老祖宗说得好，到手是财！懂吧？"

“不先补偿，就得先停工！”

这耗子可是瑶寨有名的“刺头”，三十出头还没成家，去年花了十万元彩礼钱带回个女人，虽然同居在一起，既没领结婚证，也没生子。

耗子本名盘剑军，是盘晓旺的亲侄子。盘剑军说来命苦，五岁那年，他爹上山采药被毒蛇咬伤，当场死在了山上。第二年，他娘插完田，蹲在水库边洗扁担，因用力过大，失去重心，脚下一滑，掉进了水库。等把他娘从水库里打捞上来，已七窍出血，命丧黄泉。从那时起，盘晓旺成了盘剑军的监护人。也许是幼小的心灵受到了创伤，盘剑军心里早就埋下了叛逆的种子，小学三年级开始经常逃学。盘晓旺念在他父母双亡，可怜他，也就听之任之，导致盘剑军后来更加放荡不羁。小小年纪跑去县城与一帮未成年人鬼混，等盘晓旺醒悟过来，却又奉行“棍棒底下无逆子”，不仅没让盘剑军收敛，反而在心里与盘剑军产生了死结。盘玉倩比盘剑军大半岁，从小一块长大，尤其盘剑军父母双亡后，他们同在一个锅里吃饭，小学又是同班同学，姐弟情深。有几次盘剑军惹是生非后，盘晓旺用棍棒侍候盘剑军时，盘玉倩竟用自己的身体去护着盘剑军，让他感动不已，记忆犹新。直到现在，盘剑军最听盘玉倩的话。

面对耗子这群毫不讲理的一帮人，八斤半又不想报警把事情闹大，只好先求助欧阳光和盘晓旺。

正当朱亚玲和盘玉倩在家里为工地已停工幸灾乐祸时，盘晓旺铁青着脸回来了。当他见到盘玉倩不知什么时候回到了家里，心里顿时明白了。他不便对盘玉倩发火，便指着朱亚玲怒吼道：“你，你竟指使耗子去工地闹事？”

盘玉倩也毫不回避，说：“爹，您别怪妈，实话跟您说，是我让耗子去的。他不是去闹事，是维权。爹，耗子是您的亲侄子，您不要胳膊肘往外拐，八斤半从小就不是什么好东西。”

朱亚玲马上接过话茬：“你就那么护着八斤半？你当年扇他耳光，将他爹安排下水田出工，他为了报复你，放蛇要咬死咱们全家人，还敲诈你，这事忘了？八斤半才回瑶寨几天，他这十几年在外到底干了什么你清不清楚？他有能耐建工厂，就没有能耐先补偿？他的工厂毁了山占了地，将来有没有分红，八字还没有一撇哩。”

盘玉倩：“爹，听妈说，您还要辞掉村支部书记，让贤给八斤半？您可想明白了，他曾是要置您于死地的白眼狼！”

盘晓旺在朱亚玲和盘玉倩娘俩的一通炮轰下，态度慢慢地软化了下来。

夜幕完全降临，工地上一片漆黑。两个微弱的小亮点在工地上不停地晃动，那是八斤半和欧阳光的手机电筒，发出的一丝光亮几乎全被黑幕吞噬。

八斤半：“原打算让施工单位日夜连轴转，一个星期场地可以硬化完。这边搞场地养护，厂家那边可以将装配式厂房、设备陆续发货，来个无缝对接。这，这可怎么办？盘支书上午还信誓旦旦保证能做通耗子的工作，没想到下午态度就不明朗了。”

欧阳光：“不对呀，在送书记、县长上车前，他主动跟镇党委刘书记说要递交辞职报告，推荐你为支书候选人。刘书记还高度称赞他有胸襟，有情怀。”

八斤半：“不瞒你说，如果盘支书真的愿意退下来，我正考虑聘请他为分公司副总经理兼原料采购部部长，凭他几十年的经验，肉眼就能判断出农副产品的等级来。”

欧阳光：“好啊！盘支书退下来心里不仅不会空虚，还有一份额外收入。再者，他也继续在为瑶寨乡村振兴出力，一举三得嘛。走，我们去他家拜访拜访。”

此时此刻，盘晓旺和朱亚玲、盘玉倩坐在堂屋看电视。朱亚玲和盘玉倩一边嗑着西瓜籽，一边聚精会神看电视，还不时有说有笑。盘晓旺却身在曹营心在汉。

刚才镇党委刘书记给他打来电话说，勾蓝瑶寨深加工食品分公司建设是全县排第一的重点工程项目，嘱咐他与驻村乡村振兴工作队紧密配合施工单位工作，由盘晓旺每日直接向他报告工程进度。

可在下午村支两委研究如何解决盘剑军阻工问题时，盘晓旺不忘朱亚玲和盘玉倩给他洗的脑，竟站在阻工者的立场，说了不少例如可以考虑补偿和怀疑是否有分红的违心话。甚至还以盘剑军做过村机耕道、村文化广场等扶贫工程，提出让盘剑军承包场地硬化工程，来化解阻工矛盾。厂房的场地硬化看似简单，其实要求极为严格。首先要用轧路机将土体轧实，按照初轧、复轧和终轧三个步骤进行。场地要承受全套加工机械设备的承压，在用混凝土硬化时要按照生产线的布局，对不同部位的硬度、厚度、平整度都有不同要求，必须由具有专业资质和设备的施工队伍来实施。当盘晓旺的提议被八斤半当场否决后，盘晓旺竟然以八斤半不给他留面子为由，撂挑子，离开了会议室，导致会议不欢而散。现在回想起来，当时自己缺乏深入思考，没有站在公正的立场，全凭感情用事。是的，八斤半过去做过伤害自己的事，那都是陈芝麻烂谷子的事，听任朱亚玲和盘玉倩拿出来嚼舌根，作为一名村支部书记你的思想觉悟到哪里去了？勾蓝瑶寨深加工食品分公司建设被列为全县排第一的重点工程项目，这是县委县政府做出的重大决策，有什么值得你怀疑的？简直枉费刘书记对你有胸襟做有情怀的赞赏！

想到这里，盘晓旺拿起桌上的遥控器，“啪”的一声，电视机被关掉了。

没等朱亚玲和盘玉倩回过神来，盘晓旺沉着脸对盘玉倩说：“倩倩，我知道耗子最听你的话，解铃还须系铃人。你马上去告诉耗子，明天不要再去工地瞎闹了。要不然，看我怎么收拾他！”

盘晓旺说完也没正眼看她娘儿俩一眼，摔门而去，差点与八斤半撞个满怀。

14

经民主选举，八斤半全票当选村党支部书记。勾蓝瑶寨深加工食品分公司按照预期也已正式投产，其两条生产线的吞吐量让人惊讶。盘晓旺走马上任副总经理兼原料部部长后，可谓忙得不亦乐乎，短短二十几天时间，全县所有乡镇都留下了他的足迹。每天从早到晚一辆辆满载沃柑、夏橙、香圩等优质农副产品的大货车驶入原料车间，一辆辆满载加工食品的大货车徐徐从公司驶出，构成了勾蓝瑶寨一道亮丽风景线。

那天，八斤半从集团公司参加完董事会回到勾蓝瑶寨，连夜召开村支两委会议，研究在勾蓝瑶寨实施屋顶光伏发电项目。屋顶可以光伏发电？与会人员听了面面相觑。

原来，这次集团公司董事会有一个研究建设光伏发电站的议题。利用公司的厂房、办公楼、宿舍楼顶建一个光伏发电站。不仅可以获得国家补贴扶持，除满足公司生产、生活用电外，剩余的电卖给国家电网，将大大降低生产成本，提高公司效益。听完中国能源建设集团专家对项目的介绍，八斤半当场向专家提问，可否在勾蓝瑶寨实施屋顶光伏发电项目。专家回答说，这是国家实现碳达峰和碳中和的重大举措，国家有关部门将在试点的基础上在全国城乡全面推广屋顶光伏发电，如果勾蓝瑶寨实施屋顶光伏发电项目，必将成为你们乡村振兴的支柱产业。

与会村支两委听了八斤半的介绍，个个兴奋不已，一致同意在全村实施屋顶光伏发电项目。

然而，大大出乎了八斤半的预料。第二天，当勾蓝瑶寨实施屋顶光伏发电的消息在寨里传开，引起了一场轩然大波。

村民当中有赞成的，也有反对的，但更多的是疑惑。一时间，议论纷纷：

“这八斤半又搞出个什么花样来，要在屋顶光伏发电？硬是吃了饭没事干了。”

“就是的，听说先要在屋顶上用电锤去锤好多个孔，把屋顶锤漏了怎么办？我不同意。”

“万一漏电了咋办？不给电死啊！想想都可怕。”

“有没有辐射？成天生活在辐射中，得了怪病怎么办？”

“别说了，吓死人了，这明明是花钱买罪受，打死我也不同意。”

“是嘛，屋顶才屁股大的地方，赚得了几个钱？不知要等猴年马月才回本，还危险重重，拉倒吧。”

面对村民们的重重疑问，八斤半也十分理解。毕竟实施屋顶光伏发电是一件新生事物，相对于地处偏僻的勾蓝瑶寨来说，信息不对称，加上前期宣传动员工作没到位，村民有各种疑问和担忧也是情有可原的。但他坚信，集团公司利用厂房、办公楼、宿舍楼顶建光伏发电站，前期是做了大量的可行性调研，不仅技术成熟，投资回报率也是可观的。如果有所谓的辐射、漏电现象，更不会贸然上董事会形成决定的。既然大家对实施屋顶光伏发电不理解有阻力，不如像集团公司一样，先利用分公司厂房、办公楼、宿舍楼顶建光伏发电站，等有了示范效应，村民们接受起来也就顺理成章了。

正当八斤半在中国能源建设集团签订完正式合同，分公司这边又炸锅了！

员工们得知要在分公司的厂房、办公楼、宿舍楼顶建光伏发电站，八斤半已去中国能源建设集团签订正式合同，如临大敌，纷纷关掉设备，挤到办公楼前，吵吵嚷嚷讨要说法。带头的正是盘剑军。

盘晓旺见车间已停产，事态严重，连忙电话报告了八斤半。

八斤半一听车间已停产，心里顿时凉了半截。分公司正式投产后，对生产出来的食品进行气相色谱、液相色谱、质谱和光谱等全方位食品平安检测和技术分析，由于原材料优质，食品各项检测指标全部达到国际标准。集团公司及时调整销售策略，把分公司的产品市场瞄准欧美西方发达国家，全是外贸订单，容不得半点闪失。

八斤半叮嘱盘晓旺，让欧阳光速去处理，务必马上恢复生产，自己明天上午赶回去。

在八斤半与盘晓旺通电话的同时，欧阳光闻讯已在赶往分公司的路上。当欧阳光急速地走到办公楼前，员工们群情激奋，呼啦着向他围了过去。

耗子当头向欧阳光发难。

耗子："光崽，我好不容易找个媳妇，被辐射生个畸形小孩谁负责？我是孤儿，总不能让我家绝后吧？你可得为我们做主啊！"

随后，大家七嘴八舌跟着嚷开了：

"光崽，我们刚刚脱贫才过了几天好日子，这天天头顶着电，你哪是让乡亲们共同富裕，他这是要乡亲们的命啊！"

"跟光崽说有什么用？我们要见八斤半！"

"我宁愿辞职不干，也不冒这么大的风险，八斤半当初建食品分公司就没安什么好心。"

…………

欧阳光："大家安静！听我说，你们刚才说的都是谣言！光伏发电是一种新能源，由太阳能转化为电能，有哪门子辐射？还会漏电？这不是笑话嘛！集团公司上万名员工没事，你们担心什么？大家先去复工生产，不要影响外贸订单。将来如果有辐射、漏电、屋顶漏雨水等情况，我第一个反对安装，这总行了吧？”

众人又起哄：“我们听耗子的。”

耗子一声吆喝：“回去！”

围观的几十号人一哄而散。

转眼两年过去，瑶寨新增添的工厂观光游吸引了不少游客，过去的民宿不能满足需求，八斤半争取集团公司投资入股，在呼雷山和望月山的山谷，依山建了两排地球舱，并且设计很人性化，白天可以躺在床上看风景，晚上睡在床上看星星、看月亮，既环保又实用。尤其勾蓝瑶寨屋顶光伏发电项目顺利完工，一眼望去，成片的蓝色太阳能发电板与蔚蓝的天空遥相呼应，构成了一幅蓝蓝的勾蓝美景。

铁裁缝

一

这栋中西结合的五层独立洋楼，既有西方建筑的精美，南洋建筑的拼花、细作与线脚，又有中式建筑的风韵，覆瓦坡顶，飞檐翘角。环境的平和与建筑的含蓄在这栋洋楼中充分融合。

土帽住在洋楼的三层，浓密的树木距阳台、窗户三米开外。如此典雅清静的环境与土帽这些天的心境形成极大反差。一群鸟儿在树枝上叽叽喳喳聊天，土帽都去横插一杠，站在阳台上冲鸟儿们呵斥。鸟儿们一声长一声短毫不理会，蹦上蹦下聊得更欢，让土帽白费了口舌。土帽还伴有失眠，食欲不振，白花花的大米饭像嚼蜡般难以下咽。

土帽正值知天命之年，老伴怀疑他患了更年期综合征。

话说土帽也不姓土，他上有三个姐姐，是家里唯一的男丁。

他爹不求土帽有大出息，只求他平平安安过一生，给他取了个不温不火的名字：陈平安。

土帽的爹是市通用机械厂的一名工人，工人阶级的一分子，享有令人羡慕的退休顶职政策。二十世纪八十年代末，土帽两次高考落榜，他的三个姐姐像三只皮球同时泄了气，断了念想。他爹没有办法，提前病退让土帽顶职进市通用机械厂当工人，这意味着土帽即将穿上蓝色咔叽布工作服，头戴村里人常说的撮箕帽，脚上是棕黄色的翻毛皮鞋，成为名副其实的工二代。

土帽冒着寒风，屁颠屁颠从农村老家坐汽车转火车去报到，赶到厂里已是下午。报完到，又去仓库搬床铺、桌、椅到集体宿舍，搬上搬下几趟下来，土帽出了一身大汗，便提着新买的塑料桶，又屁颠屁颠地去工厂的公共澡堂洗澡。

紧挨澡堂的是一间锅炉房。锅炉工是一位中年妇女，身上套着一件蓝色咔叽布连体工作服，头戴蓝色防尘披肩工作帽，脚上穿着一双中筒胶鞋。她双手拿着一把铁锹使劲铲入锅炉房前的煤堆里，向上一撬，铁锹上盛了满满一铲煤。她转身进到锅炉房，娴熟地对准炉膛入口一抛，一铲煤形成一条弧线全部进了炉膛肚子里。“哐啷”一声，熟练地用铁锹将悬挂在炉壁上的一扇椭圆形的小铁门合上，炉膛里便发出“呼呼呼”熊熊燃烧声，土帽见了既新奇又好玩儿。

土帽提着塑料桶满心欢喜走进澡堂。两排长长的洗澡位水龙头上光秃秃的，没有一个淋浴喷头，像吊着一截发黑的香肠。龙头上都搭了一块澡帕，下边放着一个塑料桶。过道悬空的木架上堆放着颜色各异的内衣内裤。土帽走到澡堂尽头，见最后一个洗澡位龙头上没搭澡帕，心里暗喜，将塑料桶放到水龙头下，从塑料桶里拿起澡帕，向上一甩，搭在了水龙头上。

土帽又来到锅炉房旁边等候放热水的时刻。

这时，陆陆续续还有男女职工、家属提着塑料桶向澡堂会集而来。不一会儿，澡堂屋檐边的下班电铃声“叮叮叮”高亢悦耳地响了起来。中年妇女向在锅炉房旁边等候的人群一声吆喝：“放热水啰！”转到锅炉后面麻溜地打开了热水阀门。澡堂外正在追逐嬉戏的十几个小孩和等候的大人，听到中年妇女的吆喝声，纷纷拥入男、女澡堂。顿时，澡堂里传出了“哗哗哗”的水声。少顷，一股股白色水蒸气从澡堂窗户的缝隙往外挤了出来。

小男孩们已赤条条地站在水龙头下冲洗。土帽走到自己的洗澡位，不紧不慢地脱光衣服，去拧水龙头阀门才发现，热水阀门坏了。旁边正在洗澡的小男孩紧闭双眼，站在一旁挠头皮，头上全是白色泡沫。水龙头流出的热水直接打在水泥地板上“啪啪”作响。土帽见好些大人与小孩共用一个洗澡位，便不声不响地拿起新买的一块绿色香皂，将头伸到了旁边小男孩的水龙头下。土帽刚将头和身子淋湿，正在闭着眼睛挠头皮的小男孩感觉身边有人，“谁呀？走开！”话音刚落，一双沾满白色泡沫的小手将土帽推出了洗澡位。

土帽突兀地站在过道上，像一座无须任何修饰的人体雕塑。冷飕飕的寒风，一阵紧似一阵从敞开的澡堂大门灌进来，似一片片无形的刀子刮在身上，土帽顿时全身起了一层鸡皮疙瘩。土帽利索地展开澡帕擦干身上的水渍，将澡帕裹在头上，两手交叉抱在胸前，抖抖瑟瑟地在过道上来回走走看看，找寻空出来的洗澡位。两个来回过去，还是不见一个空位。有的洗澡位上赤身裸体的男人一边冲着热水一边洗衣服，有的儿子洗完了父亲接力洗。寒风一直不停歇地吹进澡堂，土帽像是一块磁铁，将寒风全部吸附到了他的身上，嘴唇开始发紫，嘴里的两排牙齿不听使唤，在相互打架，怎么拉也拉扯不住。当土帽再次两手交叉抱在胸前赤条条经过机加车间副主任李昂的洗澡位时，李昂对他训斥道：“都是一条！有什么好看的？土帽！”澡堂内一片哄笑。

从进厂第一天起，陈平安背上了“土帽”这个绰号。

第二天早上，空气中弥漫着薄薄的雾气，太阳像喝多了酒的醉汉，面孔涨得通红，露在厂房顶上，却让人感觉不到一丝温暖。土帽走在上班的人群中，不再屁颠屁颠，心里有了几分忐忑。快到生产厂区门卫室，按照昨天的约定，土帽放慢了脚步。劳资科的刘干事从门卫室出来，将他带到了电焊车间。土帽像一件展品站在车间中央，所有人的目光都倾泻在他身上，芒刺在背，令土帽浑身不自在。不知谁冒失地喊了句“土帽”，车间里爆发出一阵喧笑声。

刘干事简单介绍完土帽，向号称“电焊泰斗”的吴学众耳语了几句，吴学众瞅了土帽一眼。土帽身材壮实，浓眉下一双大眼睛，眼神拘谨地看着自己的鞋尖。剪着平头，头发乌黑粗硬，像秋天缺乏水分的茅草，又干又硬，没有一点油性。脸上黑不溜秋，整个人看上去憨厚老实。吴学众冲刘干事点了点头。

刘干事当众宣布：“土帽由‘电焊泰斗’吴学众收为徒弟!”车间里又爆发出一阵雷鸣般的掌声，拍飞了几只躲在窗台上偷看的麻雀。那雷鸣般掌声与土帽不沾边，是送给吴学众的，祝贺“电焊泰斗”带了新徒弟。

吴学众收徒弟很严苛：女徒弟不收。立焊、仰焊，焊花四溅，难免烧伤头发，女徒弟容易分心，影响焊接质量。电弧光里的红外线和紫外线对皮肤有伤害，女徒弟视皮肤白嫩光滑为命根子，得过且过，不愿长期干下去。细皮嫩肉的男徒弟不收。电焊工是累活儿、脏活儿、苦活儿。作业面本身是高温环境，哪怕是到了夏天，从头到脚都不能暴露在外，握电焊面罩和焊枪的双手都要戴上翻毛皮手套，成天汗水黏黏稠稠，身上没有一根干纱，周身似乎涂上了一层黏稠的胶水，发出一股酸臭味。前几年，有多位女徒弟和细皮嫩肉的男徒弟太娇情，跟吴学众学电焊不到半年就哭着闹着调换工种，白搭进去半年时间传授焊接技术不算，还弄得吴学众既没面子又没里子。后来，吴学众索性对这两类徒弟一律不收。

土帽能被“电焊泰斗”收为新徒弟，算是很幸运了。

二

土帽第一天学电焊，就出了“岔胡子”。

吴学众调好电焊机电流，要将两块钢板焊接成九十度。焊接前，他让土帽戴上一副帆布手套，握着新领的电焊面罩，将整个面部贴到面罩里，蹲在吴学众旁边，透过面罩的双重滤光镜片看吴学众焊接。吴学众一边操作电焊枪，一边给土帽讲解焊接的基本要领：焊接时手要保持平稳，双臂夹紧，避免抖动，一般采取之字形和圆点形来烧焊，使焊出来的焊缝纹路更清晰漂亮。土帽是第一天上班，对吴学众的讲解似懂非懂，尤其什么是之字形和圆点形烧焊摸不着头脑，只看着一团蓝白弧光，不断移动，两块钢板就被一条沸腾的铁水紧紧地连在了一起，觉得十分神奇。

由于戴着帆布手套很不适应，持面罩的姿势也没掌握好，新领的面罩又有股刺鼻的气味，土帽呼吸有些不顺畅。加上呼吸形成的雾气使暗淡的双重滤光镜片逐渐模糊，越来越看不清那团蓝白弧光。土帽心里急了，不时将电焊面罩从面部移开，用肉眼看吴学众焊接时发出的那道蓝白色弧光，焊花四溅，像过年手持电光烟花，一晃一晃很是好玩儿。

晚上，土帽躺在床上，想起自己两次高考落榜，如今跳出了“农门”，还幸运地被“电焊泰斗”吴学众收为徒弟，心潮有些澎湃，脑袋有些亢奋，瞌睡像一缕青烟，飘散后不见了踪影。他穿好衣服，要给爹娘和三个姐姐写封信。坐在桌前思考了一时半会儿，想对他们说的话很多，一时没有理出头绪，不知从哪儿下笔。看到桌上几张车票，土帽眼前一亮，便滔滔不绝地先写从家乡出发一路辗转赴厂报到的经过，接着写踏进工厂大门时那种无法抑制的喜悦心情。土帽觉得写得挺抒情，很满意，还要继续往下写时，眼睛越来越干涩，视力开始模糊蒙眬，便放下笔，上床睡觉了。

第二天早上起床，土帽感觉眼睛睁不开。他用力将眼睑打开一条缝，一见光亮，眼睛不仅有灼痛感，仿佛眼球上冒出了无数沙砾，两行眼泪缓缓从眼角流到嘴角，掉到了地上。土帽连忙闭上双眼，想用手去搓揉一下。刚碰到眼皮，眼球要鼓出来了一般，一阵钻心的疼痛。他连忙对着挂在墙上的小圆镜一照，只见两只眼球上布满了血丝，又红又肿，像两颗熟透的东北大枣，眼泪似开了裂的紫砂壶，汩汩地往下流淌。

土帽慌了神，脑袋一阵混乱。他误以为晚上被蚊虫叮咬或被耗子在眼睛上撒了一泡尿。在农村老家，小时候睡在床上经常有千脚虫之类爬上床咬他，早上起床眼泡鼻肿。隔三岔五有成群结队的耗子从脸上、头上穿梭而过，偶尔遇到耗子将屎尿屙在眼睛上，用手一抹，耗子尿渗入眼球也会红肿。他安慰自己，也许过一会儿自然就好了。走在上班的路上，土帽像做了什么见不得人的事，低着头不敢与人对视。眼睛只露出一条缝，还一路抹眼泪。

进到车间，有人早早用废旧包装木材生了一堆火，工人们或站或坐围成了一个圈。土帽径直走向师父吴学众的工具柜。

这时，有人冲他喊："土帽，过来烤火。"

土帽往火堆那边看了一眼，火光刺得眼泪喷涌而出，他连忙侧身摆手。

吴学众烤暖了身子，走过来打开工具柜，想让土帽拿工具准备干活。土帽赶紧将脸转开，往旁边看。吴学众以为土帽见到他紧张、拘谨，自己从工具柜里取直角尺、面罩、手套、尖嘴锤。见到土帽在一旁不时悄悄抹眼泪，吴学众心里顿时明白是怎么一回事了。

吴学众在工具柜抽屉里翻了一会儿，似乎要找什么东西，但没找着，便向正在火堆边烤火、处于哺乳期的刘晓英招了招手。刘晓英从凳子上站起，朝吴学众走了过来。她外穿一件棉衣，烤火烤得身子发热，棉衣敞开着，里面玫红色毛衣被圆鼓鼓的双乳绷得紧紧的。吴学众向刘晓英示意土帽被电焊弧光灼伤了眼睛。

土帽站在一旁，像被逮了个正着的小偷，一声不吭，故意装作没看见。

电焊弧光灼伤眼睛，对于电焊车间的徒弟们来说司空见惯。刘晓英似乎一点就通，微微点了一下头，侧转身背对着吴学众和土帽，掀开了玫红色毛衣，不一会儿，刘晓英转过身来，右手手掌心盛着白色的母乳，一股浓浓的母乳气味扑鼻而来。

刘晓英说："土帽，过来，给你眼睛抹奶水。"

土帽红着眼睛，看了一眼吴学众。吴学众用眼神和额头示意"去"，土帽流着眼泪，懵懵懂懂走到刘晓英面前。

刘晓英伸出左手，对土帽说："把头靠到我手臂上，眼睛向上，睁大点。"

土帽又犹犹豫豫看了一眼吴学众，眼泪继续往下滚落。吴学众点了点头儿，土帽乖乖地仰头靠在了刘晓英左臂上。刘晓英熟练地往里一收，夹住了土帽的头，土帽心怦怦直跳，简直要撞破胸膛。

从那以后，土帽仿佛跟电焊弧光结下了仇，再也不用肉眼去偷窥那一抹蓝色的火花了。

焊接，素有"铁裁缝"之称，以钢铁为"布料"，以焊枪为"针线"。若要练出用焊枪在钢铁上"绣花"的功夫，手、眼、腰、脚都要十分稳当，互相协调一致。每一次呼吸起伏都将影响焊接效果。因此，一般的技术工学徒期为两年，而电焊工学徒期为三年，是有充分依据的。

那天，吴学众将两根废钢材丢到坑道边，让土帽练习仰焊。土帽不情愿地从车间一角捡起一块防潮油毛毡扔进坑道，将油毛毡铺开，从工具柜里拿出一卷白色防火石棉毯，铺在油毛毡上面。土帽坐在上面打了一会儿盹儿，头枕两只胳膊，双腿伸直躺在了石棉毯上。土帽躺着躺着就合上了眼睛，昏昏欲睡，沉浸在软绵绵的惬意中，就在要睡过去的时候，忽然有两根电焊条砸在胸脯上，土帽猛地坐了起来。原来是吴学众站在坑道上，眼睛圆鼓鼓地瞪着他，那眼神像电弧火花般有着极强的穿透力。

吴学众刚才一直没听到电焊机发出“嗡嗡”声，也没见到从坑道发出弧光，以为土帽上厕所去了。他走过来一看，发现土帽竟然躺在坑道里睡大觉。土帽才学了半年焊接就步了那些学徒的后尘，令他大失所望。吴学众一股怒火不由得从两肋一下蹿了上来，抓起两根电焊条砸在了土帽的胸脯上。

土帽有些尴尬，双唇紧抿，脑子里一片空白，显得不知所措。

吴学众默默地下到坑道，躺在石棉毯上，亲自仰焊起来。土帽赶紧挨着吴学众躺下，手持面罩观看师父示范。一时间，坑道里火花四溅，电弧光将坑道照得雪亮。吴学众一边焊接，一边给土帽讲解仰焊要领。就在焊接即将结束之际，突然，一粒通红的焊渣掉在吴学众的面罩上后弹起，落在土帽胸口上，滚落进土帽衣服里。随着“嗞”的一声响，从土帽衣服缝隙里冒出一缕白烟。

土帽一声“啊哟”，发出杀猪般的惨叫，连忙收腹坐起，焊渣往下滚落到了土帽的大腿根上。土帽又火急火燎站起，像受到惊吓的猴子般手舞足蹈，焊渣从裤筒里滚落到地上。土帽气恼地一脚踏在焊渣上，还用翻毛皮鞋底磨了磨，焊渣被磨得粉身碎骨。

吴学众赶紧放下焊枪，关切地询问他烫伤情况。土帽眼眶噙满着泪水，解开衣扣，左胸上露出一个豆大的水泡，疱浆澄清，底部创面潮红。土帽要用沾满油污的小指甲去划破水泡，被吴学众制止了。他从工具柜里拿出一个布包，用消了毒的小针挑破水泡，疱浆顺着针眼流了出来，水泡慢慢瘪塌在了创面上。吴学众又拿出一支湿润烧伤膏，挤出两滴涂抹在创面上。

土帽坐在工具柜旁边十分懊恼，心里不停地责怪着师父。

吴学众看出了土帽的心思，拍了拍他的肩膀，安慰道：“小儿科，休息一下就没事了。”

“师父，都烫掉皮了还小儿科？”

吴学众不紧不慢地解开自己的上衣，向土帽敞开胸脯，上面布满了疙疙瘩瘩暗红色疤痕，像是一幅独具匠心的抽象油画。

土帽见了十分诧异，蒙头蒙脑地问：“师父，这些都是被焊渣烫伤的？这块疤痕怎么凸得这么高？”

吴学众摸着那块疤痕，说：“这块疤痕是当年在一个制药厂维修压力容器罐底部被烫伤的。由于场地狭窄，是侧着身子进到罐体下面去仰焊，焊着焊着突然掉下来一块透红的焊渣，神不知鬼不觉地滚进了胸脯，表面皮肤烧透了，焊渣嵌进肉里去了，发出一股农村烧火钳烙猪脚那种浓浓的臭味。那个疼痛的感觉啊，像有一把刀子在掏你的心窝窝。”

“你不晓得放下焊枪，把焊渣拍掉？”

“压力容器属于特种设备，焊缝必须一气呵成，就是烧穿骨头也不能停下来。还不能吭声，咬紧牙关保持呼吸均匀，不能有起起伏伏，要保证焊面均匀平滑。”

土帽想起自己刚才被烫时的狼狈相，甚至在心里责怪师父，一种惭愧、内疚和崇敬的复杂情绪，像海浪般冲击着他。自那以后，吴学众在土帽心中成了神一般的存在，胸脯上那幅抽象油画，在他脑海里烙下了深深的印记。

三年磨一剑。土帽没添置几套新衣服，星期天上街都是穿着被电焊弧光烤得发白的工作服，还真有点土得掉渣。细心的人会发现，土帽宿舍里的书架上多了几排电焊专业书籍和一本特别耀眼的红色函授大专毕业证书，墙上挂满了他绘制的各类辅助工装图纸。

那年夏天，市通用机械厂承接了城南斜拉桥项目焊接工程，尤其桥梁焊接是重中之重，吴学众担负焊接桥梁钢锚箱的攻关任务。经过几次试验，焊缝质量探伤合格率低，满足不了钢锚箱探伤的工艺参数要求。土帽白天同师父吴学众尝试各种焊接方法，晚上埋在书堆里查阅各种接焊工艺，为师父提供参考。一周过去，吴学众还没拿出有效的焊接方案。当土帽向吴学众建议用气保焊的焊接工艺时，吴学众眼前忽然出现了一线亮光，如同一道彩虹架在城南的天空。

土帽配合师父吴学众又反复摸索了一个多星期，用二氧化碳气体保护焊焊接的桥梁钢锚箱，焊缝质量一次探伤合格率完全达到工艺参数要求。土帽如释重负，四肢舒展，静静地趴在钢锚箱上，看着锃亮、美观、平滑的焊缝，心情久久不能平静，从此认定焊接将伴随在他的生命里。

土帽出师那年，以全优的成绩考取了气焊、电焊合格证，成为电焊车间学徒出师同时考取“两证”的第一人。

三

随着年龄的增长与工作的历练，土帽的焊接技艺越来越炉火纯青，手掌上的茧慢慢厚了起来，手背上，胸脯上多了几道焊花烫伤疤痕，依然穿着一身被电焊弧光烤得发白的工作服，低调得可以让你忽略他的存在。但他的心中却有着最朴素最真实的快乐。

一次单枪匹马的攻关，让土帽成了大家不得不关注的对象。

这事说来还颇具戏剧性。与市通用机械厂不搭界的市冶炼厂，年前立项上马了新型高炉贯流式紫铜风口项目。可是，高炉贯流式风口锻造紫铜与铸造紫铜焊接，邀请了省、市焊接高手轮番上阵，都无法攻破这道难关。万般无奈之下，市冶炼厂向市政府请求下马新型高炉贯流式紫铜风口项目。如果项目就此夭折，前期的大量资金投入就会打水漂儿，造成重大损失。市长看了市冶炼厂的请求报告，面孔瞬间抹了一层铁青之色。在全市技术改造革新推进大会上，公开批评市冶炼厂请求下马新型高炉贯流式紫铜风口项目是不担当、不作为、不进取的懦夫行为。

市长的话仿佛一刀刀砍在参会的市通用机械厂厂长邓荣国的心坎上，让他很不是滋味。他曾是对越自卫反击战高炮营营长，他想到复杂艰难的战斗都能拿下，自己厂里就有一个电焊车间，有“电焊泰斗”吴学众等一批技术过硬的焊接师傅，高难度的桥梁钢锚箱都能拿下，高炉紫铜风口焊接算什么！

军人的率直让他如鲠在喉。邓荣国主动向市长请缨，将新型贯流式高炉风口锻造紫铜与铸造紫铜焊接难题，交由市通用机械厂攻关，并立下了军令状。邓荣国没有一丝怠慢，像流星追赶月亮，迅速行动。他将吴学众在内的几位德高望重的焊接师傅召集到厂部会议室开会研究。市冶炼厂韩总工程师将图纸挂在会议室的墙上，对贯流式高炉的高效节能及工作原理、结构图，尤其是关键部位高炉风口锻造紫铜与铸造紫铜焊接技术要求进行了详细讲解。

邓荣国首先提出，听听在座各位焊接师傅对新型贯流式高炉风口锻造紫铜与铸造紫铜焊接高见。焊接界都清楚，在所有材料的焊接中，大件紫铜焊接特别难。因之前听说了此项目连续攻关无果，大家谨言慎行，将目光集中投到了“焊接泰斗”吴学众身上。吴学众已无路可退，只好硬着头皮作了简短发言。大意是：贯流式高炉紫铜风口目前是国内空白，最大的困难是要把紫铜的锻造端头对焊到同样材料的铸造本体上去，锻造紫铜与铸造紫铜在材料的密度上有着本质上的区别，对焊接工艺和技术要求特别高。凭厂里现有的电焊设备不具备锻造紫铜与铸造紫铜焊接的条件，同时厂里掌握的铜焊技术积累也没有达到这个高度，无法承担此项攻关任务。

吴学众的发言道出了与会焊接师傅的心声，也无疑在邓荣国的头上泼了一瓢冷水。邓荣国点上一支烟，深深地吸了一口，然后从座位上站起来，扫视其他焊接师傅，眼中多少有些军人的威严。几位焊接师傅纷纷低头避开邓荣国电弧光般的目光。

邓荣国又问谁愿意牵头攻关高炉风口锻造紫铜与铸造紫铜焊接难题。会场更像是一潭死水，一片寂静。邓荣国再度向吴学众投去希冀的目光。吴学众抬头望向天花板，一只小蜘蛛毫不理会会场气氛，在天花板一角，一圈又一圈，一道又一道地绕着，好似一位绣花姑娘在忙着织网。

望着清一色“半边户”焊接师傅，邓荣国语气坚定地宣布：“谁能带头攻克高炉风口锻造紫铜与铸造紫铜焊接难题，直接安排农转非指标！”

那个年月，农转非指标就像彩票，对“半边户”来说，是望眼欲穿的中奖机会。厂里几年才能分得一户指标，用句通俗的话讲，“半边户”们差点挤破了脑壳。谁争上就意味着谁中了大奖，老婆孩子跳出农门，吃上“国家粮”，令十里八乡羡慕不已。

面对这么诱人的承诺，会场依然一片死海，不见一朵细小的浪花，蔚蓝的天空中看不到一只海鸥飞翔。

邓荣国慢慢坐下，解开风纪扣，苦笑着摆了摆手，几位德高望重的电焊师傅灰头土脸鱼贯而出。望着他们离去的背影，邓荣国这才真正感到高炉风口锻造紫铜与铸造紫铜焊接并不是那么一蹴而就，懊恼自己不该冒失向市长立下军令状。

韩总工程师心情拔凉拔凉地走出会议室，作为项目技术负责人，肩上的压力骤然加大了。

外边的太阳照射在厂房黑灰色长瓦片上，忽然丧失了光亮。翻砂车间厂房顶部硕大的、肮脏低矮的大烟囱冒出的煤烟夹杂着火焰，整个厂区充满刺鼻的煤烟硫黄臭味。机加车间刨床、车床、镗床、钻床发出的隆隆喧嚣声交响成一片，直往人耳膜里钻。

韩总工程师明白临大事要有静气，他主动向邓荣国提出到车间转转。邓荣国只好礼节性地陪同韩总工程师从翻砂车间到机加车间转了一圈后，才来到焊接车间。

焊接车间分为室内室外两部分，室外是两排预制混凝土梁的大厂棚，每个厂棚有两台双梁行车，师傅们正在焊接大、中型油罐的半成品、化工储藏罐，一道道蓝色的电弧光此起彼伏。

土帽正在厂棚旁边的一块空地上埋头用冷焊工艺焊接一个断裂的翻砂件。韩总工程师见了立即来了兴趣，借来一个电焊面罩在一旁观看。土帽更换焊条时，邓荣国让他停下来休息一会儿。土帽回了句："不行，一旦停下来，将前功尽弃。"又继续埋头焊接，直到将断裂的翻砂件牢固地焊接在一起，才掀开面罩。韩总工程师连忙询问土帽："能否用冷焊工艺将锻造紫铜与铸造紫铜焊接在一起?"

土帽听了，摇了摇头，解释道："首先，铸造紫铜和锻造紫铜一个是翻砂件，一个是锻压件，材质上有着本质的区别；其次，锻造紫铜与铸造紫铜表面上看虽然都是紫铜，但铸造紫铜是铜液铸成的，抗拉强度弱，而锻造紫铜抗拉强度比普通铸造合金还要高。通俗地说，锻造紫铜与铸造紫铜是一硬一软，一强一弱，用冷焊工艺肯定不行。"

邓荣国伸出大拇指，激动地说："土帽，佩服！看不出你这个小师傅理论一套一套的。锻造紫铜与铸造紫铜焊接技术你研究过没有？”

土帽想了想，谦虚地说：“去年有个矿山送来一个铸铁和紫铜焊接加工件。我反复研究了焊接工艺，考虑对电焊机、焊枪做作部分改进，还要制作专门工装，因是单件产品，成本自然高得吓人，结果对方放弃了。锻造紫铜与铸造紫铜焊接工艺会更复杂，对电焊机、焊枪要做重大改进，成本会更高。”

韩总工程师连忙笑着说：“哈哈，小师傅，实话跟你说吧，与项目下马的损失相比，那点成本不值一提。再者，新型贯流式高炉所产生的经济效益，成倍高于传统高炉。”

邓荣国接过话茬：“土帽，既然铸铁和紫铜焊接你做了深入研究，何不攻关一下锻造紫铜与铸造紫铜焊接？”

土帽挠了挠头皮，腼腆地说：“这个……这个没有把握。”

邓荣国像是在深海里抓住了一根救命稻草，果断地向土帽命令道：“有把握还叫攻关？成本不用你考虑，锻造紫铜与铸造紫铜焊接攻关任务就交给你了！”

望着邓荣国期盼的眼神，土帽一时找不到拒绝的理由，硬着头皮回答：“行！”

一时间，土帽要攻关锻造紫铜与铸造紫铜焊接技术的消息传遍了工厂的每个角落，大家不禁为他捏了一把汗。各种议论也如暗潮般在厂内涌动。有的在背后嘲讽土帽自不量力，纯粹为了出风头；有的说土帽是初生牛犊不畏虎，不知天高地厚；有的说等着看土帽的笑话……

别看土帽出师才三年，对土帽来说是“过磨”的三年。电焊车间有个不好的传统：欺生。徒弟伢子出师后，脏活儿、累活儿、难活儿首先派给他们去做，美其名曰：历练。有些徒弟出师后刚独当一面，技术复杂的焊接件难以对付，再转到师傅们手里，师傅们便有了讨价还价的资本，工时费嗖嗖嗖地往上蹿。说到底，还是利益在作祟。

分配到土帽手里的活儿无论多难，土帽都没推辞过。他从工艺流程和工装上寻求突破。就拿断裂的翻砂件焊接来说吧，刚接这个活儿时，土帽心里犯怵。整整查了三天资料，做了两套专用工装，大胆设想用冷焊工艺，终于啃了下来。上回铸铁和紫铜焊接活儿，起初派给吴学众的，他捣鼓了几天还是在焊接工艺和焊枪上卡了壳，转了一圈最后派给了土帽。土帽从梳理工艺流程入手，大胆设想对电焊机、焊枪进行改造，经过推算，思路正确。眼看即将实施，只因是单件产品，核算下来成本太高，对方放弃了。虽然土帽最终没有实施铸铁和紫铜焊接，但心里已有九成把握。邓荣国将锻造紫铜与铸造紫铜焊接攻关任务交给他，尽管是硬着头皮接受，也并不是太冒失。

土帽接受高炉风口锻造紫铜与铸造紫铜焊接攻关后，连续几天在厂图书室和宿舍查阅铜焊资料，没去车间。

那天晚上，吴学众主动去宿舍找土帽。一来这些天自己耳朵里灌满了大家对土帽的风言风语；二来有人直接说道吴学众，你当师父的不清楚锻造紫铜与铸造紫铜焊接难度有多大？如果那么容易啃下来，你怎么不接手？土帽年纪轻轻不知深浅，一脚踏进去容易，扯出来就难啰。你忍心让大家看你徒弟的笑话？三来吴学众这回辜负了厂长对他的殷切期望，当了缩头乌龟。万一土帽攻关成功，他和一众老师傅的脸往哪儿搁？他是专程来劝阻土帽放弃攻关的。

土帽宿舍的门敞开着，吴学众在走廊上就听到从土帽宿舍传出吊扇叶片发出的嗡嗡声。

吴学众站在土帽宿舍门口，宿舍前半部分摆放一张单人架子床，早已褪色的暗花毛毯，随意地蜷缩在床上。宿舍后半部分靠窗位置放着一张台桌，桌上一摞高高的书籍。靠墙的书架旁边挂满了工装图纸。房顶的吊扇在飞速旋转，不时发出锭子转动的“咔嚓”声。土帽上身打着光板，下身穿一条花格沙滩裤，脚踏一双塑料拖鞋，埋头在台桌上聚精会神地查阅资料。吴学众走进宿舍，喊了声：“土帽。”土帽回头才发现吴学众来了。

“师父，您来得正好。”土帽一边说，一边将吴学众引到台桌边。

“锻造紫铜与铸造紫铜焊接不是那么简单的！”吴学众一上来

就想给土帽来个下马威。

“师父说得没错，难度确实大。但我这几天查了不少铜焊资料，草拟了一套焊接工艺，设计了几套工装，打算用手工氩弧焊接法工艺，您看怎么样？”

手工氩弧焊接法？氩弧焊是使用氩气作为保护气体的一种焊接技术，在电弧焊周围通上氩气保护气体，将空气隔离在焊区之外，防止焊区高温金属氧化。吴学众也只是看到过相关资料，当时全省还没有实施的先例！听到从土帽嘴里冒出氩弧焊工艺，吴学众吃了一惊。

“氩弧焊？你连氩弧焊机都没摸过，你胆子可真大！电流怎么控制？还有普通焊枪承受不了几百度的高温怎么办？”

“师父问得好，这些问题我都考虑了，可以将交流氩弧焊机改为直流氩弧焊机。这是我设计的工装图纸，包括对焊枪的处理，请师父指点。”从土帽的眼神里可以看出，他已充满了信心。

吴学众看了看图纸和工艺流程，不住地点了点头，在心里既为土帽高兴又为自己汗颜。高兴的是土帽思路开阔，能够在高压下进取，大胆采用手工氩弧焊法。汗颜的是自己作为厂里的“电焊泰斗”，土帽的师父，怎么就没想到用氩弧焊工艺？还是年轻人思想活跃，敢想敢干，青出于蓝胜于蓝啊！尽管吴学众心里对手工氩弧焊工艺操作没底，看到土帽设计的专用工装和操作流程缜密，不得不心悦诚服。

此刻，吴学众突然想起厂长邓荣国当众宣布的承诺：谁能带头攻克高炉风口锻造紫铜与铸造紫铜焊接难题，直接安排农转非指标！当初要是硬着头皮接下这个烫手山芋，让土帽为自己打下手该多好啊！如果顺着土帽的思路攻关成功，在农村的五个儿子和老婆将同时解决农转非问题，吃上“国家粮”，长大了招工进厂当工人，还省去了花大钱为他们在农村建房娶媳妇，这将是件多么荣耀和惊天动地的大事！不仅名利双收，还一定会让全厂其他“半边户”和全村人馋红双眼！

想到这里，吴学众肠子都悔青了。

他转而一想，土帽目前只是拿出了一个初步方案，改造交流氩弧焊机和焊枪再到实施焊接操作需要些时日，土帽毕竟是自己的学徒，与土帽成立一个攻关小组还为时不晚。

于是，吴学众试探性地问土帽：“这么复杂的攻关任务，凭你一个人吃得消？何不向厂里提出成立一个攻关小组？”

土帽不明白吴学众心中藏着个小九九，不假思索地反问道：“师父，连您也不相信我？”

吴学众连忙解释道：“土帽，你别误会。不是师父不相信你，师父怕你遇事连个商量的人都没有。就好比现在，你拿出了初步方案，还只是设想，至于能否顺利实施，八字还没有一撇，你这不就急着与我探讨初步方案是否可行吗？”

本来吴学众还想说：“如果咱们师徒俩成立一个攻关小组，深入研究完善方案，取长补短，那不更有把握?”但他不愧是土帽的师父，关键时刻沉得住气，他要看看土帽的反应再循循善诱。

土帽听了，内心生出了一丝感动。是啊！俗话说：一个好汉三个帮。他在接受攻关的同时就考虑过向邓荣国厂长提出成立一个攻关小组。可是，那天上午，包括师父吴学众在内的几位德高望重的焊接师傅，不顾邓荣国厂长苦口婆心劝说甚至是哀求，都没有谁站出来牵头攻关，当时就在全厂干部职工中议论纷纷，闹得沸沸扬扬。你土帽是被厂长强行要求攻关的，你再提出成立攻关小组，难道要让几位德高望重的焊接师傅当你的副手，被你使唤，他们会服你？如果挑选几位年轻的焊接工组成攻关小组，那不是又重重打了几位德高望重焊接师傅的脸？话到嘴边，土帽又咽了回去。

土帽有些动情地说：“师父，您的话说到我心坎里去了。我何尝不想成立一个攻关小组？这么重大的攻关项目，我愿意去单打独斗？”

吴学众仿佛看到了一线希望，他还要继续将土帽引进自己设好的圈套。便连忙插话说：“那是，那是。如果当初由我牵头攻关，一定会同你组成攻关小组。”

谁知土帽话锋一转，无奈地说：“师父啊，攻关这件事的前因后果您最清楚。我是临危受命啊！您和一众德高望重的老焊接师傅都不敢接这个烫手山芋，我土帽向邓荣华厂长提出成立攻关小组，谁还会来参加？请您参加攻关小组？您的面子往哪儿搁？我土帽还配做人吗？不如拿块豆腐撞死！事到如今，就是一坨狗屎，也由我土帽独自去吞了！”

吴学众没料到，土帽竟然没有揣摩到自己半点心思，反而将话说绝了！

他不便再说什么，假惺惺地对土帽鼓励一番后，揣着复杂的心情离开了。

市冶炼厂随即对土帽的手工氩弧焊方案召开了专家论证会。与会专家对土帽大胆采用国内还没普及的手工氩弧焊工艺表示赞赏和支持，也向土帽提出了如何处理焊件加热到 800℃ 后减少变形、氩弧焊机电流的调控、焊枪的掌控等一系列问题。土帽胸有成竹，一一做了详细回答，专家组一致通过了土帽提出的焊接方案。

那天上午，盛夏的阳光像蘸了辣椒水，炙烤着大地，稠乎乎的空气好像凝固住了，使人喘不过气来。土帽穿着一套崭新的被水浸透了的蓝色咔叽布棉服，在邓荣国和韩总工程师充满期待的注视下，神情自若地披挂上阵了。

焊接前，土帽仔细检查完经过改造的直流氩弧焊机和耐高温的焊枪后，开始对铜件进行预热，焊件四周温度逐渐升高，直到升至 700℃ 。土帽又将一床湿棉被裹在身上，戴上充填石棉丝的翻毛皮手套，再用石棉绳把手和焊枪紧紧包裹住后，拿来一块石棉板挡住身子隔热，焊接开始了。

温柔纯净的铜电弧火花蓝在土帽面前一闪一闪，充填金属和母材相互融合。随着那道电弧火花蓝不停地移动，铜焊缝的结晶开始慢慢凝固。

焊接从上午持续到中午，土帽在高温中连续焊接四个多小时，湿棉被被烤干了，土帽全身却湿透了。

遗憾的是，最终技术应用失败了。

土帽耷拉着脑袋，低垂着眼帘，呆呆地望着焊透性不到位和变形的紫铜风口，不停地挠着头皮，心情沮丧到了极点。

邓荣华召集吴学众等几位电焊老师傅到现场分析原因，大家冷漠地围着紫铜风口焊件看把戏似的转了几圈，没有谁能说出个子丑寅卯来。吴学众伸手摸了摸焊缝，爱莫能助地摇头叹息了一声，在心里暗示庆幸自己没有同土帽组成攻关小组，不然脸就丢大了。另一位电焊老师傅嘲讽地说："什么虫蛀什么木，别瞎折腾了，趁早放弃吧。"

土帽听了，急得满脸通红，感觉自己的心像要跳出来一般，却又找不到出口。

他闷着头走到邓荣国面前，诚恳地请求道："邓厂长，再给我一次机会吧。"

邓荣国看着报废的焊接件，沉思了一会儿。焊接件虽然出现了焊透性差和变形的现象，那是焊接过程中的问题。土帽采用手工氩弧焊法的思路是完全正确的。既然是攻关，就应该允许有失败，不能一棒子打死一个人，让攻关就此夭折。他用征询的目光看了韩总工程师一眼，韩总工程师点了点头。

于是，邓荣国以军人的坚毅，果敢地大手一挥：“行！”

当天晚上，土帽躺在床上辗转反侧，久久不能入眠，脑子里全是变形焊件的画面，还有那几位焊接师傅冷嘲热讽的表情，土帽心里空落落的。他当时多么希望能得到师父吴学众的安慰或鼓励，没想到师父发出一声叹息后，脸上竟露出一丝诡异的稍纵即逝的笑容，令他感觉自己被全世界所抛弃，唯有孤独、冷漠、无助与他做伴。想到这里，土帽竟有了打退堂鼓的想法，后悔当时不该那么冲动去祈求邓荣国再给自己一次机会。

夜，静极了。淡淡的月光如流水般从窗口倾泻在摆满书籍和图纸的书桌上，仿佛结了一层银霜。正如此时土帽的心境，那样茫然，那么迷失。

土帽侧身两眼呆呆地望着月光，一只手不经意触摸到胸部一块焊渣烫伤的小疤痕，师父吴学众胸脯上那幅抽象油画顿时浮现在他眼前，那层层叠叠的烫伤疤痕，在他今天看来，就成了坚韧不拔、不屈不挠的意志。土帽似乎从梦中惊醒，犹如航行中的风帆，突然有了前进的动力。他在心里默默地告诉自己：不管遇到多大的挫折，只要不气馁，在哪里跌倒就能在哪里爬起来！

半个月过去了，土帽通过查阅大量的铜焊资料，终于找到了失败的原因。在精准算出了紫铜的线膨胀系数和由液态铜转变为固态时的收缩率后，重新拿出了一套焊接工艺，将紫铜风口加热温度提到了900℃。

土帽再次披挂上阵了。他刚靠近已加热到900℃的紫铜风口，一股热浪迎面扑来，脸上像被烈火灼烧了一般，连呼吸都有种灼热的感觉。他连忙在电焊面罩里加垫了两层石棉丝，戴上两层口罩，身上、手上同时裹上湿棉被，像一位出舱进入太空的宇航员，提着焊枪将焊条对准焊缝，娴熟地轻轻擦划一下，一道耀眼的铜电弧火花蓝呈现在紫铜风口上。

深蓝的天空像是撑开了一匹无边无际的蓝色绸缎，几片细碎的浮云好奇地聚集在土帽头顶，似乎在给他鼓励和鞭策。灿烂的阳光任性地向大地抛洒灼热的光芒，照在紫铜风口上反射出一道道炫目的光辉。

不一会儿，土帽的汗腺产生了强烈反应，豆大的汗珠从额头、脸上向下滚落，呼吸也越来越灼热。科学家曾对人体在干燥空气环境中，能耐受的最高温度做过试验：在裸体情况下，人体能耐受的快速升温极限为210℃；而穿上厚实的冬季棉服，则人体能耐受的骤然升温极限为270℃。

随着时间的推移，面对超越人体极限的高温环境，土帽心跳加快，血液循环加速，肺部急促“喘气”呼出热量。在更换焊条的间隙，他不时“吭哧吭哧”喝几大口盐水，以防身体电解质出现紊乱。越到后来，排汗、呼吸、血液循环等一切能参与降温的器官，在连续几小时开足马力后，已经处于强弩之末的状态了。土帽有了头晕眼花、站立不稳的征兆，身体拉响了警报。然而，他没有丝毫退缩，全神贯注地操作焊枪。此刻，他心中只有一个念头：紫铜风口焊接必须一气呵成！

终于，耀眼的铜电弧火花蓝熄灭，高炉风口锻造紫铜与铸造紫铜紧紧地焊接在了一起。土帽掀开面罩，脸上已被灼烧成暗红色，人也极度疲惫虚脱。邓荣国和韩总工程师立即围了过去，两人搀扶着土帽到阴凉处休息，补充水分和能量。

经X射线检查，韩总工程师大声宣布：紫铜风口焊接攻关成功！

鲜花最终为土帽绽放，成功的喜悦和激动如同决了堤的洪水，浩浩荡荡从他的心里倾泻而出。现场几乎所有人都为土帽长长地吁了一口气，唯有吴学众的心情跌落到了谷底。

凭此项攻关成果，土帽荣获了省科技成果一等奖，市劳动局给他颁发了高级技师证书。厂长邓荣国脱口而出称土帽为“神焊”！

四

有了“神焊”土帽，企业拥有了超一流的焊接技术，市通用机械厂迅速在省内外声名鹊起，从过去的市内加工业务，到现在已扩展到承接跨市、跨省的大型焊接工程。

那年，新成立的湘州泉山贮木场要修建两台龙门吊车。过去的贮木场是用绞车和传送带将河里的木材输送到岸上，工作劳动强度大，效率低。作为一个新建的贮木场，泉山贮木场所处河段弯曲，水流缓慢，水域开阔，规划建成具有水陆两栖功能的现代化贮木场。其中一台特大型龙门吊车，承载主梁下四条支脚的其中两条支脚，要在河中心修建的水泥墩上的轨道行驶，将泉水河上游放排到泉山贮木场的木材，直接用龙门吊车吊到河岸上去，跨度大，吨位高。另一台大型龙门吊车将在泉山贮木场粗加工后的木材吊上火车车皮，运出山外。

消息公开后，全省多家机械制造企业纷纷报名参加泉山贮木场两台龙门吊车的招投标。虽然生产龙门吊车结构不复杂，技术含量不十分高，但龙门吊车全是钢结构，焊缝多，焊接应力容易导致变形。因此，对焊接技术要求特别高。

自从土帽将高炉风口锻造紫铜与铸造紫铜焊接攻关成功，荣获了省科技成果一等奖，土帽的名头在全省焊接界已是响当当。有“神焊”土帽作为压舱石的市通用机械厂，最后毫无悬念地击败了众多竞争对手。考虑到在招投标阶段打的是土帽的名头，市通用机械厂在组成生产龙门吊车工程队时，决定由“神焊”土帽领衔特大型龙门吊车焊接，“电焊泰斗”吴学众领衔大型龙门吊车焊接。

泉山贮木场地处泉山山脉，占地两千余亩，四周青山环抱。一条当年三线建设时期修建的铁路离泉山贮木场两公里左右，设有一个泉山火车站。火车站与贮木场的内线铁路已修好，经日晒雨淋，铁轨上已有一层薄薄的黄色锈迹。土帽和吴学众一行工程队几十人自带被褥及生活用品奔赴泉山贮木场，就是从泉山火车站下了绿皮车，沿着内线铁路步行至此的。泉山贮木场因龙门吊车尚未制造，处于待生产状态，只有正副场长和十来名职工看守场地和对外联络工作。四栋新修的三层家属宿舍早已落成，工程队按四人一套宿舍住了满满两栋，给泉山贮木场的人气一下就带动了起来。

泉山贮木场当时还没有公共食堂，土帽他们以套间为单位，四人一组自己买菜做饭。土帽的室友名叫刘连发，比土帽小一岁，是机加车间钳工，工作上与土帽交集较多。刘连发喜欢烹饪，主动邀请土帽当室友。烹饪是土帽的软肋，他当然乐意。

贮木场顾名思义不缺木材，厨房的炉灶设计为煤和柴双灶。每当下班后，两栋宿舍楼顶八个烟囱同时向天空喷射浓烟，随风袅袅飘舞，八条浓烟像不规则的群龙在天空盘旋腾飞，成了泉山贮木场一道别样的景观。

一天上午，吴学众与刘连发正在工地上下角钢材料，泉山贮木场技术员曾婷玉来到工地，向刘连发打听谁是陈平安。当刘连发得知曾婷玉仅仅是要土帽为她焊接手工藕煤机，便笑着对她说："土帽在厂棚里做工装，这点仔仔事，吴学众师傅给你焊接都是大材小用了。"

曾婷玉脸上顿时阴沉了起来。她不分青红皂白，拒绝了刘连发的善意，固执地要求陈平安为她焊接。

刘连发也不知道曾婷玉是什么来头，瞧她盛气凌人的气场，感觉来者不善，只好走进工棚向土帽传话说，工棚外有个美女点名请他为其焊接手工藕煤机。

在市通用机械厂，像焊接手工藕煤机之类的事，稍有点焊接基础的都能应对。杀鸡焉用牛刀？土帽拉不下架子，便让徒弟去焊接。

曾婷玉作为泉山贮木场技术员，自始至终参与了两台龙门吊车招投标全过程，尽管没有与土帽见过面，但对土帽精湛的焊接技术已了如指掌，她为市通用机械厂投了关键一票。曾婷玉也知道手工藕煤机焊接没什么技术含量，但很有技巧，藕煤机筒内的几根立柱在焊接时垂直度稍有偏差，制作手工藕煤时会非常吃力。令她没想到的是，土帽连面都不见就一口回绝了。曾婷玉吃了土帽的闭门羹，无疑挨了当头一棒。她提起藕煤机配件，胸脯剧烈地起伏着，双颊微微颤抖着离开了工地。

工程队进场施工半个多月来，曾婷玉都在省、市发改和林业部门代市通用机械厂办理泉山贮木场龙门吊车立项和生产许可手续。项目虽已招投标，那是为了抢工程进度，赶在枯水季节来临前完工。省、市相关部门为项目开辟绿色通道，允许他们先上车后补票，即边立项边招投标，边办手续边生产。曾婷玉昨天晚上才从省城回来，还没与他们打过照面。

回到办公室，正在气头上的曾婷玉将未办完的手续资料往场长面前一推，不露声色地说："既然工程队人员已到位，剩下的手续让他们派人去办吧，还可为场里节约一大笔差旅费和招待费。"末了，还向场长附了一句："林业厅分管副厅长说了，要是半个月后手续还办不下来，担心出安全事故，工程就先停工。"

曾婷玉明摆着是撂挑子，可她说的合情入理，尤其林业厅分管副厅长都发话了，让场长找不出破绽。工程队奔波几百公里跨市来到湘州承建龙门吊车，前期衔接工作没参与，需要到哪些省、市部门，哪些处室去办理审批手续都一无所知。曾婷玉突然撂挑子，让工程队找不着北了。

当天下午，工程队负责人心急如焚地组织大家开会，通报泉山贮木场的决定：剩下的审批手续将由工程队接手，派专人去办。如果半个月内不能将审批手续办下来，工程必须先停工，等审批手续齐全后才能复工。

工程队顿时炸了锅。工程一旦停工，几十号人窝在这山沟沟里喝西北风？工程队实行的是项目承包制，自负盈亏，合同上写得明明白白，两台龙门吊车年底交付使用，延期交付按日赔偿违约金，这笔损失工程队怎么承担得起？这意味着几十号兄弟姐妹的工资、奖金都面临打水漂儿的风险！

队员们群情激奋，吵吵嚷嚷。有的指责场长故意出难题，有的说趁早散伙，有的说去求曾婷玉……

刘连发心里清楚，是土帽上午拒绝为曾婷玉焊接手工藕煤机得罪了她，才给工程队出了这道难题，而土帽自己还蒙在鼓里。他又不敢当众说出个中缘由，那层窗户纸一旦捅破，必定在工程队内部引起对土帽的公愤，等于自己出卖了土帽。

工程队负责人试探地问谁认识技术员曾婷玉，求她继续代工程队办理手续。工棚里的气氛一下凝固了，大家用期望的目光你看我，我看你，到最后大家面面相觑，沉默无语了。

这时，吴学众站了出来，当着大伙的面，大声说：“让土帽去吧。”

众人的目光齐刷刷地聚焦到了土帽身上。土帽毫无思想准备，好像被谁抽了耳光似的，脸涨得通红，连忙推辞说：“不，不，我不认识曾婷玉。”

吴学众又咄咄逼人地对土帽说：“别人找上门来，你都不肯见一面，怎么认识？谁让你上午摆臭架子，不给曾婷玉焊接手工藕煤机，成心得罪她！你不去，谁去？”

土帽惊讶得像在头顶炸了个响雷，又好像大冬天被人从头到脚浇了一盆凉水，脸色骤然刷白，呆住了。

工程队负责人吃惊地问土帽："你师父说的都是真的？"

土帽没想到是自己捅了这么大的娄子，给工程队招致灭顶之灾，三魂七魄都从耳朵、鼻孔飞了出去。等他回过神来，才迟疑地点了点头。

这时，所有人的目光像是焚尸炉喷头射出的熊熊火苗，堆积在土帽身上，瞬间要将他烧成灰烬。

事已至此，工程队负责人又不好拿"神焊"土帽开刀。散会后，自己硬着头皮代土帽去向曾婷玉道歉，却被曾婷玉奉还了一个闭门羹。队友们得知后十分沮丧，再也无法控制心中的怨愤，纷纷围住土帽讨要说法，工程队负责人费尽口舌才劝住队友们。

五

黑夜将大地笼罩得严严实实，山区的空气格外湿润，几盏路灯昏暗朦胧，无力地照着夜幕下的泉山贮木场。工程队前期干的是肩扛手抬钢材下料、垒枕木为龙门吊车龙骨做支撑等体力活儿，队友们晚上早早上床睡觉了。

吴学众在床上夜不成眠。冷静下来后，他为自己今天当众揭穿土帽，让土帽下不了台，遭队友们围攻而懊悔。

当初，得知厂里中标泉山贮木场两台龙门吊车后，他心中暗喜。凭他焊接车间主任的地位，加入龙门吊车工程队是板上钉钉的事。他过去参与了本市一小型龙门吊车的制造焊接，如果不出意外，收入是在厂里上班的三倍。他的五个儿子，现在挤住在老家三间土砖房里，眼见儿子们一天天长大，修建新房成了当务之急。他要抓住此次机会，领衔特大型龙门吊车焊接，多挣一份工资、奖金，在土砖房旁边再修建三间红砖瓦房。一旦龙门吊车工程完工，结算了工资、奖金、林区补助、野外作业补助，就正式动工。

工程队正式成立后，吴学众的名字赫然在列。当宣布“焊神”土帽领衔特大型龙门吊车焊接，由他领衔大型龙门吊车焊接时，真应了那句古话：先生眉毛短，后生卵毛长。吴学众瞬间感到被人抛弃一般。进入泉山贮木场这段时间以来，他的胸口一直像是做完手术后，粗心的医生遗落了一团纱布在胸腔里，闷得慌。吴学众曾想过主动退出工程队，但想到已承诺妻儿修建三间红砖瓦房，才忍辱负重地接受了。其实，他对土帽的积怨在高炉风口攻关成功那刻就产生了。这次组建龙门吊车工程队，土帽领衔特大型龙门吊车焊接，自己作为师父仅领衔大型龙门吊车焊接，土帽连一句委婉推辞的话都没有，就欣然接受了。在别人看来，土帽无疑又强压了自己一头，让“电焊泰斗”的光环黯然失色。当听到工程队负责人说，工程面临停工，工资、奖金要打水漂儿。妻子已在老家下新房基脚，意味着那三间红砖瓦房将成为空中楼阁，自己要成为左邻右舍的笑柄，怎么向妻儿交差？吴学众联想到土帽一而再，再而三地伤害到自己的切身利益，对他的愤懑便如山火爆发似的喷射了出来。

漆黑的房间里，同住一室的徒弟早已熟睡，发出一阵紧似一阵的鼾声。吴学众却在心中逐渐释放着对土帽的不满。他心里清楚，虽然自己动过让土帽邀请参加攻关的心思，当土帽第一次攻关失败，自己还暗暗庆幸过，你现在怎么又出尔反尔？没有土帽成功攻关高炉风口，被评为省科技成果一等奖，厂里能毫无悬念中标泉山贮木场两台龙门吊车？如果不让招投标时作为压舱石的土帽领衔特大型龙门吊车焊接，那不打了泉山贮木场及上级主管部门的脸？钳工刘连发都能焊接的手工藕煤机，土帽让学徒去焊接有何过错？何况土帽还是自己的徒弟，他当时正在为龙门吊车主梁做工装，抽不开身。

想到这里，吴学众躺在床上不住地内疚、懊悔、叹息，像虫子咬着他的心，隐隐作痛。

此刻，土帽也在床上翻来覆去，床板不时发出“吱吱”声。他十分懊恼因自己的疏忽，给工程队带来如此严重的后果。他也理解队友们无辜受到牵连、几乎崩溃的心情。但他怎么也想不明白，师父在众目睽睽之下，竟然将他扒得一丝不挂，像一具没有灵魂的僵尸，被队友们蔑视、摧残、践踏、蹂躏，毫无尊严可言。他的脑袋像被炸裂开了，怎么也理不出头绪，找不到答案。

刘连发不忍心看土帽伤心难熬的模样，只好用背对着土帽。他知道，土帽正在经历着痛苦的挣扎，他想安慰土帽，又不知从何开口。刘连发准备熄灯睡觉，让黑夜去抚慰土帽心灵的创伤，土帽却一骨碌从床上爬了起来，穿好衣服，不声不响地出了房门。刘连发生怕土帽去找曾婷玉的麻烦，将事情闹到更加不可收拾的地步，便跟着起床。无奈刘连发睡觉有个打光板的习惯，等刘连发里里外外穿好衣服追出门外，早已不见了土帽的踪影。

黑色的夜空，散发着诡异的气息，空气中弥漫着浓浓的露水，给人压抑的感觉，那感觉，让心情沉闷的土帽近乎窒息。他径直来到曾婷玉楼下，见二楼房间里亮着灯，土帽鼓起勇气上去按门铃。曾婷玉正要下楼丢垃圾，也没问门外是谁，直接打开了房门。

见到曾婷玉那一刹那，土帽心跳突然加速，还真像刘连发上午说的，曾婷玉是一个大美女。白皙娇嫩的肤质，披散着一头长发，嘴角边一粒细细的黑痣，更增俏媚。她身穿一件敞开的火红色外套，里面是一件紫色的圆领贴身衫，露出清晰的锁骨，身材起伏有致，丰满匀称。

土帽脑子里瞬间一片空白，脸上的皮肤紧张得不自觉地抽搐起来，搓揉着双手，两人四目相对。

曾婷玉先打破平静，问道：“你是谁呀？我不认识你。”

土帽连忙自我介绍道：“我是土帽。”

“土帽？什么土帽？”

“哦，不，习惯了，土帽是我的绰号，我叫陈平安。”土帽有些语无伦次。

原来是眼前这位黑不溜秋的土帽，上午给自己吃了一个闭门羹。看到土帽唯唯诺诺，一副窘迫相地介绍自己，曾婷玉没有气恼，反而“扑哧”一声笑了起来。毕竟在上午之前，她对心目中那个有着精湛焊接技术的土帽还是很崇拜的。

“找我什么事？进屋说吧。”

曾婷玉的态度令土帽受宠若惊，他像踩在一块软绵绵的地毯上，走在云里雾里，跟着进了客厅。

土帽坐在客厅木质沙发上，客厅不大，与土帽住的套间同一标准。靠墙放着一张四方餐桌，为了节约空间，三把竹椅塞在方桌下面。桌上罩着一个蓝色网格塑料罩，依稀可见里面的两只瓷碗。客厅最引人注目的就是挂在餐桌墙上的一幅纯手工十字绣水果图案。画中的香蕉、葡萄、桃子、苹果栩栩如生，看上去让人垂涎欲滴。

曾婷玉用一次性塑料杯给土帽泡了一杯黄金茶。土帽过去从未喝过茶，端在手里滚烫滚烫，连忙将茶杯放到沙发扶手上。土帽不敢多看一眼曾婷玉，眼睛盯着茶杯，茶芽朵朵金黄，芽尖直立，继而徐徐下沉，如同一个个小精灵在水中沉浮、翻滚、游动，茶汤色泽杏黄，柔和。土帽对着茶杯吹了吹，低下头轻轻呷了一口，口感鲜爽甘醇，香气浓郁。

土帽觉得屋里的空气比室外更压抑，刚才躺在床上打的腹稿一句都记不起来了，便无厘头地从嘴里冒出一句："谢谢你的茶！"

曾婷玉又"扑哧"一笑，逗他说："你到底是谢我，还是谢我的茶？"

"都谢，都谢！哦，对了，今天我们之间发生一点小误会，全是我不对，我诚恳地向你道歉。希望你大人不计小人过，别往心里去。"土帽一直看着手中的茶杯说话，不敢看曾婷玉。说完后，端起茶杯，小心谨慎地呷了几口茶。

土帽诚恳的一番话，曾婷玉听了，反倒不好意思起来。自己原本撂挑子，只是想杀杀土帽的傲气，没想到在工程队引起轩然大波，一下子将土帽推到了风口浪尖，成了工程队的众矢之的。

望着眼前六神无主的土帽，曾婷玉动了恻隐之心，语气平缓地说："没事，没事，我知道你当时正忙。"

土帽自从进到客厅，心一直怦怦怦地跳，这是他第一次单独与女人同处一室说话，而且还是美女。刚才斗胆向曾婷玉表达了歉意，好像是在背诵而不像在说话，似乎又没有完整表达出此行目的，只好用呷茶来掩饰自己思绪的混乱。

曾婷玉又端出一碟红瓜子，放到土帽面前，请他嗑瓜子。

土帽望着颜色鲜艳、平扁细小的红瓜子，十分新奇。他不由联想到自己喜欢嗑的葵瓜子，塞进嘴边，轻轻一嗑，露出洁白的瓜子仁儿，又脆又香，口里不由溢出一股津液，喉部微抖，很快便咽进了肚中。

只见曾婷玉抓起几粒红瓜子放到左手心，右手抓住一粒送到嘴边，将红瓜子侧身用牙齿一嗑，红瓜子张开了小嘴，再用牙齿将小嘴挤压成大嘴，咬住瓜子仁尖尖。将张开大嘴的完整瓜子壳丢到地上，蹦跳一下，嘴巴也不再合拢，静静躺在地上，像是在盯着土帽看。

土帽学着曾婷玉的模样，抓起一粒红瓜子去嗑，却怎么也没能让红瓜子张开小嘴。他牙齿、舌尖并用，红瓜子沾了舌尖上的唾液竟有些打滑，再用力嗑下去，红瓜子在嘴里粉身碎骨。土帽有些尴尬地寻找垃圾桶，去吐嘴里被咬得粉碎的红瓜子。却无意间发现沙发另一边的地上有个黄色袋子，从袋口露出半截小钢管和一根六毫米的钢筋。土帽走过去往黄色袋子里看了一眼，手工藕煤机的钢套筒、盖板、光滑的小钢柱全在里面。

土帽提起袋子对曾婷玉说："明天我亲自焊接好，涂了防锈漆，再给你送来。"说完，不忘端起茶杯，打开门，匆忙下了楼。

土帽提着黄色袋子回到房间，刘连发看到黄色袋子露出半截小钢管和一根六毫米钢筋，手里端着散发出淡淡清香的茶杯，悬着的心落地了。

六

翌日，土帽刚进入工地，为了让曾婷玉的手工藕煤机在焊接时不变形，特意做了一副简易固定工装。

吴学众在土帽开始焊接手工藕煤机时就注意到了，他想前去搭把手。见土帽精心做了固定工装，已没有那个必要，便去油漆班提了一小桶防锈漆放到土帽旁边。土帽见了，也没同他打招呼，拿着刚焊接好的手工藕煤机到砂轮房打磨鱼鳞似的焊缝去了。

土帽拿着打磨好的手工藕煤机从砂轮房出来，吴学众连忙迎上去，要给手工藕煤机刷防锈底漆。

土帽也没叫一声“师父”，直接伸手拦住吴学众：“等等，让刘连发用油光锉修理完毛刺，再刷防锈底漆。”

吴学众悻悻地走开了。

刘连发用油光锉修理完毛刺，土帽将手工藕煤机外层刷了三遍防锈底漆。内筒涂抹了机油，光滑锃亮。

刘连发在工地上逢人就说：“土帽昨天晚上去曾婷玉家里负荆请罪，曾婷玉还给土帽泡了一杯上等好茶，他们和好了。”

队友们听了将信将疑，刘连发又说：“土帽亲自为她焊接手工藕煤机，还让我用油光锉修理毛刺，把手工藕煤机当成了宝贝，精雕细琢后正在刷油漆，请曾婷玉代办手续的事有希望了。”

队友们的心情一下好了起来，纷纷向土帽围了过去。土帽考虑到曾婷玉是女孩子，让油漆师傅将面漆调成了粉红色。队友们啧啧称赞土帽的心思也像女孩子般细腻。

见到宛若工艺品的崭新手工藕煤机，曾婷玉拿在手里仔细端详，反复摩挲，爱不释手。

她情急之下要请土帽明天吃中饭，表示感谢。

土帽见到曾婷玉心里都发怵，哪敢应允同室同桌吃饭，急忙滑稽地打着拱手推辞。他诚恳地对曾婷玉说：“请吃饭就免了，你能代工程队办完审批手续，我土帽就谢主隆恩了！”

曾婷玉“扑哧”一笑，要挟土帽说：“你不答应吃饭，让我代工程队办完审批手续，免谈。”

曾婷玉两年前从省林学院采运专业毕业分配到新建的泉山贮木场担任技术员。当时的泉山贮木场除了修建了几栋宿舍，道路泥泞，一片荒凉，白天上班与三个老工人围着硕大的场地转一圈，深夜，山上不时有狼群来到尚未平整的场地，“嗷呜嗷呜”地嗥叫，令她毛骨悚然。直到今年上半年场地全部平整，内线铁路和龙门吊车轨道同时修建完工，正式选配了正副场长，干部职工也有了十来人，场地平坦，一片光秃秃，没了藏身之处，再也不见狼群的踪影了。

两年多来，她独自一人做饭吃饭，每天中午雷打不动煮两餐的饭菜，晚上吃中午的剩饭剩菜，寡然无味。过去在学校活泼可爱、乐观开朗的性格已荡然无存，变得冷漠、孤僻、易怒、难以与人相处。昨天晚上土帽上门来道歉，当看到土帽憨厚、乞求的眼神，曾婷玉内心突然生出了一丝久违的怜悯之心，破天荒让土帽进了屋。她为土帽泡了一杯上好的黄金茶，那是自己都舍不得喝的样品茶，还拿出了红瓜子招待他。土帽离开后，她又后悔不该对土帽那么热情。当看到崭新的手工藕煤机那一刻，她对土帽的成见已烟消云散了。曾婷玉的心还真像天上的云，见不得风。

第二天清早，太阳刚刚露出笑脸，潮湿的空气中夹杂着一缕缕雾霭，澄清又缥缈。工程队难得休一个星期天，队友们都到十里外的镇上赶集去了。土帽戴着一副沾有油迹的帆布手套，扛着一把铁锹，提着一袋黄土，拉着刘连发来到曾婷玉楼下。

水泥地上七零八落用油毛毡盖着煤堆，土帽掀开其中一张油毛毡，露出了一堆乌黑的散煤，太阳光打在上面，泛出一粒一粒、一闪一闪的白光，给黑色的世界镀上了一层银纱。土帽将铁锹递给刘连发，自己上二楼去了。等土帽提着一塑料桶水，拿着崭新的粉红色手工藕煤机下来，刘连发已将煤和黄土拌匀，煤堆顶上预留了一个小坑。土帽慢慢将塑料桶里的水倒进小坑里，刘连发则忙着用铁锹搅拌，两人配合十分默契，滴水不漏。

楼下一阵“哐啷哐啷”声传进二楼屋里，正在切菜的曾婷玉从阳台探出头往下一看，十几个藕煤成品已一字排开。曾婷玉脸上顿时开出一朵桃花，切菜的频率更快了。

刘连发心里有些纳闷，土帽和曾婷玉前天还是一对冤家，才一天过去就化干戈为玉帛了？连曾婷玉的煤堆他都了如指掌？不禁在心里暗暗佩服道：土帽这小子还真有两把刷子。

别看土帽表面上憨憨厚厚，傻傻乎乎，争强好胜，其实内心可细着哩。昨天下班曾婷玉拿着藕煤机回去，在楼下其中一个煤堆前停留了片刻，还掀开油毛毡的一角看了看，土帽便记在了心里。在推脱不掉曾婷玉今天的饭局后，土帽也开出了一个附加条件：邀上刘连发将她的煤堆制成藕煤，同时测试一下新手工藕煤机的使用效果。

曾婷玉惊叹，嘿！看不出土帽是个细心的汉子，还有一颗玲珑心，很乐意地答应了。

说句老实话，曾婷玉这顿饭局安排得太随意：辣椒炒肉，葱花蛋饼，红烧排骨，素炒苦瓜外加一碟油炸花生米，不见常规请客鸡、鸭、鱼三道菜的影子。酒，也是曾婷玉用山里的野杨梅自酿的，有点甜也有点酸。野杨梅用当地苞谷酒泡的，度数介于红酒和米酒之间。土帽和刘连发开始吃喝得很拘谨，主要用花生米送酒。曾婷玉倒是很热情，不但向他们两人敬酒，还不停地往两人碗里搛菜。

酒过三巡，曾婷玉敞开了心扉，问他们：“你们知道我为什么一定要请这顿饭吗？”

刘连发抢着回答说：“感谢土帽为你焊接手工藕煤机。”

曾婷玉摇了摇头，说：“这不是主要原因，快吃，快吃，把菜全部吃掉。”

刘连发又说：“感谢我们给你打藕煤球。”

曾婷玉还是摇头，用筷子指着桌上的几道菜，说道：“实话告诉你们吧，怕可惜了这些菜。我下午就赶火车去省城，明天星期一正好为你们的工程办理审批手续。等十天半个月办完审批手续回来，这些肉呀，排骨呀，还不臭烘烘了？哈哈哈！”

土帽听了，兴奋和激动如同决了堤的洪水，浩浩荡荡，哗哗啦啦地从他的心窝子喷涌而出。过了一会儿，土帽心情才平静下来，眼睛湿润着向曾婷玉敬酒。

随后，土帽和刘连发不再隐藏他们那份虚伪的斯文了，大碗喝酒大口吃肉。

七

土帽和刘连发从曾婷玉家里出来，土帽肩上扛着四个轮子的拉杆箱，手里提着行李袋，直接走内线铁轨送曾婷玉去火车站。深秋的天空洁净得像农民工刚刷过宝蓝色的涂料，正午的阳光经秋风吹拂消退了热情，照在身上温暖舒坦。他们走在内线铁轨上，两旁泛黄的马尾草不住地向他们点头摇曳。野杨梅酒的酒精分子早已渗入他们的血液中，土帽兴奋得像打烂了的话匣子，从地下讲到太空，笑话故事说了一箩筐，曾婷玉走在冰冷的铁轨上，丢下了一路欢声笑语。

刘连发像个快嘴婆，将曾婷玉去省城代工程队办理审批手续的消息，迅速传递到了工程队的每个人，队友们一扫两天来心中的阴霾，仿佛身上每一根汗毛都活泼跳动了起来。

吴学众走近刘连发，俯在他耳边轻声说："晚上你和土帽到我宿舍来喝酒。"

望着吴学众背脊骨高高凸起的背影，刘连发那么一霎间觉得这个世界好奇怪，扇你一个大嘴巴又给你一颗甜枣吃，让他怀疑人生。他可是亲眼见证了吴学众不顾师徒情分，将土帽推到炭火堆上去烤，烤得土帽几乎只剩一副骨架。看到土帽绝望无助的模样，刘连发的心在胸脯跳得像大杆子使劲撞城门一样，不规则地一次紧似一次。他想站出来为土帽解释几句，可面对土帽师父带头发难和几十号愤怒的队友，自己人微言轻，只得在心里为土帽捏了一把汗。现在曾婷玉和土帽化干戈为玉帛，你吴学众又拉下面子要请土帽喝酒？是良心发现还是人性的回归？他怎么向土帽开口？土帽又会答应吗？

回到宿舍，刘连发和衣躺在床上，酒精开始起催眠作用，身体飘飘然，不一会儿就呼呼大睡了。

土帽执拗地将曾婷玉送进车厢，将行李放到行李架上，还生怕曾婷玉反悔下车，直到绿皮列车驶出站外，他才长长地吁了一口气，如同飞出笼的小鸟，脱离猎人追捕的动物，没有航标的河流上望见了灯塔。他在路边扯了一根狗尾巴草，心情畅快地回到宿舍。刘连发正在鼾睡，土帽将狗尾巴草在刘连发鼻孔下转动。刘连发感觉鼻尖痒痒的，用手挠了一下鼻子，转身继续鼾睡。土帽又转动着狗尾巴草滚进他的鼻孔里，刘连发睁开眼，见是土帽，一把抓住狗尾巴草坐了起来。

刘连发揉了揉惺忪的睡眼："曾婷玉上车走了？"

"空话，她不上车走了，我能回来？"

"那是，那是，你总算过了这一劫。"

"是啊！"土帽叹息一声，直挺挺倒在床上，四肢舒展，是那么地舒坦、惬意。

刘连发想起吴学众的邀约，想开口征询土帽的意见。看到土帽躺在床上像是刚刚经历了一场势均力敌的拔河比赛，拼尽全力赢得胜利后，如释重负的样子，他又不忍心去触碰土帽心中被吴学众捅伤的那块疤痕，欲言又止了。

突然，土帽从床上弹了起来，对刘连发说："连发，今天晚上不做饭了，请你喝酒去，咱们一醉方休。"

刘连发听到土帽请他晚上喝酒，心里又惦记起吴学众的邀约，像一块石头压在心头，情绪怎么也提不起来。

土帽见刘连发久久没有回应，变得粗鲁起来：“嘿，发什么呆，请你喝酒还搬翘？”

刘连发没了退路，试探着对土帽说：“晚上有人请我们喝酒了，你去不去？”

土帽兴奋地说：“好啊，怎么不早说，谁请我们？一定将他整趴下。”

“你师父吴学众。”

刘连发话音刚落，土帽快活的神色一下子从他脸上消失殆尽了，仰头重重地倒在床上，双手十指相扣垫在后脑勺儿，牙齿紧紧咬住嘴唇，眼睛一眨不眨地盯着天花板，仿佛随时会从天花板上掉一坨金子下来。刘连发见土帽倒在床上默不作声，转瞬间变了个人，心里难免生出一丝酸楚。自己话已出口，覆水难收，刘连发显得有些尴尬地对土帽说：“如果你不愿意去，还是我请你去喝酒吧。”

土帽一骨碌从床上翻身下来：“走，去我师父那儿喝，不喝白不喝！”

土帽和刘连发走进吴学众宿舍，他正在厨房炒菜，排风扇转得呼呼响。土帽声音洪亮地叫嚷：“师父，土帽来喝酒了。”

吴学众转身见是土帽，心里还是怔了一下。

他向刘连发发出邀约后，一直担心土帽是否会接受，内心一片空荡荡，就像一间阁楼上的空屋子。但他还是喊来一个徒弟打下手，按部就班，有条不紊地精心准备着。东安鸡、宁远血鸭、江华酿豆腐、祁阳红薯粉煮鱼头……吴学众将上午赶集买的、原本要吃一星期的菜，一股脑儿做成了一桌丰盛的家乡菜。夕阳透过窗户玻璃照在从菜碗里冒出的腾腾热气上，呈现出几缕火焰般的嫣红，令人胃口大开。

土帽的两位师弟抬着一大桶米酒进来，大家寒暄了几句，菜已全部上桌，就围坐在用木板自制的方桌前，正式开餐了。

吴学众以东道主和师父的双重身份首先端起酒杯，动情地说："来这山旮旯儿都快二十天了，今天咱师徒几个第一次聚餐，连发不是外人，是土帽的好兄弟。大家不要拘谨，放开了吃，放开了喝。来，干杯！"

吴学众的开场白表面上看似乎入情入理，作为师父请徒弟们相聚，也说得过去。然而选在曾婷玉刚去省城代办审批手续这个节点上，明眼人都看得出来，这是吴学众以一种明修栈道、暗度陈仓的方式向土帽道歉。

土帽是带着赌气的心态过来的，听吴学众这么一说，竟有所感动，彬彬有礼地从座位上站了起来与吴学众碰杯："谢谢师父，干杯！"

随后，徒弟们轮番向吴学众敬酒，吴学众都乐呵呵地一饮而尽。

刘连发一直在暗中观察土帽的神情，担心土帽借酒发疯，在酒桌上与吴学众发生不愉快的事情来。吴学众不时给土帽搛菜，土帽也不推辞，师徒两人推杯换盏，明明两人心存芥蒂，倒像是久别重逢的挚友。刘连发越发怀疑他们之间是在逢场作戏，接下来会有什么事情发生。

果不其然，吴学众起身从厨房拿来两只小碗，让徒弟斟满酒。吴学众站起来递给土帽一碗，自己端起一碗，深情地对土帽说："土帽，你我师徒一场，是前世修来的缘分。这些年，你为师父争了光，添了彩，师父高兴，师父感谢你，这碗酒师父敬你！"

吴学众这一招终于露出了底牌，为了顾及师父的尊严，他宁愿向土帽敬一碗酒，也不愿说出"道歉"二字。

土帽显得被动起来，急忙说："师父，你这不是要折我土帽的寿嘛，我感谢师父这些年来的言传身教，这碗酒，我敬师父！"

"土帽，说句掏心窝子的话，这一年来，我们师徒之间缺少了沟通，几乎成了背对背行走的路人，向着不同的方向，一步一步远离。我这两天反复琢磨，根源是我心胸狭隘，不能张弛有度，还对你落井下石。这碗酒就算我们互敬互爱吧，过去的让它过去，一切重新开始！"

土帽听了，像曾经的弃儿又回归了家庭，真真切切感受到了一股温暖，一口气喝了个底朝天。

八

五年后，土帽经历了一场人生艰难的选择。

那天下午，土帽正在焊接油罐罐体内管道，重达一吨的罐体封头突然掉落下来，砸在了他的身上。土帽像遭到了疯狂的子弹袭击，倒在罐体内疼痛难忍。他的尖叫声引来了同事的注意，几个人合力才将他从罐体内抬了出来。送到医院照片检查，右肩胛骨、第三腰椎骨、骶骨骨折，第一掌骨粉碎性骨折。

当天晚上，吴学众便赶到医院看望土帽。走进住院部，一股浓烈的药味混合着消毒水气味呛入鼻腔。病房走廊上十分安静，稀疏的筒灯努力发出微弱的灯光，穿过昏暗的走廊，偶尔从两边的病房里传出几声凄厉的呻吟声。吴学众进到土帽病房，土帽穿着条纹病服躺在病床上，面色苍白，正在打着点滴。手掌、手臂、腰等几处打了石膏板，缠满了纱布。

土帽见吴学众走近病床，有些诧异，没想到师父连夜来医院看望自己，便抬起头挪动一下身子。顿时，苍白的脸上肌肉犹如麻花般拧成一团，眉头皱着，嘴巴窝成了一坨肉，舌尖发出痛苦的“咂咂”声。

吴学众连忙摆手：“别动，别动。”

土帽无奈地躺在病床上，极力故作轻松，冲吴学众挤出一丝苦笑。

吴学众扫了一眼病房，同病房还有一位老人，大约七十多岁，干瘦干瘦的，头发稀疏斑白，脸色蜡黄，营养严重不良。老人坐在床上，右手打着绷带，一位年轻人正躺在老人旁边睡觉。

土帽的学徒小李坐在病床边看书，冲吴学众微微笑了笑。

吴学众问土帽："婷玉呢？"

"小李在这里就行了，她刚回家带孩子去了。"

吴学众摇了摇头，愧疚地说："土帽，你替师父受罪了。"

"师父，您别这么说，这纯属意外。再者，如果砸伤的是您，您是家里的天，怎么承受得了？我毕竟年轻，恢复起来也快。"

原来，吴学众当年在老家修了三间红砖瓦房，欠了不少债务，五个儿子都在读书，饭量日增，连吃饭都成了问题。两年前，厂里改革工资分配制度，实行多劳多得，按劳取酬，工人们拿绩效工资和奖金。吴学众还有三年退休，这几年经常加班加点，为的是多挣些绩效工资、奖金，赶在退休前将债务还清。土帽看在眼里，疼在心里，时常帮衬一下师父。昨天下午见师父去厂部开调度会，自己的焊接工件已完成，便去帮师父焊接罐体内管道，等师父开完调度会给他一个惊喜。真是人算不如天算，就在管道焊接即将结束时，罐体封头神不知鬼不觉地掉落了下来。

伤筋动骨一百天，土帽三个月后才痊愈。等他回到车间上班，发现右手大拇指已用不上力，怎么也压不下与电焊钳相连的弹簧手柄，这让土帽始料未及。通过 X 光片才发现，因当时医院治疗水平有限，没有对土帽第一掌骨粉碎性骨折进行手术治疗，保守治疗造成了骨折断端畸形愈合，严重影响了大拇指的肢体功能。这对成天要手握电焊钳弹簧手柄更换焊条的土帽来说，无疑是致命的打击。

同事们都劝土帽改行，从事日不晒、雨不淋、轻松舒适的管理工作。

厂长邓荣国得知后，深为土帽惋惜，一身高超的焊接技术白白葬送掉了。那两天，他与几位副厂长通了气，打算让土帽担任生产技术科科长。他还将土帽叫到办公室，亲自找他谈话，征求土帽本人的意见。

土帽听了不敢相信自己的耳朵，像半截木头般愣愣地杵在那儿。按照厂里以往的惯例，生产技术科科长是提拔资历深厚的车间主任才会安排的职位，从某种意义上说，是主管生产副厂长的后备人选。土帽只是焊接车间副主任，属于破格又破格提拔了。土帽接连喝了几口开水，好像是嗓子里发干似的。由于喝得太急，最后一口呛得他差点窒息。邓荣华抬手拍了拍土帽的背，他才喘过气来。这些天来，土帽自己也思考了很多，有过放弃焊接的念头。可当厂长邓荣华面对面让他放弃焊接时，土帽心里突然像藏着两只小兔子，在内心里激烈的碰撞。他犹豫再犹豫，是答应还是婉言谢绝？已深入骨髓的焊接情结，让土帽始终开不了口。

邓荣华也看出了土帽内心的挣扎，对焊接的百般不舍。便对土帽说：“我不要你急着表态，给你两天时间考虑。”

“不是两天，请邓厂长给我两个月恢复性训练，如果两个月后还是恢复不了，我土帽就死了这份心！”

从那以后，土帽对右手大拇指进行恢复性训练，每天连续伸直，弯曲，单指拿捏水果、提物、牵引……日复一日单调、重复着训练，两个月后竟恢复到了七成肢体功能。

正在这个节骨眼儿上，市高速公路指挥部慕名拖来了一个有几道裂缝的盾构机前部“巨无霸”刀盘。刀盘上装有四十多把高强材料弧形滚刀，像几十条恶犬同时露出狰狞的嘴脸，阴森恐怖。

土帽还在进行大拇指恢复训练，厂长邓荣国只好召集吴学众和几位老师傅会商焊接方案。刀盘是二十厘米厚度的高强板，掘进时要承受上万吨压力，裂缝不焊透将造成刀盘更大的损害。两天过去了，吴学众等几位师傅还是没有拿出可行的焊接方案，高速公路指挥部的同志急得团团转。工地上停工损失事小，这是经过市里的第一条高速公路，全市六百多万人民期盼已久的大事，如果因刀盘的原因一味地影响隧道掘进进度，不能按期完工，无法向全市人民交代。市长给邓荣国下达命令：一周内必须完成刀盘焊接任务。

邓荣国急忙将土帽叫来参与制订焊接方案。土帽反复观察刀盘裂缝，查阅资料，计算出刀盘焊接参数后，大胆提出对裂缝 V 形破口，用窄间隙埋弧焊接工艺。

一石激起千层浪，土帽的建议，不仅让吴学众等几位师傅极力反对，连军人出身、对土帽信任有加的邓荣国都沉默了！刀盘是盾构机的先锋件，坚硬岩石的宿敌，对刀盘裂缝 V 形破口，无异于人为对刀盘造成更大的伤害。同时，如此深的焊口要做到焊接毫无缝隙非常困难。一旦有一丝缝隙就会降低刀盘的强度，焊接处出现缝隙，刀盘就彻底报废了。

土帽不急不躁，找来几块废旧高强度厚钢板进行模拟试验。第一次由吴学众试焊，经检测焊接处出现缝隙，失败了。第二次由土帽焊接，学徒帮他压电焊钳的弹簧手柄换焊条，土帽毕竟两个月没摸过焊枪了，手感有些生疏，焊接处出现缝隙，又失败了。邓荣国本就对土帽的裂缝 V 形破口方案疑问重重，借两轮失败的由头让土帽停止模拟试验，另拿方案。

土帽却坚持说："好事不过三，让我单独试一次。"

土帽为了找回手感，先连续在两块钢板上焊接了整整二十分钟。更为神奇的是，土帽到后来不让学徒帮他压电焊钳的弹簧手柄换焊条，自己右手大拇指竟轻松自如地压下了电焊钳的弹簧手柄！土帽第三次试焊一气呵成，经检测，成功了！

土帽又重新拿起了焊枪。邓荣国怜爱地对土帽说："你真是生了一副焊接的命啊！"

九

曾婷玉给土帽沏了黄金茶后，观察了几天，土帽还是闷闷不乐，显得焦虑和坐立不安，食欲不振，白花花的大米饭像嚼蜡般难以下咽。每天吃完晚饭，他也不去书房看书或捣鼓工装图纸，而是坐到客厅看电视。曾婷玉心想，土帽也到该歇歇的时候了。谁知，土帽坐下不到三分钟，手里握着电视遥控器，频繁切换频道，往上摁一遍，又往下摁一遍，把曾婷玉的眼睛都快闪花了。

曾婷玉更加确定土帽患了“更年期综合征”。

那天，曾婷玉去菜市场买菜，回来的路上遇到刘连发。前几年，市通用机械厂已成功改制为市通用机械股份有限公司，刘连发现在是公司副总经理。曾婷玉将怀疑土帽患了“更年期综合征”的想法跟刘连发说了，刘连发问土帽在家里有什么特征，曾婷玉如数家珍般，将土帽怒怼鸟儿等所有症状，一个细节不落给数了个遍。完了，还说给土帽沏了黄金茶，都不见丝毫效果。

刘连发听了，一连打了几个哈哈，对曾婷玉说：“嫂子，男人哪有什么‘更年期综合征’，他这段时间在跟公司闹情绪，你的黄金茶用错地方了。”

跟公司闹情绪？曾婷玉一听急了。土帽工作兢兢业业，年年当先进，前年被评为了全国劳动模范，公司让他们从职工宿舍搬进了专家洋楼，难道土帽这么不懂知恩图报，还跟公司闹情绪？她一把拽住刘连发，要打破砂锅问到底。

原来上个月市通用机械股份有限公司与市建筑总公司组成联合体，承接了龙塘污水处理厂过江管沉放安装工程，工程施工涉及水下爆破、水下开挖成槽、水下钢管焊接和防腐、钢管水下整体沉放、水下混凝土施工、水下回填施工等项目。市通用机械股份有限公司负责水下钢管焊接、防腐和钢管水下整体沉放工程。公司成立了水下焊接突击队，自从吴学众退休后，土帽已任焊接车间主任，考虑到水下环境复杂，土帽年龄偏大，体力、视力下降严重，便没让土帽参加突击队，由焊接车间副主任担任突击队队长。为了照顾土帽的情绪，挑选了他的两名徒弟参加。

土帽当即找到突击队队长兴师问罪，突击队队长无奈地说，队员是由公司直接选拔出来的。土帽又找到刘连发，刘连发早就预料到土帽会来这一招。其实，公司在研究突击队人选时，对身为焊接车间主任的土帽参不参加突击队是有争议的，而且争议得很激烈。有人建议让他担任突击队队长，有人建议让他担任技术顾问，也有人提出直接让他担任突击队队长兼主焊手。但大家都知道土帽的性格，水下管道焊接作为公司首次实施的工程项目，土帽无论是突击队队长，还是技术顾问，只要他进入突击队名单，雷打不动会当主焊手。可水下焊接不仅是讲究精湛的焊接技术，身上除了要穿厚重的潜水服，还要佩戴备用氧气设备，更讲究体力、视力。土帽毕竟五十岁了，这些年为公司啃了无数硬骨头工程，身体每况愈下。同时，水对光有强大的反射和吸收作用，可见光微弱，在焊接过程中还会产生烟雾和气泡，更加影响可视度。土帽从事焊接二十多年，视力下降明显，在陆地上焊接都要戴眼镜，更不能让他去冒这个险！

最后公司一致同意将土帽从突击队名单中拿掉，由焊接车间副主任担任突击队队长。

面对土帽来势汹汹的架势，刘连发这回没给土帽一丝回旋的余地，也没给土帽讲半点情面。狠下心，直接给他撂了两句硬话："你土帽作为一名老师傅，要带头服从组织安排，给年轻人树立一个好榜样！水下焊接不光是讲究精湛的焊接技术，体能、视力更是第一位的，不是你逞强的地方！"

土帽被刘连发怼得无话可说，转身走了。刘连发当时就已看出来，土帽明显是带着情绪走的。

曾婷玉了解了事情的原委，这才松了一口气，在心里感激公司领导对土帽的关怀。她向刘连发表示，一定配合公司做好土帽的思想工作，让他尽快消除情绪。

然而，水下焊接遇到了预想不到的困难。突击队经过反复研究和比较，采用的湿式水下焊接方案。由于河水迅速冷却焊接钢管，导致焊缝韧性减低，出现较多气孔和裂纹，经检测不符合质量技术要求。

工程暂时停工了。消息不经意传进了土帽的耳朵里。当晚，土帽火急火燎将两名徒弟叫到自己的书房，详细了解工程暂时停工的原因。在得知湿式水下焊接出现气孔过多和裂纹问题导致暂时停工后，土帽问："找到解决的办法没有？"

一个徒弟垂头丧气地说："暂时还没有。"

"考虑水下干焊没有？"

另一个徒弟回答说："考虑了，因要购置大量昂贵设备，施工时间长，辅助人员多，施工成本高，放弃了。"

土帽在书房里踱着步，这些天，他一直放心不下公司承建的龙塘污水处理厂过江水下钢管焊接、防腐和钢管水下整体沉放工程。他偷偷查阅过湿式水下焊接和水下干焊资料，这两项水下焊接技术在国外都已较为成熟，特别是湿式水下焊接应用广泛，主要采用手工电弧焊，将水下焊条药皮外涂防水层，在熔化过程中放出大量气体，排开焊接电弧周围的水，使焊接过程稳定。这项技术在国内也应用多年，既然湿式水下焊接国内外已较为常用，对于焊接过程中出现气孔和裂纹一定会有解决办法。难道是没有调整到最佳电压？或许是焊接速度和手法不到位？抑或操作方法不规范？

由于土帽没有亲身经历，对水下焊接环境和焊接工艺不了解，脑子里一片空白，这些问题只是他的臆想。

不入虎穴，焉得虎子？土帽一拳砸在书桌上，斩钉截铁地对两名徒弟吼道："明天我去水下焊接试试！天王老子也不许拦我！"

曾婷玉在客厅里听了，心脏陡然跳到了嗓子眼儿。她本想进到书房去劝劝土帽，刘连发怼土帽的话犹在耳边。可这些天来，土帽如同困在铁笼里的一头猛兽，这一刻，坚固的笼门似乎被他打开了。在这个关键点上，谁能降得住他？曾婷玉刚迈出的脚步又收了回来。

两名徒弟一副惊魂未定的模样离开书房，与在客厅同样大惊失色的曾婷玉匆匆打过招呼，打开房门走了。

土帽带着一副余气未消的模样来到客厅，不声不响坐到沙发上。曾婷玉也装着若无其事，坐到土帽旁边。

土帽恢复平静后，曾婷玉试探性地问他："你明天真的要下到河里去？"

土帽没看曾婷玉一眼，只是轻描淡写地"嗯"了一声。

曾婷玉没再言语，眼泪控制不住，唰唰地流了下来，直到发出啜泣声。

土帽急切地问："你怎么了？"连忙抽出两张纸巾要给曾婷玉擦眼泪。曾婷玉抢过土帽手里的纸巾，扭开身子，自己擦拭眼泪。一边擦拭一边嘟囔道："你的身体、视力能下水，公司为何不让你当突击队队长？刘连发怼你的话这么快就忘了？水底下什么情况都可能发生，你万一有个闪失，我可怎么办？亏了我还给你泡黄金茶！"

土帽听了竟哈哈大笑，这是二十天来，土帽第一次发出的笑声，还是在曾婷玉流眼泪时发出的爽朗笑声。

十

当天晚上，曾婷玉躺在床上辗转反侧。土帽掏心窝子的一番话把她彻底打动了：“公司将我推荐评为全国劳动模范，这是至高无上的荣誉，我怎能心安理得躺在功劳簿上睡大觉！公司让我住进专家洋楼，专家是干什么的？是释疑解难的！现在公司遇到水下焊接难题，我还能袖手旁观？公司考虑到我的体力、视力原因不让我参加突击队，是对我的关怀和爱护，我能眼睁睁地看着工程停工？我必须迎难而上，才能对得起自己的良心和公司赐予的荣耀啊！”

土帽说这番话时，动了真感情，他说着说着流泪了！

从相识到结婚二十多年来，曾婷玉清楚记得这是土帽第二次流泪，第一次是为她流泪，至今还历历在目。

那年她请土帽和刘连发吃完饭，便收拾行李，赶到泉山火车站坐绿皮火车到省城办理审批手续。这趟出差时间不能确定，就带了一个大拉杆箱和一个大手袋，土帽主动提起大拉杆箱要送她去火车站。刘连发见土帽提大拉杆箱，就伸手去拿大手袋，想同土帽一块儿去送曾婷玉。趁曾婷玉转身，土帽瞪着眼睛故意踩了刘连发一脚，刘连发知趣地将大手袋递给了土帽。土帽和曾婷玉沿着贮木场内线铁轨线，一路说说笑笑走到火车站。直到列车进站打开车厢门，土帽将拉杆箱和手袋放到车厢行李架上，不见绿皮火车屁股才离开。

大约十来天后，曾婷玉办完一切审批手续要回到泉山贮木场，工程队队长得知消息后兴高采烈，亲自驾驶工地新买的皮卡车到火车站去接曾婷玉。刘连发提醒队长捎上土帽一块去，队长还没反应过来，土帽打开车门就上车了。从那以后，土帽晚上经常去曾婷玉家里蹭茶喝，也一度填补了曾婷玉内心的孤独与空虚。不久，工程队内部悄悄流传着，土帽跟曾婷玉谈恋爱了。

因两台龙门吊车同时动工，半年便可完工，趁泉水河马上进入枯水季节，到时上游的木排放不下来，泉山贮木场加快了在河湾的木材贮备。

秋天，说来就来，泉水河蜿蜒流淌的河水波光粼粼，两岸陡峭的山上挤满了森林，在残存的鲜绿色之中，树叶有了黄的味道，仿佛太阳掉了一串眼泪洒在了茂密的森林中。两个月后，河湾里的木排被竹缆串起，排排相连，占据了河湾水面的三分之二。无数根钢丝缆绳一头固定在岸上，一头固定在木排上，以防被河水冲走。一眼望去，有如黄龙卧碧波。

偏不凑巧，到了十一月底，一场台风尾巴经过湘州，一连下了三天大雨，眼皮都没眨一下。山上的雨水从树枝密集的沟壑里倾泻而来，泉山河洪水暴涨，奔腾着砸向木排。眼见河湾里的木排有被洪水冲走的危险，场长动员全场干部职工上河湾加固木排。由于贮木场人手有限，场长请求龙门吊车工程队队员前去支援。得知曾婷玉正在木排上与洪水搏斗，土帽犹如一匹脱缰的野马，奋蹄扬鬃赶到了河湾。

风雨中，曾婷玉与副场长一组，正在木排上加固钢丝缆绳，连排的木排随着洪水掀起的大浪此起彼伏，站在木排上宛若荡秋千，忽上忽下。天空和地面仿佛也随着晃动旋转起来，几根串联整固木排的竹缆发出“吱嘎吱嘎”痛苦撕裂的声音。转眼间，有两块木排被洪水打散，副场长连忙手持蹬杆子用力砸进打散的木排，双脚抵在木排上，身子往后倾，使劲往身边拉。

就在土帽快接近他们时，一个大浪打来，副场长脚下一滑，掉进了河里。曾婷玉急忙去拉他，副场长没被拉上木排，她自己也被扯进了河水里。

土帽嘶声竭力喊道：“婷玉，婷玉！”

土帽三步并作两步冲了过去。副场长紧紧攥住蹬杆子沉浮在水里，曾婷玉扑腾了两下就被洪水卷进了木排下面。土帽一把将惊魂未定的副场长拎上木排，深吸一口气，纵身跃进了河里。他从小在河边长大，自恃水性好，结果在汹涌的洪水中手无缚鸡之力，一下冲出了几米远。

他挣扎着睁开眼睛在水里搜索，河水混浊，什么也看不清。

土帽急了，伸开双手在河水里乱摸。不一会儿，土帽在水里憋不住气了，刚想将头探出水面换口气，头顶撞在木排下面的木头上，出不了水面。他赶紧双手轮换抓着木排上的木头往边缘游去，就在他几乎要窒息时，终于摸到了两个木排之间的空隙，急忙将头探出河面换了一口气。

他一把抹掉脸上河水，向木排四周扫了一眼，还是不见曾婷玉的踪影。他再次向木排一角望去，发现前面木排的角边挂着一块红布，被河水冲得一沉一浮。想起刚才曾婷玉穿着一件红色外套，土帽全身充满力量，两手在木排上一撑，身子迅速上到了木排。木排被洪水冲得像一波接着一波的木浪，站立不稳，土帽踉踉跄跄爬到前面木排边，伸手抓住了那块红布，用力往上拉，竟是外套的下摆。

这不正是曾婷玉刚才身穿的那件红外套吗？

土帽又惊又喜，继续往上拉，可再也拉不动了。

土帽俯身在木排上顺着外套往里摸，摸到竹缆死死钩住了曾婷玉的外套。他将木排上的一根断裂的竹缆缠在身上，吸了一口气，跳进河水里，一脚抵住木排，双手紧紧抓住曾婷玉外套，用尽全力一蹬，曾婷玉的外套被扯脱了。一股洪水将土帽连同曾婷玉直往下游冲去，幸亏土帽身上缠着竹缆，被拉住了。他一手抱住曾婷玉，挽着竹缆从木排下冒了出来。

这时，场长带着工程队的人赶了过来，将土帽和曾婷玉从河里拉上木排。

曾婷玉面色苍白，心跳已经停止，没有了呼吸。

土帽将曾婷玉的双脚搭在自己肩上，头朝下，背了起来。顿时，一股混浊的河水从曾婷玉的口里往外流。土帽摇晃着从木排走到河岸上，脱掉自己的外衣铺在地上，将曾婷玉平放在上面，连忙对她进行胸外按压。时间一分一秒地过去，曾婷玉还是不省人事，土帽又一边流着泪，一边为曾婷玉做人工呼吸。又过了一会儿，曾婷玉轻轻咳嗽了一声，眼睛也慢慢睁开了一条缝，土帽这才抹着眼泪，脸上露出笑容。

后来，曾婷玉舍命保护国家财产和土帽见义勇为的事迹被《湘州日报》、湘州市电视台作了连续报道。

当电视台记者采访曾婷玉时，问她："陈平安不顾生命危险，斗洪流、精准施救，将你从死神手中抢了回来，你有什么感谢的话要对他说？"

曾婷玉在镜头前，大大咧咧地回答："他救回了我一条命，我愿意伺候他一辈子！"

工程队两台龙门吊车顺利完工剪彩那天，主席台上铺着鲜红地毯，彩虹充气拱门上悬挂着条幅"热烈祝贺龙门吊车顺利完工暨陈平安曾婷玉新婚仪式"。两人在剪彩现场举办了热烈而又简朴的婚礼，湘州市委书记、市长现场做他们的证婚人，成了他们无法抹去的记忆。

曾婷玉回想到这里，心潮澎湃。望着已熟睡，明天即将出征水下焊接现场的土帽，心中仍有万分牵念。

十一

从土帽家里出来，两个徒弟一头扎进夜幕中，空气中弥漫着一股闷热的气息，路灯发出微弱的灯光，使得夜色更显寂静了。他们不敢懈怠，直接去找到了突击队队长。突击队队长听说土帽态度坚决要去水下焊接，惊出了一身冷汗。自己身强体壮，这段时间也越来越感到在水下焊接血液供应不足，视网膜轻微受损。土帽要去水下焊接，他是在拿生命去冒险！突击队队长哪做主？连夜十万火急地向刘连发汇报。

刘连发得知土帽明天要下到水里破解气泡和裂纹的难题，既愧疚又担心。龙塘污水处理厂过江管沉放安装工程，是市里的重大民生项目。现在陆上所有工程已顺利完工，没想到在冲刺过江管沉放安装工程上，突击队研究来研究去，还没找出问题的症结所在，更没有找到破解办法，是公司掉了链子，拖了后腿。市人大代表和政协委员下星期将组团视察调研全市重点民生工程，龙塘污水处理厂过江管沉放安装工程又列入了人大代表和政协委员视察调研的民生工程项目。如果不让土帽去破解焊接过程中出现气孔和裂纹的原因，工程继续停工，怎么向市人大代表和政协委员们交代？

土帽在的怒怼刘连发后，茶饭不思，心系工程。土帽在工程面临危难时刻又坚定地挺身而出，这份执着的主人翁精神和敬业、精益、专注、创新的工匠精神实在令他钦佩。刘连发在心里产生了对土帽深深的愧疚。他翻来覆去权衡利弊后，艰难地向突击队队长下达了命令：土帽可以下水，但必须由他两名徒弟护佑左右，每次水下焊接时长不能超过半个小时。一旦超过时间，拉也要把他拉上来！问题破解后，由土帽示范给突击队队员，后续焊接工作全部由具有水下焊接资格证书的突击队队员去完成！

河道沙滩上空飘着几朵浮云，一群水鸟无忧无虑地在空中徘徊追逐。土帽逐一仔细检查了电极上的防水漆，潜水焊枪的密封性能，焊条直径、母材厚度、防水涂料。他又嘱咐突击队队长，在他水下焊接过程中，将直流电流空载电压从 50V，每间隔一分钟，以每次 10V 的增速，依次调整到 80V。一切安排就绪，土帽微笑着向大家挥手致意，神情坚毅地穿好专用潜水服，头也不回地向河中走去，直到全部被河水淹没。

水下环境比土帽想象的要复杂得多。这些年，几台昼夜不停的大型挖沙船已将河床严重破坏，形成了纵横交错的河道丘壑，改变了河流流势，河底水流迂回，暗流涌动。河沟与管道落差太大，河水流速不断转换，使焊接稳定性差。鹅卵石堆积如山，没有泥沙构筑，操作平台架在上面滚动下滑，极不稳固，随时会处于危险的悬浮状态。突击队事先制作的操作平台没有设计成阶梯式，在水下焊接过程中难以一气呵成，也成了一大缺陷。

土帽摸清了水下情况后，将自己稳固在构件上开始焊接。焊点周围温度骤然升高，河水不断蒸发，立即形成了一个小小的气泡层，不断产生蒸汽和烟尘，严重影响土帽观察焊缝。越到后来，土帽全凭自己的手感和经验在焊接。突击队长严格按照刘连发的命令，土帽在水下每焊接半小时，通过无线通信向水下发出停止焊接指令。不一会儿，土帽浮出了水面，上岸与突击队队员们分析总结。一天过去了，经过多轮水下试焊，土帽对水下的焊接环境和造成质量问题的因素有了全面了解，掌握了第一手资料。

当天晚上，土帽不顾一整天水下焊接带来的身心疲惫，与突击队骨干队员集中在公司会议室有针对性地查阅水下湿法焊接资料。对比前后多轮检测数据，计算焊缝中的含氢量、河水的热传导系数、可供选择的焊接参数，安排其他突击队队员加班制作阶梯式操作平台。

土帽没回家，曾婷玉坐在客厅看着电视节目等土帽。过了夜里十二点，电视节目没信号了，电视屏幕上全是雪花点也没在意，她的心全系在了土帽身上。土帽早上从家里出门，她的心就一直悬着。坐在阳台上，树上的小鸟叽叽喳喳叫得欢，搅得她心烦。突击队员中餐、晚餐都是由公司食堂送到河滩上去吃的，她一个人在家吃得没有半点滋味，白花花的大米饭像嚼蜡般难以下咽。她真切地体会到了土帽前段时间的心境，与她如出一辙。

土帽打开门进到屋里，曾婷玉才发现电视屏幕上全是雪花点，连忙关了电视机。土帽的脸色有些难看，眼睑浮肿，仿佛赤身裸体在水里泡了一天。见曾婷玉盯着他看，土帽耸耸肩，装着一副精神抖擞的样子。曾婷玉无奈地苦笑着去厨房为土帽煮了一碗面条，煎了两个荷包蛋。土帽吃得很享受，不住地冲曾婷玉点头微笑。

第二天上午，突击队队长自告奋勇要去水下焊接，让土帽在水面上指挥。

土帽眼睛一瞪："去，去，还真把自己当队长了！"

阶梯式操作平台在水下稳固后，土帽在平台上模拟焊接件位置的变化做出几种焊接姿势，站、跪、坐相互转换皆轻松自如，这才抄起焊枪，向水面发出焊接信号，突击队队长立即合上电源。土帽开始尝试从下往上焊，虽然焊缝平滑，但同样形成了气泡层，产生大量蒸汽和烟尘，视觉障碍仍然明显。

当土帽第五次下到水里，体力已严重透支，出现了心率过速，全身肌肉酸疼。土帽强打精神，集中注意力，开始尝试拖焊。他努力将焊条要皮层触及钢管来对准焊缝，尽量控制着弧长，可融合区的氢气仍旧像小孩玩耍的泡泡机，一圈圈直往上冒。只见土帽快速转为回火焊接，奇迹终于出现了。刚才还一圈圈直往上冒的泡泡，突然变成了间歇性冒出一个小泡泡，大大降低了融合区产生的氢气。随着蓝光自上而下闪耀，一道外形均匀的焊缝呈现在佑护左右的两名学徒面前。同时，焊道与钢管之间的过渡也相当平滑。两名徒弟见了茅塞顿开，控制不住激动的情绪，在水里击掌庆祝。

河堤上的柳树下，一直停着一辆黑色轿车，枝条随风轻吻着车身。刘连发坐在车里，目不转睛地盯着河滩上和水里的动静。昨天晚上，土帽和突击队队员在公司会议室研究破解方案，他在会议室门外几次徘徊，都没有进会议室惊动土帽。他不忍心再给土帽施加压力，他明白响鼓无须重锤的道理。

曾婷玉一个上午都在家里忐忑不安，土帽昨天在水下忙碌了一天，晚上回到家疲态尽显。今天又早早地出门了，土帽身体还吃得消吗？她泡好了一壶黄金茶，要到河滩上去看看土帽，让他喝口热茶，暖暖胃，暖暖身子，便提着保温杯向河边走去。

时值正午，天空一碧如洗。太阳悬在头顶，向河道抛洒着万丈光芒，河面忽隐忽现的旋涡，皱着波浪，泛起了细碎金光。

土帽第五次从河水里上到沙滩，脱下沉重的潜水服，使劲揉了揉眼睛，打了一个趔趄。两名徒弟连忙搀扶住他，护送到敞开式临时工棚里休息。

刘连发坐在车里见到这一幕，潸然泪下。他打开车门，向河滩上走去。

曾婷玉提着保温杯，脚下不停地挪换着脚步，来到了河边。

正在这时，检测人员大声宣布：完全符合质量指标要求！

河滩上顿时发出一片欢呼声。

土帽也激动地从座位上站了起来，刚握着拳头举起双手，身子站立不稳，左右摇晃起来。

刘连发跑过去，一把抱住土帽，动情地说："老伙计，谢谢！谢谢你！"

土帽眼睛微闭，嘴唇轻轻蠕动，一阵头昏，四肢无力，身子从刘连发的手臂上开始慢慢往下滑。

曾婷玉见了，拧开保温杯盖子，边跑边冲土帽喊："土帽，土帽，黄金茶！黄金茶！"

土帽的身子竟神奇地又慢慢向上立了起来。

渔鼓声声

一

牛湾寨有个王老八，寨里人都说他的命比黄连还苦。

王老八六岁那年秋天的一个早晨，天刚放亮，他爹独自进山采药，直到半夜还不见人回来，他娘李二妹急得都快疯了。寨里长老组织十几个精壮汉子打着火把辗转几座大山，在一个山坡上发现他爹时，只剩一副血淋淋的皮囊，惨不忍睹。有的说是被老虎吃的，有的说是被豹子啃的。爷爷经受不了独子死无全尸和老年丧子的双重打击，没了念想，卧床不起。不出半月，一口气没接上，撒手而去。本就一穷户人家，接连摊上两起丧事，无疑雪上加霜，欠下一屁股债。身子单薄的李二妹和体弱多病的婆婆刘凤兰不仅终日以泪洗面，还要顽强地撑起这个家。

第二年腊月，打发完最后几位寨里寨外讨债的乡亲后，一天傍晚，李二妹狠心宰了家里唯一的一只母鸡，一锅炖了。将两只大鸡腿、翅腿全搛给了王老八，鸡胸肉全搛给了婆婆刘凤兰，自己只吃了鸡头鸡脖鸡爪鸡屁股。这是爹和爷爷相继离世后，王老八吃得最饱最香的一顿。

山区的天黑得早，死一般的寂静。吃完饭，奶奶点燃一根冒着浓浓黑烟的松脂杆进房睡了。李二妹一声不吭，坐在床沿上，两眼无神地将王老八搂在怀里掉眼泪。王老八早已习惯了娘掉眼泪，躺在娘的怀里，被娘搂着搂着，一连两个哈欠后便迷糊过去了。等他半夜醒过来，平日里躺在身边的娘不见了。他哭着喊娘，娘没回应，王老八便使劲哭使劲喊。过了好一会儿，早已哭成泪人的奶奶，颤颤巍巍摸黑过来，进到他的被窝，带着哭腔哄他："八崽，别哭、别喊了。你娘进山采药去了。"

王老八听了，哭得更加歇斯底里："奶奶，不要，不要娘去山里采药，山里有老虎有豹子会把娘吃了。我要娘！我要娘！呜呜呜……"

王老八掀开被子，要下床去山里找娘。

奶奶用力摁住王老八，但摁不住王老八的心，只好说："八崽，不哭，你娘有货郎担伯伯陪着，不会被老虎豹子吃掉的。"

王老八听奶奶说娘有货郎担伯伯陪着，哭声戛然停了下来。

对货郎担伯伯，王老八太熟悉了。他高高的个子，一张白白净净的脸，穿戴整齐，比寨里任何男人都讲究。他平素挑着一担大箩筐，一个箩筐上面有一个扁扁的木箱子，箱盖上罩一块玻璃，玻璃的一个角破了，用上下两粒衣扣固定着。透过玻璃可以看见里面的火柴、发夹、衣服扣子、肥皂、松紧带、顶针，还有他爱吃爱玩儿的牛皮糖、红薯糖、麦芽糖、麻花、糯米饼、花花绿绿的豆子糖和一吹就“嘟嘟嘟”叫的小喇叭、塑料小公鸡等等。另一个箩筐里装着换来的鸭毛、鸡鸭菌子里面剥下来的黄色菌衣，还有牙膏皮、旧塑料、破铜烂铁之类的东西。货郎担伯伯手里握着一个拨浪鼓，鼓的侧边有一根小绳子，绳子的一端有个小圆球，用手一摇，小圆球敲打在两边的鼓面上，连续发出“嘭咚嘭咚”的响声，嘴上还吆喝着：“收——荒——货哩，收——荒——货啰。”十天半个月要来寨子里转一圈。听到拨浪鼓声，寨子里的孩子们蜂拥着围住货郎担伯伯，眼珠子圆溜溜儿地盯着箱子里的糖和玩具。大人们随后从家里拿出些旧物什过来，换些针呀线呀什么的，也会换几颗糖粒子给自家孩子吃。爹和爷爷在世时，每次货郎担伯伯到寨里来，爹或爷爷都会从家里拿些鸭毛或黄色菌衣换些糖呀饼呀之类的给王老八吃。

自从爹和爷爷去世后，王老八有差不多半年没吃过糖粒子。他娘好几次都是等货郎担伯伯出了寨门，才拿起一包东西追到寨门外去，换些日常小用品回来。这是他娘的一番苦心，她怕王老八见别的孩子吃糖会嘴馋，如果给儿子换糖吃而不还钱，寨里人又会怎么看她呢？

有一次，王老八见寨子里的孩子们都有糖粒子吃，唯有他寡起眼睛看着他们吃。王老八便向他娘耍赖，抱着他娘的腿不放手，哭着闹着要娘换糖粒子给他吃。许是家里实在没有可换的物什了，娘从货郎担伯伯那里借了一把剪刀，“咔嚓”一声，当着货郎担伯伯的面，剪掉了自己长长的辫子，为王老八换了一袋麦芽糖和一支小喇叭。

不知何故，从那以后，货郎担伯伯不仅进寨里来的次数比过去频繁了，而且每次都要在他家门前歇歇脚，进屋舀碗水喝，与娘说说话。娘不在家，货郎担伯伯就坐在门前跟奶奶唠家常，有时一唠大半天。货郎担伯伯时不时塞给王老八几颗牛皮糖或红薯糖，甚至送给他一只塑料小公鸡。

记得前不久，货郎担伯伯拿了一包鼓囊囊的东西进他家舀水喝，喝完水，是空着手出来的，也没去寨子里转一圈，挑着货郎担就出了寨门。

王老八的哭声戛然而止，是因为他相信了奶奶说的是真话。因为他昨天傍晚见过货郎担伯伯挑着货郎担从他家门口经过，还塞给他一小包花花绿绿的豆子糖和一只上发条的可以一蹦一跳的铁壳青蛙，随后就匆匆出了寨门。在他心里，货郎担伯伯是个好人，有他陪着娘，娘就不会出事了。王老八这么想着想着，偎在奶奶怀里，又熟睡了。

奶奶抚摸着王老八，心里像打烂了个五味瓶，泪眼模糊。她心里清楚，他娘这一走，就再也不会回来了。她不怪他娘狠心，留下这个家一老一小拍屁股走人。这一年多来，家里没个男劳力，连砍担柴去卖都挑不动，日子过得太苦了。凭一个弱女子，上有老下有小，欠下的那一屁股债务，不知猴年马月才能熬出头。寨里那几个光棍汉，时时刻刻都想打他娘的主意，有几回半夜三更来敲门，吓得他娘打哆嗦。尤其腊月前，寨里老单身汉王二猛来收钱，一只眼睛泛着萝卜花，王二猛嘴角从小扯羊痫风扯歪了，嘴巴歪斜着还流着两尺长的口水，当着货郎担伯伯的面留下狠话："再不还钱，就让王老八的娘陪我睡觉！"货郎担伯伯要上前揍王二猛，被他娘死死拉住了。他娘这才铁了心，对货郎担说："只要出钱把债还了，就随时跟你走！"

货郎担伯伯许是真的看上他娘了，那天拿着那包鼓囊囊的东西进屋，就是一包一角两角伍角一块的零钱，让他娘把账还清。转天下午货郎担最后一次进寨与他娘约定，等王老八晚上熟睡了，就接他娘走。奶奶不忍心见他娘离家的一幕，便早早上床睡了，可怎么能入睡啊。他娘进房来最后一次给她理被子，她清清楚楚。他娘迟迟不出门，窗外布谷鸟叫了几回："布谷、布谷，布谷出来，布谷该走了……"这腊月天哪来的布谷鸟？分明是货郎担在学布谷鸟叫，催他娘赶快上路了。

二

王老八左盼右盼没盼到娘回来。跟奶奶哭闹过几回后，也就不了了之。他又到寨门口盼货郎担伯伯，不知何故，货郎担伯伯再也没来过牛湾寨。不久，寨里人传他娘与货郎担私奔了。王老八不知道什么是私奔，就去问奶奶。奶奶流着泪将王老八揽进怀里，自言自语地说："只要你娘过得好，私奔就私奔，私奔才有活头。"

王老八毕竟年龄太小，听得云里雾里，也就没再刨根问底。渐渐地，他不再想娘，习惯了与奶奶相依为命的日子。

家里没了劳动力，挣不了工分，寨里按五保户为王老八和他奶奶分配口粮。牛湾寨七分山三分田，粮食极为短缺，一般只能维持大半年的口粮。寨里人靠山吃山，以砍柴、上山采药卖了换回高价粮食。奶奶年迈，体弱多病，砍柴、采药无能为力，只能带着王老八到山坡下、小溪边拾野菌、扯小笋、摘野菜，过着饱一顿饥一餐的清苦日子。山里的水硬，碱性重，一年到头吃不上一顿肉，青菜里也难得见到油星子，久而久之，王老八严重营养不良，面黄肌瘦。

转眼进入二十世纪七十年代。王老八十岁生日那天，奶奶卧病在床，米缸已空。已吃了几天清水煮野菜的王老八，趁着夜色，偷偷跑进寨子的集体玉米地里，一连生啃了十几根还未成熟的玉米棒子。想到病床上的奶奶也未进食，王老八索性一不做二不休，掰了几根玉米棒子带回家，生火煮熟了送到奶奶床边。奶奶问他哪儿来的玉米棒子，王老八照实说从寨子集体玉米地里掰来的。奶奶抬手就在王老八脸上打了几个巴掌，边打边骂："谁让你去偷！谁让你去做贼！小小年纪不走正道！"

奶奶还把盛着玉米棒子的碗打翻了。王老八"扑通"一声跪在奶奶床前，哭着说："奶奶，今天是我生日，我饿。"

王老八一边哭，一边跪在地上捡起落在地上的玉米棒子，含着泪啃完了。

寨里人发现昨晚有人在集体玉米地里偷玉米，便报告了寨里民兵营长朱长贵。朱长贵拿着一杆锃亮的梭镖，到玉米地看了一眼留下的脚印，心里一下就明白了。那小小的草鞋鞋印，寨里除了王老八，还有谁家小孩穿草鞋呢？

朱长贵径直来到王老八那用杉木皮围成的墙，杉木皮当瓦盖的低矮四处透风的家，还没进门就发现门口的水坑里有几根玉米棒芯，人证物证俱全，进屋直接逮住了王老八。

奶奶拖着病体下床，跪在朱长贵面前为王老八求情。而朱长贵脑海闪出的却是另外一幕。他有个哥哥，是个跛子，老单身汉。王老八的爹死后，朱长贵托人来说媒，让王老八的娘嫁给他跛子哥哥，被王老八的娘和奶奶拒绝了，没给他朱家半点面子。

朱长贵一想到王老八的娘宁肯与人私奔也不嫁给他跛子哥哥，气就不打一处来。这真就叫冤家路窄！王老八被他逮住了，他岂能放过？

朱长贵无视王老八奶奶拖着病体为孙子下跪求情，一手拿着锃亮的梭镖，一手拽着王老八往寨大队部走去。

王老八穿着昨晚在玉米地里沾满了泥巴的草鞋，低着头，跟在朱长贵后面，沿着坑洼不平的寨道，高一脚低一脚地走着。一路围观的大人、小孩，对着王老八指指点点，议论纷纷。寨里几位曾对他娘图谋不轨的老单身汉，还向王老八身上扔小石子、吐唾沫。

从那以后，小小年纪的王老八被学校开除了。

那天，寨里人突然接到到广场上开大会的通知，大家便早早聚集到寨中心广场上。广场正前方，有一个用土垒成的大土台。

只见朱长贵和公社的一名干部，推着一位中年男子，快速地从土台一侧上到土台中央。

台下人见那位中年男子是公社的蒋洪爱书记，不禁愕然。接着，开始纷纷议论起来，怎么是公社蒋书记？他犯了什么事？他前几天还来过牛湾寨……王老八也认出了是蒋书记，前几天还到家里来看望过躺在床上的奶奶，临走时塞给了奶奶五块钱，奶奶感动得千恩万谢。

正当大家疑惑之际，一位年轻漂亮的女子在旁边控诉蒋洪爱的罪行。

会场一阵骚动，开始乱哄哄起来。王老八蹲在广场一角的茅厕边，离土台最远。他没听清，也没听懂那个女人到底说了些什么。王老八只依稀听到区委书记最后说："将蒋洪爱下放到牛湾寨进行劳动改造。"

散会后，朱长贵走到王老八旁边，说："王老八，蒋洪爱到你家吃住，你要好好看管他！"

王老八连忙从地上站起，双脚立正，对朱长贵说："报告朱营长，我家没有吃的！"

朱长贵呵斥道："屁话！你家有好吃好喝还安排到你家？就是让他到你家吃苦！"

王老八不再说什么，领着蒋洪爱向家里走去。

三

自从王老八偷吃集体玉米棒子被抓后，奶奶就强撑着身体下床了。每天天刚亮就拄着一根棍子，拿着一个旧布袋出了寨门，到晚上才摸黑回来。布袋里有时装着几两米或几个红薯、几根玉米棒子、半碗冷饭。王老八问奶奶这些吃的是哪里来的？奶奶说是给别人做针线活，抵工钱换来的。

王老八将蒋洪爱领进家时，奶奶还没回来。王老八从床底下摸出两个红薯，对蒋洪爱说："家里就剩这个了。"

蒋洪爱迟疑了一下后，将两个红薯洗干净，切成一个个小方块放进锅里，又在锅里倒进大半锅水，盖上锅盖煮红薯汤。王老八第一次见到煮红薯。过去奶奶要么将红薯放进火堆里煨熟了吃，要么放到锅里蒸熟了吃，便问蒋洪爱为啥这么煮着吃。蒋洪爱只简单地回答他："等会儿你就知道了。"

红薯煮熟后，蒋洪爱又将王老八白天扯回来的一大把野菜洗干净，切成两寸长，放入锅里，与小方块红薯混煮在一起。

蒋洪爱让王老八拿来三只大碗，虽然装了满满三碗，可每只碗里只有几块小红薯和野菜，其余全是汤汤水水。

王老八这才似懂非懂，原来他是要用汤汤水水充饥。

这时，奶奶拄着棍子回来了。见到蒋洪爱，急忙丢下棍子，嘴里喊道："恩人啊！"便俯下身子要向蒋洪爱下跪叩头。蒋洪爱连忙搀扶住了奶奶。王老八站在一旁，不冷不热地说："他现在不是公社书记了，是来寨里劳动改造，被安排到咱们家吃住的。"

奶奶自言自语道："前晌还是公社书记，作孽啊！"说完，从旧布袋里摸出三根短小的熟玉米棒子，仨人围在火炕边喝一口红薯汤，啃一口玉米棒子。

蒋洪爱的铺盖还在公社没拿过来，当天晚上，蒋洪爱只好与王老八睡在一张床上，合着盖王老八那床薄薄的臭烘烘的被子。

蒋洪爱从公社书记任上突然跌落下来，心情郁闷，加上被子的气味太浓，实在难以入眠，躺在床上辗转反侧。

王老八对白天那个漂亮姐姐控诉蒋洪爱的一幕既好奇又满怀疑团，便从被窝里钻到蒋洪爱那头，问白天那个姐姐为何控诉他。

蒋洪爱开始没搭理他，想了想今后要与他朝夕相伴，便应付式地回答道："我是冤枉的！"

这反倒引起王老八更大的兴趣，又问他为何冤枉？蒋洪爱已毫无睡意，披上衣服坐在床头，竟不顾王老八还是个孩子，向他倾诉自己的不平。

原来，上个星期天，公社食堂晚餐就餐的人不多，炊事员盘大海用腌辣椒炒了三大碗公社猪场病死的一头小猪仔，请大家喝红薯酒。蒋洪爱是山东人，淮海战役时他是部队文艺宣传队的一名文化战士，打快板，演节目，鼓舞官兵士气。解放战争胜利后，他随大军南下，在县革委会工作了几年，去年才下到虎豹人民公社当党委书记。他性格直爽，酒量大，便爽快答应了。有两位女同志和一位男同志滴酒不沾，没有参与。一同喝酒的只有刘高峰、广播员兼收发员李玉华、炊事员盘大海和蒋洪爱。那晚四人喝了不少红薯土酒，李玉华呕吐了两回，把衣裤都吐脏了，醉成一团烂泥。刘高峰和盘大海自称喝醉了，让蒋洪爱送李玉华回广播室兼宿舍。蒋洪爱只好扶着李玉华回她的房间，进到房间直接将李玉华扶到了床上。本想给她和着衣服盖上被子就离开，因李玉华外套、裤腿上有不少呕吐物，蒋洪爱便将她外套脱了，当蒋洪爱为李玉华脱完外裤，准备给她盖被子时，盘大海就冲了进来，并大声呼喊：“抓流氓！抓流氓！”

蒋洪爱一时蒙了，站在床边手脚无措。

王老八听到这里，插话说：“他们不是都说喝醉了，走不了路，是故意装醉的吗？”

蒋洪爱一拍后脑勺儿：“对啊！这明明是他们设的局呀，我怎么就没想到呢？现在就是跳进黄河也洗不清了。”

王老八也从被窝里坐了起来，紧挨着蒋洪爱叹息道：“好险啊，幸亏没动手，不然命都没了。”

王老八的一声叹息，不禁让蒋洪爱打了个寒战。是啊！还有什么比生命更珍贵的呢？蒋洪爱心中又感到一丝庆幸，竟涌出了一股暖流。

他将王老八塞进被子，自己下了床，对王老八说：“你睡吧，趁夜深人静，我去将铺盖挑过来。”

王老八听了连忙跳下床，说什么也要陪他一起去。蒋洪爱拗不过他，两人一前一后融进了夜色。

蒋洪爱进到宿舍，想到王老八家里穷，生活用品短缺，除了将衣服、铺盖、桶盆等日常用品收拾外，还将自己添置的桌、椅、挑箱，装了满满一大担。墙角几本线装古书实在挑不动了，蒋洪爱觉得，如今书对他也没用了，便打算丢到院外的垃圾池里。王老八听说是书，也许小小年纪就被剥夺了读书的机会，对书有着特殊的感情，硬是坚持将几本线装古书籍背了回去。

四

奶奶像往常一样，天刚亮就拄着棍子出门了。蒋洪爱也出早工去了。王老八从蒋洪爱的口粮中挑了两个大红薯，坐在火炕边一边烧柴煮红薯，一边翻看古书，因认不了几个字，就翻插图看。

蒋洪爱休工回来，见王老八坐在火炕边一本正经地翻书看，便问他："认得字吗？"王老八摇了摇头。

蒋洪爱又问他："想识字吗？"王老八捧着书点了点头。

两人吃完红薯，蒋洪爱便教王老八识字。从那以后，蒋洪爱白天一有空就教王老八识字。晚上，两人躺在一张床上并排睡着，盖着各自的被子，蒋洪爱便给王老八说书。他曾经是一名文艺战士，吹拉弹唱说无一不通，他时而抑扬顿挫，时而凄凄惨惨，时而情绪激荡。王老八听得津津有味，一会儿跟着剧情笑，一会儿跟着剧情哭，十分入戏。

一天下午，王老八扯完野菜正在门前看书。蒋洪爱突然休工回来对王老八说："老八，你奶奶出事了。"

王老八急忙问："我奶奶出了什么事？"

蒋洪爱说："他们说在你奶奶身上搜出一块银圆，说是你奶奶在别人家偷的。"

王老八辩解道："我奶奶早出晚归给别人做针线活，怎么会去偷？你肯定搞错了！"

这时，几个人拥着一个老太太从寨门口进来，王老八一眼就认出是奶奶。他拼了命地奔跑过去，一把抱住奶奶不放手。奶奶推开王老八，颤颤巍巍向寨里走去。王老八跟在奶奶后面，硬是没吭一声。

王老八浑浑噩噩地搀扶奶奶回到家，奶奶蓬头垢面躺到了床上。王老八烧了一锅水给奶奶擦完脸，自已匆匆洗完脚也躺到了床上。蒋洪爱用玉米粉做了一锅玉米糊，奶奶和王老八都不肯下床吃。

当蒋洪爱收拾完碗筷，坐在火炕边看了一会儿书，准备进房睡觉时，奶奶打开房门进来了。蒋洪爱连忙为奶奶热了一碗玉米糊，奶奶没有推辞，端在手里大口大口地喝。

喝完后，奶奶对蒋洪爱说："蒋书记，我现在告诉你一个秘密，那块银圆是王老八娘给我的，是货郎担换来的。"

蒋洪爱："您见到王老八娘了？"

奶奶点了点头："今天上午，我去横江桥公社山湾大队想讨点吃的，刚到一家门口，往屋里一看，有担十分眼熟的货郎担，我急忙转身，刚好撞上王老八的娘瘸着腿回来。她见是我，一把将我拉进屋，塞给我一块银圆。我怕货郎担回来看到我一副叫花婆子打扮，也没问她过得好不好？腿怎么瘸了？就赶快离开了。一路上我一门心思在想，如果将银圆换成粮食，我们仨人可吃一个月了。这么一路走，一路想着想着，我就走到了横江桥人民公社，正口干舌燥，便进公社食堂去讨口水喝。炊事员见我这把年纪，舀了碗水给我喝了后，向我袋子里倒进一大竹筒米，又用荷叶包了一大坨肉放进我袋子里。王老八快一年没吃过肉了，我急着往回赶，就想着晚上用干笋炖肉吃。"

奶奶用舌头舔了舔碗壁上的玉米糊，接着说道："我跟你说这些，是因为王老八年龄太小，怕他不懂。无论什么时候，我都不会去做贼！"

蒋洪爱点了点头。

几个月后，年事已高、日夜为王老八操劳的奶奶去世了。王老八守在奶奶灵堂前两天两夜没合眼。第三天下午，王老八向蒋洪爱提出要为奶奶唱台戏。按当地风俗，办丧事都要打渔鼓，但请一个渔鼓班子是笔不少的开支，王老八家徒四壁，从哪里去筹钱呢？正当蒋洪爱为难之际，王老八说："你打几段快板或者说书行吗？"

原来王老八要为奶奶唱台免费戏！蒋洪爱当然二话没说就答应了。

前两晚灵堂前冷冷清清，听说要唱戏，夜幕刚刚降临，寨里男女老少便将灵堂围得水泄不通。

蒋洪爱首先来了几段花样竹板，这是寨里人从未见过的节目形式，看得大家眼花缭乱。随后蒋洪爱将奶奶的生平编了一段长快板，轻、重、缓、急娓娓道来，听得大家泪流满面。接着说了几段《西游记》唐僧西天取经，专说唐僧被美女妖怪抓去的章节，要么将大家的心提到了嗓子眼儿，要么将大家带进三打白骨精的意境，要么逗得大家笑得前仰后合，竟将王老八奶奶的丧事办得风风光光。

五

王老八十三岁时已能将一本书读完。

一天，蒋洪爱突发奇想，从山上砍了一根大竹子，做了两把二胡，手把手教王老八学拉二胡。王老八很上心，十几天工夫就咿咿呀呀拉出了旋律。

许是过早没了父爱母爱，王老八对蒋洪爱很依恋。蒋洪爱也就事事依了王老八。譬如，王老八有了二胡，又向蒋洪爱提出想要一个渔鼓筒，蒋洪爱就当给他做个玩具，将做二胡剩下的竹节截出三尺长，又将竹节之间的隔膜捅破，在竹节的一头蒙上寨里人杀猪时讨来的一块猪皮膜，渔鼓筒就做成了。王老八欢天喜地，爱不释手。

第二年秋天，蒋洪爱官复原职。

按说，蒋洪爱官复原职，王老八高兴才对。可王老八极为反常，不仅吃晚饭时闷闷不乐，平时两人晚上都是并排睡，可那晚王老八睡到了床的另一头。

蒋洪爱问王老八是否哪里不舒服，王老八硬是连屁都不放一个。蒋洪爱走过去一看，王老八眼眶里全是泪水！

蒋洪爱："老八，哭什么？想娘？想奶奶了？"

王老八："我不要您离开牛湾寨！"

王老八说完，竟号啕大哭起来。

蒋洪爱："原来是舍不得我离开牛湾寨啊！没事没事，我会经常来看你。你想我时，也可以来公社看我，我请你吃食堂饭。"

王老八："真的？"

蒋洪爱："当然！"

王老八伸出小指头要与蒋洪爱拉钩。蒋洪爱毫不犹豫地伸出小指头，钩住王老八的小指头。

王老八："拉钩，上吊，一百年，不许变！"

拉完钩，王老八不仅乖乖地睡到了蒋洪爱这头，话匣子也打开了。

王老八："跟我说说您为啥又官复原职了？"

蒋洪爱："这还不简单，证明了我是被冤枉的呗！"

王老八："是咋冤枉您的？您跟我说说嘛。"

蒋洪爱拗不过，便向王老八娓娓道来。

原来，虎豹人民公社食堂炊事员盘大海生得五大三粗，满脸横肉，他任何人都不怕，就怕有些功夫在身的刘高峰。

虎豹公社是林区，村民为了修房、打家具，经常晚上去山上偷树。刘高峰发现了村民的猫腻，每到晚上便去路上巡查，抓到不少偷树贼。他让偷树贼将砍来的树送到他指定的地方，便既往不咎。不料，他的这个秘密被盘大海发现了。

盘大海对刘高峰说："你私藏公物！"

刘高峰听了，呵斥道："胡说！"

盘大海："那好，明天我带蒋洪爱去公社卫生院那个仓库看看！"

刘高峰顿时慌了，连忙说："兄弟，别、别、别，我父母年事已高，想为他们打两口棺材，有事好商量。"

就这样，两人结成了联盟。

有了刘高峰做后盾，盘大海就放肆起来。尤其那天食堂买了几斤猪板油，炼了一海碗猪油。他跟人打赌说："我可以一口气将这海碗猪油喝了。"

一海碗猪油一口气喝了？别人当然不信。

盘大海说："赌五块钱！我一口气喝了，你给我五块。我一口气没喝完，我给你五块。"

看着一海碗猪油，一口气喝了不腻死才怪，别人便同意了。

盘大海端起碗就一口气喝完了。正好被蒋洪爱撞见。居然用集体财产赌博，蒋洪爱当即要辞退他。刘高峰连忙为盘大海说情：“扣他一个月工资，留用三个月，以观后效。”

有刘高峰出面说情，蒋洪爱想想也就默认了。但盘大海记下了蒋洪爱的仇。

蒋洪爱清了清嗓子，又说：“其实呀，这刘高峰不仅私藏集体树木，更与公社广播员李玉华有一腿！”

王老八：“有一腿是什么意思？”

蒋洪爱：“别打岔，作风问题呗！”

蒋洪爱起床舀了碗水喝了，又继续往下说。

有一天晚上，李玉华的男朋友来见她，本来广播室早晨第一曲播放《东方红》，晚上最后一曲播放的是《大海航行靠舵手》。也许是男朋友来分了心，李玉华将最后一曲播放了《东方红》。这还了得，刘高峰冲进广播室就将李玉华和她的男朋友抓了个正着。

李玉华跪在刘高峰面前磕头作揖，并说只要刘高峰放过他们俩，刘高峰有任何要求她绝对答应。刘高峰竟动了歪心思。

世上没有不透风的墙，别人向我举报刘高峰与李玉华有作风问题，我当然要警告他，他就串通盘大海和李玉华给我下了个套！

王老八：“这就是寨里人常说的，先下手为强!”

蒋洪爱：“正是这个意思!”

王老八：“唉！刘高峰害得您这些年吃了好多苦!”

蒋洪爱：“没关系，过去的就让它过去吧。”

王老八：“睡吧，睡吧，都快半夜鸡叫了，我明天送您去公社，饱饱地吃一餐公社食堂饭。”

蒋洪爱听了鼻头一酸，眼圈都红了。

六

蒋洪爱果真没有食言，隔三岔五来牛湾寨看望王老八，给他带来些粮食和从公社食品站砍的斤把猪肉。有了公社书记罩着，朱长贵对王老八另眼相看，每次都给他分上等口粮。

可惜好景不长。第二年，蒋洪爱因夫妻长期两地分居，要调回北方去了，离开虎豹公社前，特意到牛湾寨来与王老八辞行，并相约有生之年一定再相见。

自打蒋洪爱离开后，王老八身上的光环瞬间褪得一干二净，又回到了靠扯小竹笋、野菜补充粮食的日子。尽管日子过得清苦，王老八也很悠然，成天捧着蒋洪爱留下的几本古书，尤其喜欢《聊斋志异》中的故事，反反复复地读，读累了，就坐在门前的石板上拉二胡，或打打渔鼓，就着渔鼓调的韵律哼唱书中的故事。

王老八虽然年龄小，却有一股子力气。周边村寨谁家办丧事都会想到他，叫他挑书、劈树蔸、抬棺材。尽管都是些粗重活儿，可王老八挺知足——除了能饱餐几顿，还能听一场渔鼓！

那天，朱长贵的父亲去世了。朱长贵作为寨里有头有脸的人物，当然要将父亲的丧事办得风风光光。出殡前的晚上，请了远近闻名、家住大山背面的邹光明打渔鼓。十里八乡来了不少人，用现在的时髦词叫“渔鼓粉丝”，牛湾寨更是男女老少倾巢出动。夜幕刚刚降临，灵堂前的大草坪上黑压压地挤满了人，就连草坪周边的墙上、树上也是人满为患，大家都期待着享受一场渔鼓盛宴。

王老八早早劈完晚上为渔鼓班子煮夜宵用的树蔸巴，凭借丧事“工作人员”身份，坐在渔鼓戏台前第一排，占据了有利位置。戏台上方悬挂着两盏雪亮的汽灯，响鼓班子在戏台的一侧演奏，鼓声、锣声、唢呐声响彻夜空。

半个时辰过去了，渔鼓手邹光明还没出场，草坪上的人群有些按捺不住了，人群里不时有人喊：“打渔鼓！还不打渔鼓?”

不知谁得到消息，人群中开始议论纷纷：“回家吧，邹光明在来的路上被蛇咬伤了！”

这无疑给“渔鼓粉丝”们泼了一瓢冷水。一时间，人群中发出了一阵阵尖叫声、口哨声、埋怨声。拥挤的人群开始松散，有人捡起地上的小石粒、小土块扔向戏台，场面逐渐失控。

王老八悄悄地从前排离开了。

朱长贵连忙率孝家子孙跪到戏台上解释和道歉："邹光明师傅被毒蛇咬伤，已被送去县医院救治，对不起，让大家空等了。"

既然渔鼓艺人被毒蛇咬伤，孝家跪拜进行了解释和道歉，大家也就无话可说，只好失望地散去。

突然，戏台边响起了噼里啪啦的鞭炮声，只见王老八一手抱着渔鼓，一手"砰砰砰"拍着鼓皮，走到戏台中央，鞭炮声刚落，便唱起了开台词：

怀抱渔鼓把台登，各位贤人听分明。

朱家高堂随仙去，孝家子孙心伤悲。

亲戚邻里来帮忙，打场渔鼓谢乡亲。

…………

王老八有板有眼的开台词，渔鼓韵味十足，虽然没有二胡伴奏，响鼓班子配合默契。鼓、锣、唢呐或敲或吹都合在了渔鼓调上，将刚要散去的人群又吸引了回来。

当牛湾寨的乡亲们认出登台的渔鼓手是王老八时，又炸开了锅。

"王老八，你开什么玩笑？"

"王老八，这是办丧事，你搞什么恶作剧？"

“王老八几时学会了打渔鼓?”

“是蒋洪爱教他的?”

…………

斥责声、哄笑声、议论声，此起彼伏。朱长贵站在戏台边也瞪大了眼睛。

王老八初次登台，面对台下黑压压的听众，起初有点心慌、怯场。再加上人群中传出一阵阵哄笑声、议论声，王老八的两腿开始有些颤抖起来，手掌心也冒汗了。

毕竟王老八从小野惯了，他在心里默默告诉自己：既然登台了，就不能让乡亲们看笑话！他一边调整好唱腔，一边尽量不看人堆，把眼睛往上抬，将心态慢慢平复了下来。

好在朱长贵的父亲是同寨人，王老八对他们一家了如指掌。尤其是王老八那年偷寨里集体玉米棒子，被朱长贵抓去游寨，事后王老八听人说，他父亲为这事骂过朱长贵，说他不该小题大做，将王老八抓去游寨，被学校开除，毁了王老八的前程。因此，在说、唱并用的“家祭”那段，王老八真动了感情，声情并茂，声泪俱下，引得台下一片啜泣声。

朱长贵率孝家子孙跪到戏台边，个个哭得像个泪人，两次遣人上台，向王老八裤兜里塞红包。

一般有些资历的渔鼓手在唱完开台词、家祭后，要稍稍休息，喝杯茶润润喉咙，再唱正戏。孝家也趁这个空隙给听众们，端茶送水撒轮烟。

王老八连新手都谈不上，纯属救场子，他当然不会想到这个讲究。朱长贵也以为王老八凑合着唱完家祭就完事了，准备上戏台再次拜谢大家。

谁料想，王老八唱完家祭，接着又开腔了："各位乡亲，我王老八虽然没有正儿八经学过打渔鼓，但这些年通读了《聊斋志异》，也听了无数场渔鼓，渔鼓曲调早已烂熟于心。下面给大家打一段渔鼓，选自《聊斋志异》的故事《鲁公女》，唱得不好，请众乡亲海涵！"

乡亲们平常听的渔鼓曲目大多是《岳飞传》《杨家将》《乾隆皇帝下江南》和民间传奇故事《大门打官》《蒲门姐哭夫》《方青赶考》《棒打鸳鸯》等。当王老八报出渔鼓曲目是聊斋神话故事时，台下响起一阵阵雷鸣般的掌声和叫好声。

《鲁公女》的大致情节是：书生张于旦野游，巧遇县令之女鲁飞飞，两人一见倾心。分别几日后，张于旦思念难忍。当张于旦前去鲁府探访时，不料鲁飞飞已于日前仙逝。张于旦跪在灵前悲痛欲绝，焚香诵经，遥祝祈祷，感动了阎王爷。阎王爷令神仙铁拐李与何仙姑前去将鲁飞飞起死回生。在两位神仙的施法下，漆黑的棺材内青烟喷起，一对恋人，历尽磨难终成眷属。

虽然王老八的唱腔有些生硬，也许之前受到蒋洪爱的耳濡目染，总体还是描摹出了戏文中人物的音容笑貌、行为举止、喜怒哀乐。他时而嬉笑怒骂，时而装疯卖傻，时而悲悲戚戚。由于众乡亲没有人读过《聊斋志异》，不知道后面的故事如何发展，听得如醉如痴，神魂颠倒。也有可能王老八在说唱时忘了词或者是他故弄玄虚，添油加醋，真真假假。当唱到鲁飞飞起死回生这段时，他让何仙姑单独施法，居然没成功，引得台下一片叹息声。后来他说唱着让铁拐李与何仙姑合力施法，却又让何仙姑去试探铁拐李的法力，何仙姑装模作样，故意不施法，单凭铁拐李的法力又没成功。就在众乡亲以为鲁飞飞命绝失望之时，何仙姑的法力融合了进去，鲁飞飞随着一股青烟显现在张于旦面前，简直吊足了众乡亲的胃口。

王老八会打渔鼓这件事，迅速在十里八乡传开了。

七

王老八为朱长贵父亲的丧事打了场渔鼓，尤其又是《聊斋志异》的故事，虽然唱功一般，技巧拙涩，但声音洪亮，镇得住场。神话故事新奇，随着多场次的磨炼，王老八的唱功水到渠成，替代邹光明就成了自然而然的事了。

邹光明被毒蛇咬伤后，在医院昏迷了两天两夜，虽保住了命，可知嗓子受到了严重影响。之后，也接过几场渔鼓戏，可惜高音上不去，低音像蚁语，前几排依稀可辨五六分，后排几乎听哑语，喝倒彩声、尖叫的口哨声盖过了邹光明的渔鼓声。曾经风光无限的一代渔鼓手，便偃旗息鼓了。在遣散渔鼓班子时，邹光明放过狠话，渔鼓班子所有成员就是讨米叫花，也不许与王老八合作！

自从有了打渔鼓这个营生，王老八的生活大为改善，吃穿不愁，还将那杉木皮围成的墙、杉木皮当瓦盖的低矮四处透风的房子，翻修成了崭新的木板吊脚楼。

可惜好景不长，不到两年，王老八就几乎断了打渔鼓的营生。原因大致有两点：一是没有二胡伴奏，全凭王老八用手指拍打渔鼓唱独角戏，缺乏乐感，整体效果不佳；二是王老八不会民间题材传奇故事，捣鼓来捣鼓去全是那《聊斋志异》中的渔鼓唱段，内容单一，神话故事听多了，腻味，渐渐听众稀稀拉拉，有时甚至寥寥无几，与当初的人山人海相距甚远。从那以后，除偶尔有孝家请他去打场渔鼓，十里八乡遇上谁家办丧事，孝家宁肯舍近求远，去邻县请渔鼓班子。

过去王老八穷，周边寨庄孝家办丧事叫他挑书、劈树蔸、抬棺材，他都尽力表现。经过近两年打渔鼓，他已咸鱼翻身，别说挑书，劈树蔸，抬棺材，就连去听场邻县来的渔鼓班子打渔鼓都拉不下面子了。

那年冬天下了一场鹅毛大雪，将进出牛湾寨的小路封锁得严严实实。周边村寨接连传来几位老人同时去世的噩耗，邻县的渔鼓班子已应付不过来，为争抢渔鼓班子，孝家不仅互抬出场费，还大打出手。在自己的眼皮底下发生这种事，对王老八刺激很大，他下定决心要拜邹光明为师。邹光明渔鼓曲目多，拉二胡水平高，经验丰富，这些都是王老八的短板。

那天，王老八提着丰厚的礼品，前去邹光明家拜访。邹光明的妻子已瘫痪在床几年，躺在里屋的床上。邹光明和独生女儿邹琼花正在堂屋烤炭火。琼花初中毕业后，在村小学做了一名代课教师。五年前她娘上山砍楠竹，一不小心，脚下一滑，滚下山坡，将脊椎骨跌断了，一直卧床不起。邹光明常年在十里八乡奔波打渔鼓，没有时间照顾妻子，琼花便辞去代课教师，专职护理瘫痪在床的娘。

当王老八提着礼品去敲门，邹琼花打开半扇门，见是王老八站在门口，瞬间满脸愕然。

这两年，爹在她面前没少数落王老八，恨王老八抢了他的饭碗。琼花心里清楚，要不是爹被毒蛇咬伤，哪有王老八挺身救场的机会？要不是爹被毒蛇咬伤毁了嗓子，王老八哪是爹的对手？分明是爹的失落感太重，找个对象发泄罢了！她去听过一场王老八打的渔鼓，上蹿下跳就一个人，有时边拉二胡边唱又没法打渔鼓筒，有时手捧渔鼓筒又没法拉二胡伴奏，着实难为了他。好在当初《聊斋志异》的神话故事对乡亲们有些吸引力，才好歹让王老八维持了一年多的渔鼓生意。

王老八见邹琼花开了门，刚想迈脚进去，可邹琼花站在门口一动不动。虽然两家只隔了一座山，可王老八也有几年没见到邹琼花，她已出落成一个大姑娘，一双浓眉大眼，扎着两条羊角辫。尽管是寒冷的冬天，许是刚烤了炭火，她的脸颊红得像只红富士苹果，上身穿着一件花格棉袄，将身体裹得严严实实。王老八站在门前进退维谷，不知所措。

邹光明半晌没见人进屋，在屋里问："琼花，是谁呀？"

邹琼花这才回过神来，十分尴尬地退到一边，让王老八进了屋。

邹光明见是王老八进屋，一脸的不高兴，又看了一眼琼花，一副埋怨的眼神，那眼神分明在说："谁让你自作主张让王老八进来的？"

王老八："邹师傅好！"

王老八放下礼品与邹光明打招呼。琼花连忙避开邹光明的眼神，去给王老八倒茶水。

邹光明："王老八，你走错门了吧？"

王老八："邹师傅这是说哪里话？我是特意来拜访您的。"

邹光明："太阳从西边出来了吧？可今天是下大雪！"

王老八："哈哈哈。邹师傅，我知道您对我有成见，其实，我当初打渔鼓也是不得已的。"

邹光明："我对你有成见？你算什么？你逞能啊？现在还不

是跟我一个样！”

王老八：“正因为如此，我今天来拜访您，想拜您为师。”

邹光明：“别别别，我邹光明没那么大的能耐！”

王老八：“邹师傅，别这么说嘛，您教我传统渔鼓曲目，我上台打渔鼓，您拉二胡伴奏，我们合组一个渔鼓班子，不能让邻县的渔鼓班子在您的眼皮底下耍威风啊！”

王老八的这句话明显刺激到了邹光明。

邹光明突然起身，对王老八吼道：“王老八，你给我滚！打死我也不会收你这个徒弟！”

王老八被邹光明突如其来的发怒惊呆了，邹琼花连忙向王老八使眼色，王老八只好悻悻地离去。

邹光明余怒未消，又严肃地对邹琼花说：“我再也不想见到王老八！你再为他开门，我打断你的腿！”

是啊！自从被蛇咬伤，嗓子严重受到影响不能上台打渔鼓，邹光明脾气暴涨。尤其最近周边村寨接连几位老人去世，为争抢渔鼓班子，孝家互抬出场费，还为争抢渔鼓班子大打出手。作为曾经远近闻名的渔鼓手，又在自己的眼皮底下出现这种事，邹光明心中的那份不甘，不亚于切肤之痛！偏偏王老八哪壶不开提哪壶，更让邹光明气不打一处来，在王老八面前暴跳如雷也就顺理成章了。

王老八在邹光明面前碰了一鼻子灰，回到家也挺后悔。他本来就没读过几年书，一向说话就是直来直去，不知道绕弯子，无意中伤了邹光明的自尊心。既然事已至此，他也想不出别的招数，便将这次自找的不愉快抛到了脑后。大雪封山，没有别的事情可做，他索性生了一盆炭火，从楠木箱里翻出那本《西厢记》，没日没夜地读了起来。

王老八当初通读《聊斋志异》，让他无意中成了轰动一时的渔鼓手，他要借助《西厢记》东山再起。

王老八静下心来，读着读着便被《西厢记》里“有情人终成眷属”的爱情故事深深吸引住了：张生在普救寺相遇相国小姐崔莺莺，一见钟情。恰遇叛将孙飞虎率兵围寺，要强索崔莺莺为压寨夫人。张生在崔母的口头许婚下，依靠友人白马将军的帮助，解决了危难。不料，崔母食言赖婚，张生相思成疾。崔莺莺心爱张生而不愿正面表白，几经波折在侍婢红娘的帮助下，终于至张生住处相会。崔母觉察迹象，拷问侍婢红娘，反被红娘几句话点中要害，勉强答应了婚事，却又以门第为由令张生进京应考。十里长亭送别之后，张生进京考中状元。而郑恒借机编造谎言，说张生已在京另娶，崔母又一次赖婚，要崔莺莺嫁郑恒。后张生及时赶到，郑恒见谎言败露，一头撞死。张生与崔莺莺终于完婚。

王老八被张生和崔莺莺把爱情置于功名利禄之上的举动感动，读到张生几次为了爱情险些丢了性命，泪流满面。

就这样，《西厢记》陪伴着王老八度过了整整一个冬天。

八

邹光明的妻子还是没能熬过这个寒冷的冬季，临近春节，最终撒手人寰。

王老八得知消息，不计前嫌，翻山越岭前去帮忙。因临近春节，邹光明想草草办完妻子的丧事，更拉不下脸请邻县的渔鼓班子来热闹热闹。王老八知道后，却不干了。他自作主张，找来一些木板，搭建了一个简易戏台，要免费为邹光明妻子的丧事打两晚渔鼓，并让邹光明为自己拉二胡伴奏。

起初，邹光明死活不同意王老八打渔鼓，王老八特意赶来为妻子的丧事帮忙，他不便拒绝，已是给足了他面子。一听说王老八要为妻子的丧事打两晚渔鼓，邹光明还是心存芥蒂，过不了这道坎。没想到琼花的态度很坚决，跪在邹光明面前，一把眼泪一把鼻涕哭道："爹，娘苦了一辈子，这么冷冷清清地送走娘，您于心何忍？王老八有情有义，您难道不能网开一面？爹，求求您了！"

邹光明听了琼花伤心欲绝的一番哭诉，心一软就同意了。

听说王老八打渔鼓，乡亲们还以为又是聊斋志异的故事，不以为然。当听说邹光明亲自为他拉二胡伴奏，第一天晚上才稀稀拉拉来了二十几个听众。

出乎所有人的预料，连邹光明都没想到，王老八出其不意，选唱的是《西厢记》的故事，加上邹光明二胡伴奏，王老八如鱼得水，将张生和崔莺莺的音容美貌、行为举止、喜怒哀乐表现得淋漓尽致。那一招一式，不显山不露水，全凭唱功和肢体语言烘托人物情感，现场气氛热烈，整场效果一点也不输邻县渔鼓班子的气场。

等到第二天晚上，周边乡亲才恍然大悟，邹光明家的院内院外人山人海，挤得水泄不通。邹光明本来想草草办了妻子的丧事，没想到被王老八一连打了两场渔鼓，将妻子的丧事办得热热闹闹，风风光光，让邻里乡亲称赞不已。尤其是王老八打渔鼓，邹光明二胡伴奏，俩人配合得天衣无缝，在十里八乡传为美谈。

妻子入土为安，头七刚过，邹光明便携琼花带上礼品，向王老八登门道谢。

当王老八打开门见到邹光明两手提着礼品站在门外，完全出乎了他的预料，脑海里几乎一片空白，一时手足无措。他明白自己在邹光明妻子的丧事上免费打了两场渔鼓，将丧事办得隆重热闹，邹光明对自己十分感激，也拉近了两个人的距离，邹光明对他没有那么排斥了。这些，王老八在打完第二场渔鼓后就明显感觉到了。可妻子刚过头七，邹光明便亲自提上礼品登门感谢，王老八做梦都不曾想过。王老八迟疑了好一会儿才如梦方醒，将邹光明和邹琼花迎进屋。

可接下来王老八的举动，更有点不可思议。还不待邹光明和琼花落座，王老八“扑通”一声，双膝跪在邹光明面前：“师父，请受徒弟一拜！”

邹光明根本没想到王老八会来这一招，很是惊诧。惊诧过后，他伸手去扶王老八，王老八却不肯起来。

邹光明心中虽然对王老八多多少少尚存芥蒂，见他如此诚恳，想想之前王老八登门拜师被自己断然拒绝后，还不计前嫌主动来为妻子料理丧事，便应承了下来：“好吧，我就收了你这个徒弟。”

王老八听后，一下就从地上蹦了起来，连忙请邹光明上坐，倒茶递水，嘘寒问暖，格外殷勤。

邹琼花见屋内东西摆放得杂乱无章，连床上的被子也没叠，简单的家具上也蒙有一层灰尘。她撸起袖子，为王老八收拾房间，打扫卫生去了。

王老八也不管三七二十一，跟邹光明坐在火盆边没聊上几句，便单刀直入，请教邹光明打渔鼓道情的技巧。邹光明没想到王老八这么心急如焚，本想岔开话题，但转而一想，既然同意收他为徒，便毫无保留地为他传授道情技巧，讲到激动处，拿起王老八的渔鼓筒当面为他演示，让王老八兴奋不已。

在返回的路上，邹光明心情大好，一路上不停地夸赞王老八心地善良，头脑灵活，悟性高。可平时话语较多的琼花，跟在邹光明身后，只是默默地听着，让邹光明感到纳闷。

他停下脚步，转身问琼花："琼花，你今天怎么啦？"

邹琼花："没怎么啦。"

邹光明："爹今天收王老八为徒，你不高兴？"

邹琼花："不，不，蛮好，蛮好的。"

邹光明："咋一路上没听见你说一句话？"

邹琼花："爹，山高路陡，您说，我听着呢。"

邹光明又是一路叽里呱啦个没停，邹琼花还是默默地听着，有几次话到嘴边又咽了回去。

邹琼花回到家，从一个白布包里舀了一小竹筒糯米，在门前的石磨上碾成粉，熬成糨糊。邹光明好生奇怪，问："琼花，熬糯米糨糊干什么？你妈刚过世，今年就不贴春联了！"

琼花边从衣柜里翻出几件旧衣服，边回答邹光明："爹，知道啦。今年春节不能到亲戚家拜年，我想在家给你做双棉鞋。"

邹光明"嗯"了一声，便没多问了。

琼花翻出娘生前留下的鞋样，用旧报纸剪了四个模型，将旧衣服剪成布条，把糨糊抹在布条上，叠了十几层，然后用两条长凳压着，放到院子里的通风口上去晾干。

大年初二，天空晴朗，王老八提着两斤白糖、两斤饼干、两斤猪肉，去给师傅邹光明拜年。按照当地风俗，妻子刚过世，邹光明不能走亲访友，在家闲着没事，去菜地翻土去了。邹琼花正坐在堂屋炭盆边纳鞋底。见王老八进屋拜年，邹琼花连忙停下手中的活计，招呼王老八烤火并给他沏茶。王老八近距离坐在邹琼花对面，怀中像揣着个小兔子，扑腾扑腾个不停。他不敢多看她一眼，眼睛死死地盯着炭火，不时用火钳去捣鼓木炭，显得很不自在。

两人默默地坐了一会儿，邹琼花让王老八脱掉鞋子，王老八只好稀里糊涂照办。邹琼花拿起已纳好的一副鞋底，将王老八的脚放上去，前后左右看了看，王老八心里顿时明白了过来。

王老八："琼花，你要给我做双布鞋？"

邹琼花："嗯，做双棉鞋。"

王老八激动地握住邹琼花的双手："琼花，太谢谢你了！有了棉鞋，冬天打渔鼓就不冷脚了。"

邹琼花："怎么谢我？"

王老八用手挠了挠头皮，说："送你一个玉手镯。"

邹琼花："你哪有玉手镯？"

王老八："奶奶送给我娘，我娘留下的。"

邹琼花："不行，不行，那是你娘留下要送给你未来媳妇的。"

王老八："我不管，男子汉大丈夫，一言九鼎，说送给你就送给你。"

邹琼花冷不丁在王老八脸上亲了一个，亲完后，羞着脸拿起鞋底进里屋去了。王老八竟僵在了那儿半天没回过神来。

九

王老八自从拜师成功之后，可谓爱情事业双丰收。在邹光明的精心调教下，他无论从表演技巧，还是旋律节奏的掌控都上了几个台阶，传统渔鼓曲目也基本学会。十里八乡的渔鼓生意又成了师徒二人的独家营生。他与邹琼花的地下恋情也呈突飞猛进之势，每次来到邹光明家里，借着向邹光明请教之机，与邹琼花互动频繁，两人时常趁邹光明没注意，眉来眼去，暗送秋波。

那天晚上邹光明同王老八打渔鼓，见王老八脚上穿了一双跟自己一模一样的棉鞋，好生纳闷。晚上回到家，虽然琼花已经睡了，邹光明还是进到女儿的房间将她叫醒。

邹光明："琼花，琼花，王老八那双棉鞋是你送给他的？"

邹琼花揉了揉惺忪的睡眼，回答道："是呀，怎么啦？"

邹光明："你看上王老八啦？"

邹琼花："爹，你觉得王老八怎么样？"

邹光明："王老八这小子是不错，但他是个孤儿呀！"

邹琼花："爹的意思是？"

邹光明："爹就你这么一个女儿。常言道：不孝有三，无后为大。爹想为你找一个倒插门的女婿，不能断了咱邹家的香火。"

邹琼花："嗯。"

邹光明："睡吧，睡吧。"

邹光明离开房间后，邹琼花躺在床上失眠了。是啊！娘生前也在自己面前说过亏欠爹太多，没有为邹家延续香火。原来爹和娘都很忌讳这件事，怎么办？王老八会同意做倒插门女婿吗？

天刚微微亮，邹琼花便起身下床，来不及洗漱，翻山越岭赶到牛湾寨。王老八昨晚打渔鼓睡得晚，还没起床。邹琼花拍了几下门才将王老八从睡梦中惊醒过来。

王老八揉了揉惺忪的睡眼打开门，见是琼花，瞬间睡意全无。

王老八："琼花，快进屋，咋这么早？"

邹琼花进到屋里也不说话，倒是眼圈先红了。

王老八："什么事？快说嘛！"

邹琼花："老八，你真心喜欢我吗？"

王老八："怎么啦？当然是真心喜欢。"

邹琼花："不管我提什么条件，你都答应？"

王老八："都答应，要命也给。"

邹琼花："那好，我不要你的命，我要你倒插门。"

王老八："这个，这个，容我想想。"

邹琼花："王老八，不要想多了，只要你同意做上门女婿，我现在就愿意成为你的人！不同意做上门女婿，从此我们一刀两断！"

邹琼花一边说一边解开了花棉袄，也许是心情激动，鼓隆隆的胸脯一起一伏，仿佛揣了个小兔子。王老八见了，脑门儿都要炸裂开了。他情急之下，抱起邹琼花便塞进了还有余热的被窝，生米煮成了熟饭。

自那以后，王老八天天往琼花家里跑，邹光明也不仅将他当徒弟，更是当上门女婿看待，一心一意地教王老八渔鼓技艺。琼花除了洗衣做饭，一有空余时间也来了兴趣，当起了王老八的陪练，专唱女角。

那天，双塘大队有个生产队同时去世了两位老人，一户孝家请到了王老八和邹光明的渔鼓班子，另一户孝家只好请来了邻县的渔鼓班子。两套顶级渔鼓班子同时在一个村子打渔鼓，一个场地设在村东头，一个场地设在村西头，这在以前从未遇见过。十里八乡的乡亲们闻讯像赶社一样，携大带小，吃了中饭，也不管地里还没忙完的农活儿就往双塘大队蜂拥而来。

邻县渔鼓班子早已得知是与王老八和邹光明的渔鼓班子同在一个村子打渔鼓，显然是有备而来，阵容强大，仅伴奏乐器就有四人，渔鼓手也是两男两女，渔鼓曲目更是全新的《霸王别姬》。

王老八去年就听说过邻县渔鼓班子扩充了人马，伴奏乐器除了二胡，增加了中胡、高胡、三弦，乐感立体性极强，还突破了一人独唱的模式，培养出了女渔鼓手，专唱女角，以独唱为主，也有对唱领唱齐唱等多人演唱。他和邹光明还不以为意。当王老八上午听说对方渔鼓班子一行 8 人各自骑着单车，个个涂脂抹粉，浩浩荡荡进了村子，下午还要走台彩排，才感到了前所未有的压力。

王老八向邹光明提议让琼花上台唱女角，邹琼花一听瞬间全身起了鸡皮疙瘩。平常王老八训练时，她唱女角纯粹是一种插科打诨式的胡闹，真要她上台正式饰演女角，她一下就慌了神，连连摇头，脸也红到了脖子后。

邹光明心里十分清楚，这已经不是一场普通的丧事渔鼓，对方从阵容到曲目都是做了精心安排，来者不善！说白了，就是一场两个渔鼓班子的斗戏！他沉思了一会儿，看来只有让琼花上台作为撒手锏了。

邹光明：“琼花，你好歹当过几年代课老师，应该不会怯场吧?”

邹琼花：“那可不一样，代课老师面对的是十几个小学生，打渔鼓可要面对黑压压的一片大人，我从没在台上见过这么大的场面，万一心慌，忘记了词咋办?”

王老八：“有我在你身边，还慌什么？放开唱就行了！”

邹琼花：“我怕，我还是怕唱砸了。”

邹光明：“琼花，我们现在抓紧时间，多练几遍就好了。”

邹琼花尽管紧张得手心都冒汗了，但为了爹和心爱的人撑场子，硬是咬咬牙，点了点头。

俗话说，台上一分钟，台下十年功。邹琼花本来就心里没底，又是临时抱佛脚，训练了两遍，始终进入不了角色，要么浑身不自在，表情僵硬；要么唱腔不圆润，还夹杂着跑调。她毕竟不是王老八，王老八从小成了孤儿，上树掏鸟，下河洗澡，随心所欲，放荡惯了，可谓从小就不知天高地厚。邹琼花却从小到大都是父母的掌上明珠，突然让她从一个闺房少女上到舞台，抛头露面去表演，还是有一段距离。尽管她在王老八面前敢爱敢为，敢作敢当，那是对王老八有种居高临下的心态，出于女孩子青春期的天性和冲动。

邹琼花：“爹，我还是别唱了吧，不如我弹月琴伴奏。”

琼花在家里训练都入不了戏，上台后要面对成百上千的听众，还真不知会弄出什么岔子来。见琼花自己找了个台阶下，邹光明顺水推舟点头同意，转身对王老八说：“老八，试试你的假嗓女声。”

王老八做了几个深呼吸，便开口唱了起来：

浏阳河

弯过了几道弯

几十里水路到湘江

江边有个什么县哪

出了个什么人

领导人民得解放

啊依呀依子哟

…………

邹光明才听了几句，激动地一拍大腿："好！太好了！"

邹琼花也瞪大着眼睛，简直不敢相信眼前的王老八竟能唱出如此深情动听的女声来，完全可以以假乱真。

邻县渔鼓班子下午走台彩排，引起了巨大轰动。尤其两位女渔鼓手不仅体态柔美，神采飘逸，更是嗓音甜美，明目传神，让观戏的村民大饱眼福，早已先声夺人。

邹光明也不甘示弱，让孝家放出话，今晚邹光明父女上阵伴奏，王老八男扮女装，唱渔鼓曲目《孟丽君》。

孝家这一爆料，无疑在观戏的人群中又引起了一番轰动。王老八男扮女装会是一副什么模样？他到底只穿一套女式服装还是要唱女声？邹琼花伴奏的乐器是二胡？中胡？高胡？三弦？抛开这些待解悬念，单凭渔鼓曲目《孟丽君》就让大家有了一睹为快的想法。因为县城祁剧团新编剧目《孟丽君》已连演一百场，场场座无虚席，至今还一票难求。这不，《孟丽君》还演到北京了。乡亲们虽然大多没去过县城，经从城里回来的人一传十，十传百，剧情早已家喻户晓：孟丽君与皇甫少华自幼青梅竹马，两相情爱。孟父被权奸陷害，全家遇难。孟丽君女扮男装离家出走，化名考中状元，官居丞相。元成帝识破孟丽君是女扮男装，欲纳为妃，孟丽君婉拒不从。在太后的帮助下，孟丽君救忠除奸，与皇甫少华终成眷属。

当邻县渔鼓班子得知王老八要男扮女装，渔鼓曲目还是县城祁剧团正在热演的《孟丽君》，一部充满正能量的喜剧曲目，而自己班子的《霸王别姬》虽是一部人物众多，气势恢弘，演绎汉楚之争的历史巨剧，但最终霸王爱妾虞姬不愿拖累项羽，拔剑起舞，歌罢自刎，霸王项羽兵败如山倒，无颜再见江东父老，自刎身亡，这样的悲惨结局，难免令人伤感。走台彩排时虽然观众爆棚，反响极好，但王老八抛出男扮女装和渔鼓曲目《孟丽君》的噱头后，赢得了不少人气。邻县渔鼓班子为了抢得先机，竟不顾两孝家同时开场的约定，提前拉开了序幕。

十

两场渔鼓戏经过一番暗暗较劲后先后开场。尽管邻县渔鼓班子违反规则提前开场，观众如海啸般汹涌而去。但王老八处惊不乱。毕竟这些年打渔鼓挣了些钱，想想自己从小成了孤儿，是寨里的众乡亲将自己拉扯大，做人不能忘恩，王老八便出钱赞助寨里成立了龙狮队。得知邻县渔鼓班子不择手段拉观众，来而不往非礼也！王老八向龙狮队一声招呼，龙狮队立马赶来舞龙耍狮作为他的开场戏。这舞龙耍狮可是农村每年正月初一和正月十五耍花灯才有的保留节目，观众闻讯后，又一阵龙卷风似的被刮了过来。

随后王老八的登场也引起了一阵不小的骚动。他扮男又扮女，一只裤管一只衣袖是拼接邹琼花准备结婚用的新衣服，半边头上扎的是邹琼花剪下的一条辫子，半边脸上涂抹的胭脂，由于事先没准备粉脂口红，临时去寨里代销店买了一张红纸，浸上水抹上去的。他侧身碎步出场，开口一副女音，把孟丽君气质高贵、举止优雅、不卑不亢的形象惟妙惟肖地展现出来，竟没让台下观众看出破绽。

当他再侧身用男声饰唱皇甫少华一角时，观众群里爆发出了一阵阵震耳欲聋的掌声和呼喊声，其中夹杂着不少“戏神”“戏精”等赞美之词。

邹光明也一改过去王老八在台上唱戏，他在台下伴奏的模式，携手持月琴的琼花在舞台上伴奏，并客串戏中人物唱段。不知是被邻县渔鼓班子斗戏的架势逼急了，还是被台下热烈的气氛所感染，那晚他的嗓音竟恢复了八九分。

这次两个渔鼓班子斗戏之后，王老八的人气迅速攀升，随后还经常被邻县的孝家请去打渔鼓，达到了他渔鼓人生的巅峰。

可是，只风光了两三年，农村突然冒出了一支电影轻骑队，一些孝家请电影轻骑队放一场电影，中途还不需要给观众倒茶递水，既省钱又省事，观影的人数还远远超过了打渔鼓的观众，对王老八的渔鼓生意产生了极大冲击。

王老八和邹光明也想了不少办法，训练出了邹琼花唱女角，排练新曲目，还是抵挡不了电影《智取威虎山》《地道战》《小兵张嘎》对观众的吸引力。再到后来，村里家家户户添置了电视机，在家不仅可以看到丰富多彩的电视节目，还可看到大千世界，连过去为数不多的老戏迷也不再光顾渔鼓现场了，王老八的渔鼓生意就这样渐渐地歇业了，这对王老八来说无疑是个沉重打击。

大约歇业半年后，一天清早，横江桥乡有户孝家派人来请王老八去打场渔鼓。王老八万万没想到还有人惦记自己的渔鼓技艺，顿感受宠若惊，便欣然应允。

当王老八和邹光明、邹琼花三人风尘仆仆赶到孝家后，在孝家临时安排歇脚的房间里，王老八第一眼就看到了墙角那副既眼熟又破旧的货郎担！他心中顿时冒出一股强烈的火焰，二话没说，拉起邹光明、邹琼花就要离开。正在这时，一耄耋长者走到门口，挡住了他们的去路。王老八打量了一眼老者，虽然已到垂暮之年，那脸上轮廓不正是他小时候既盼望想见到，后来又记恨在心，携娘私奔的货郎担吗？他既然还活着，又是为谁办丧事？娘现在又在哪里呢？就在王老八脑海里闪出一连串问号之际，耄耋长者开口说：“老八，你们站着干什么？坐呀。”

王老八没好气地冲他吼道：“让开！不打渔鼓了！”

耄耋长者几乎祈求道：“别，别走，老八，求求你，一定要满足你娘最后的心愿。”

王老八：“我娘？我没有娘！”

邹光明向邹琼花使了个眼色，邹琼花心领神会，扯了扯王老八的衣襟，示意他冷静冷静，却被王老八立马用手掌拍开了。

耄耋长者两手扯了扯裤管，颤颤巍巍要给王老八下跪，邹琼花见状连忙拨开王老八，扶住了老人。

待王老八心情平复后，耄耋长者才娓娓道出了与他娘私奔的实情：

原来货郎担与妻子结婚五年，妻子都没有为他生下一男半女，村里有人背后骂她是不会下蛋的鸡，还有更难听的骂她是绝代婆！久而久之，货郎担的妻子开始精神萎靡，最后患上精神病，离家出走了。货郎担在方圆几十里寻遍了也活不见人，死不见尸。货郎担四处收荒货，一来是为了寻找患精神病离家出走的妻子，二来是为了生计。

东奔西走，转眼五年过去了，妻子仍下落不明。直到在牛湾寨遇上王老八他娘，没想到世上还有被生活逼到如此境地的女人！他毅然用这些年收荒货赚来的钱为她还清债务。可他娘死心塌地要跟他！他名义上是有妇之夫，不能再明媒正娶，自然不能带他娘回老家，怎么办？还是奶奶出的主意，私奔！

听到这里，王老八和邹琼花早已哭成了泪人，邹光明也是抹湿了一块手绢。

耄耋长者问王老八：“你以为你娘就这么狠心丢得下你？”

不待王老八回答，耄耋长者继续道：你是你娘身上掉下的一块肉，她舍得割舍掉？原本打算将我前妻的事有了了断就接你一起生活。为了能看到你，我们在横江桥公社租了一处旧宅安置下来，从离家的第二天晚上起，每天晚上我陪她从横江桥公社走到牛湾寨，虽然不能进屋见你一面，但每晚都要送些吃的放在门前空鸡窝里，在你房门前站一会儿，等我们回到家天都快亮了。

后来有一个晚上，我们刚进寨遇上朱长贵在巡逻，远远见我和你娘的影子，扯开嗓子问：“是谁？”我们哪敢回答，转身就跑，被朱长贵当贼追了几里地，眼看快追上了，你娘和我从山崖上跳了下去才逃过一劫。从此，你娘右腿落了个残疾，我也左手骨折，再也不敢回牛湾寨了！

王老八：“娘现在在哪儿？”

耄耋长者：“你娘临终前嘱托我，她唯有一个愿望，死后一定让你来为她打一场渔鼓，她说生前不能和你见面，死了也要见你最后一面！”

王老八沉默了好久才憋出一声长吼：“娘！”便向着灵堂奔去。

十一

王老八自从为自己的娘亲打完那场渔鼓，就再也没打过渔鼓了，完完全全成了一个闲人。过去在牛湾寨是三分田七分山，山和田属于寨集体所有，他没出过集体工，也就没干过田里的农活。自从做了上门女婿，邹光明所在村是纯粹的平坦地形，九分田一分山，农村实行分田到户那年，他家分得了九亩水田、一亩旱地。由于一家人都以打渔鼓为主业，家里的责任田和地都是托付给邻居耕种，对于犁田耙地等技术农活他是一窍不通。从那以后王老八整天浑浑噩噩过日子，还沾上了酗酒的毛病。邹琼花几次向他提出将自家的责任田和地收回来自己耕种，都被王老八发了一通莫名之火后，不了了之。

其实邹琼花心里也清楚，王老八的这种心理落差不是一两天就能抚平的。她见过邹光明不能打渔鼓时的那种心理反差。所以在王老八沾上了酗酒的毛病，还常常莫名发火时，邹琼花都能理解他，邹琼花宁肯选择忍气吞声，也没有跟王老八过多计较。但作为女主人，又不可避免地要考虑一家人的油盐柴米等日常开支，一双上初、高中的儿女要交学费，邹光明已到古稀之年，难免有个病痛，吃药打针需要钱，一家五口吃饭又都是买的高价粮食，就这么坐吃山空，即便她是巧妇，也有无米之炊的一天啊。

后来邹琼花也不跟王老八商量，自作主张，从邻居家要回五亩水田和旱地，起早贪黑挖土种田。王老八看在眼里，疼在心里，日积月累，心态终于平复了过来，渐渐地也去菜地里浇水施肥，跟着邹琼花学着去水田里插秧种田，慢慢地适应了日出而作、日落而息的普通农民日子。

就在王老八以为从此与渔鼓再也不相往来时，年逾古稀的蒋洪爱以全国非物质文化遗产专家的身份来到了祁阳县。蒋洪爱在虎豹公社当书记时就知道当地有一种民间艺术——渔鼓，深受百姓欢迎。他这次回到第二故乡，一是为了挖掘非物质文化遗产民间艺术渔鼓，二是想了却自己与王老八四十年前的约定。

当在县文化局了解到民间艺术渔鼓濒临失传时，他感到十分惋惜。但县文化局的同志提供的另一个信息，简直让他不敢相信自己的耳朵："渔鼓戏神"王老八！

蒋洪爱按捺不住激动的心情，在县文化局同志的陪同下，直接将车开到了王老八的大门前。王老八正在屋檐前编织竹篮，见有小车开过来，他只瞥了一眼，继续做自己手头的活儿。

蒋洪爱戴着一副墨镜，手持一根雕花手杖，从车上下来，径直走到王老八身边。王老八见来人的那副装扮，有点摸不着头脑，只是冲他笑笑，继续低头编织竹篮。

蒋洪爱："王老八，不给客人让座，太不礼貌了吧？"

王老八："你是何方神仙？"

蒋洪爱："你忘记了我们四十年前的约定？"

王老八："你是？"

蒋洪爱抬手摘掉墨镜，王老八一下从小凳上站起来，十分惊喜地脱口而出："蒋书记！"

蒋洪爱伸开双臂，王老八拍了拍手上的灰尘，与蒋洪爱紧紧地拥抱在一起，眼里噙满了泪花。

蒋洪爱也不征得王老八同意，直接将他接去了县城，俩人在宾馆还是住的一间双人房，彻夜长谈。

第二天，又有一辆小车将邹光明和邹琼花也接去了县城，据说在蒋洪爱的导演下，仨人接连录制了七天七夜的渔鼓曲目。

蒋洪爱离开县城不久，县城里的大小文化用品专卖店一夜间摆满了包装精美的DVD渔鼓彩碟，包装盒上还印着王老八、邹光明和邹琼花的彩色照片，他们或手捧金色渔鼓筒，或手拿二胡、月琴，或坐或站，个个精神倍儿棒。后来有人说，怪不得王老八的照片笑得合不拢嘴，原来他的版权费就高达十万元！

王老八从县城回来后，白天忙完农活，晚上伏案编写现代渔鼓曲目，双休日还教自己的一双儿女打渔鼓。邹琼花虽然不乐意一双儿女因学打渔鼓占用复习功课的时间，但拗不过王老八，也只好听之任之。

去年暑假期间，村里的几个留守儿童去河里洗澡，其中一个儿童涉入深水处，一双小手挥舞了几下就沉入了河底，幸亏驻村扶贫队员及时赶到，溺水儿童被抢救了过来。王老八知道后，主动向驻村扶贫队提出组织留守儿童成立小小渔鼓队，给他们传授渔鼓技艺。无疑得到了驻村扶贫队的同意，并为小小渔鼓队添置了小渔鼓、乐器和音响设施。

那天，王老八正教小小渔鼓队队员们排练驻村扶贫队的事迹，被进村入户调查的镇党委书记发现，当场拍板代表镇里参加县里举办的脱贫攻坚专场文艺晚会。

晚会上，王老八和邹琼花为男女主唱，几个小渔鼓队员为配唱，整个节目中单唱、领唱、齐唱、合唱、道白等渔鼓技巧全部用上，现场轰动极大，节目一举夺得了一等奖。县电视台现场采访王老八，让他谈谈获奖感言，他竟跑偏了题，对着摄像机呼吁县里重视和传承渔鼓这门民间非物质文化遗产。邹琼花在一旁听了急得直跺脚。令他没想到的是，县长提出聘请他为县里渔鼓传承专家。

王老八屁颠屁颠回到家后，突然想起了邻县渔鼓班子。第二天，他不声不响，背着邹琼花去了一趟邻县。当打听到邻县渔鼓班子也早已散伙，成员东奔西走后，他毫不气馁，他便去找当年邻县渔鼓班子的领头人周智勇。

经多方打听，王老八辗转赶到周智勇所在村庄时，邻居告诉他，周智勇那些年打渔鼓赚得钵满盆满，早已给儿子在县城买了新房，与老伴去城里颐养天年了。好在王老八从邻居那里要到了周智勇的手机号码，总算没白跑一趟。

十二

那天，王老八突然接到县文化局打来的电话，县里打算将渔鼓申报为省级民间非物质文化遗产，让王老八尽量多搜集一些渔鼓曲目和实物资料，配合申报工作。王老八听了，一股暖流涌上心头，一汪热泪盈满眼眶。

他连忙调出周智勇的手机号码打了过去。接电话的是周智勇的老伴，当周智勇得知是王老八给他打的电话时，让老伴挂断了电话。

俗话说，同行是冤家。但王老八没想到，那年两个渔鼓班子斗戏都过去了这么多年，周智勇还记恨在心。

王老八心想，我当年没有半点与你斗戏的想法，是你周智勇太膨胀、太盛气凌人。你们的渔鼓班子人多势众也就算了，演员涂脂抹粉别具一格也就罢了，你男女混搭唱全新的《霸王别姬》那是你的实力，我也认了。可你们还翻出个新花样，大白天的弄个走台彩排，早早地就把观众的魂都勾过去了。没给我本乡本土的王老八留半点面子，这不等于明晃晃地在乡亲们面前打我的脸吗？硬是逼得我男扮女装，斗胆唱了《孟丽君》。本来两孝家商量好两个渔鼓班子同时开唱渔鼓，观众自便。你周智勇竟然使阴招，提前开唱，把我这边都已候场多时的观众一阵风似的全都刮了过去。我王老八不调来寨里龙狮队，难道任凭你在乡亲们的眼皮子底下欺负我？是可忍，孰不可忍！是你主动与我结梁子，我还怕你不成？现在反倒连我的电话都不接了。不接就不接，你算老几？

气归气，等王老八冷静下来再想，这事还真离不开周智勇。他的渔鼓班子在传统的基础上独具一格，台上男角女角唱段分工明确，男角会武打弹跳，女角会耍碟起舞，将渔鼓艺术演绎得更加形象生动。在配乐方面融入了不少民族乐器，中胡、高胡、三弦、扬琴、葫芦丝等，乐感立体性极强。这些都是申报省级民间非物质文化遗产的宝贝。周智勇啊周智勇，你还真是智勇双全啊！好，我服你！你不接我电话，我去你家登门谢罪总行吧。

第二天清早，王老八就往县城赶，刚到县城立马拨打周智勇的电话。周智勇虽然接了电话，但电话那边闹哄哄的，音响声、乐器声、歌声、叫喊声四起。周智勇一直重复着："喂喂喂，你是谁呀？"王老八扯开嗓子喊："我是王老八！我是王老八！"两人就像战场上的报务员。

周智勇："我这边太吵，听不清。"

说完，就挂断了电话。王老八再拨，周智勇再也不接了，急得王老八想吐血。

王老八走在大街上，人海茫茫，店铺商品琳琅满目，他无心观赏，一遍又一遍地拨打周智勇的电话。后来，听筒里传来"您拨打的电话已关机”，让王老八彻底失望了。

王老八漫无目标地在大街上游荡。突然，耳边传来一阵熟悉的渔鼓曲调声。他循声望去，前面一家商店门前彩旗飘扬，气球飞舞，人头攒动。

王老八不由加快了脚步。当他靠近人群，从里面舞台上正传出合着渔鼓曲调的唱段：各位看客你看分明，绿色食品就是晓了显火，外酥里嫩，润滑可口，香气逼人。你若要问它从哪里来，它就来自我们的扶贫村……

王老八挤进前排一看，舞台背景是一幅大型喷绘的乡村图案，上有“扶贫商店开业大吉”八个大字。舞台周边摆满了各种农副产品，有绿色包装的、有箩筐装着的、有红线捆扎的……舞台中央手持渔鼓筒，头发斑白，戴着耳麦，引吭而唱的老人正是周智勇！

在一阵热烈的掌声中，扶贫商店开业宣传活动结束。在店门口围观的人群鱼贯而入，抢购农副产品。

王老八见周智勇被一位小姑娘搀扶着从舞台上下来，连忙过去伸出掌心拍得红红的双手，搀扶了他一把。周智勇刚站稳，没有认出王老八，见他也是头发斑白，连忙说：“谢谢！”

这时，一个中年人手拿一个厚厚的红包走了过来，他将周智勇拉到一旁，轻声说：“周老师，辛苦了！”

同时将红包往周智勇手里塞。

周智勇：“你这是什么意思？”

中年人笑着说：“莫见外，给您一点辛苦费。”

周智勇有些生气地说：“乱弹琴！为了扶贫事业，我还收红包，你让我这张老脸往哪儿搁？”

周智勇说着，将红包退回给了中年人，转身去提渔鼓筒。

王老八：“周老师，骨气！佩服！”

周智勇：“你是？”

王老八：“我是王老八呀。”

周智勇一听是王老八，再也不理睬他，提起渔鼓筒扭头就走。

王老八跟在周智勇后面，问：“周老师，斗戏那事过去多少年了，你还在生我的气？”

周智勇边走边回答：“你别自作多情，那事我早抛到九霄云外去了。”

王老八这才生气地说：“周智勇！你我年纪一般大小，喊你周老师是敬重你刚才还像个爷们儿！既然那事你早抛到九霄云外去了，你为什么不接我的电话？不愿见我？”

周智勇停下脚步，掉头对王老八吼道：“你心中有数！”

王老八听周智勇这么一说，还真是丈二和尚摸不着头脑，愣在那里仰头左看看右看看。见周智勇要走，又连忙去拉住了他。

王老八：“我心中没数，你说清楚再走。”

周智勇气鼓鼓地问："前年你是否录了几盘渔鼓光碟？"

王老八："是。"

周智勇："你把这门民间艺术版权归为己有，还收了十万块版权费。你害不害臊？亏你还有脸来见我！"

王老八听周智勇这么说还真急了，连忙赌咒发誓："胡说！我王老八要是收了十万块版权费，天打五雷轰！蒋洪爱说了，版权归县文化局。"

周智勇见王老八发了毒誓，也许真是误会了他，语气也温和下来，问："那你找我到底什么事？"

王老八这才有机会道出找他的原委。

周智勇听了，激动地拉住王老八的手："走！上我家喝酒去，咱哥儿俩边喝边聊。"

正午的阳光照在两位老人斑白的头发上，是那么的银光闪烁，格外耀眼。

红砖

1

满姨刑满释放走出县城监狱大门，穿的还是去年进监狱时的衣衫，只不过有些泛白了。

满姨不是我的亲姨，是母亲的堂妹，因在家排行老幺，我们都叫她满姨。满姨刚出生时，她爹给她取了个很诗意的名字——姚冰。随着她慢慢长大，她的长相和她的名字一样，冰清玉洁。村里人都说她将来会有出息，至少可以嫁个好婆家。

满姨读初中时就是班里的班花，读高中时更成了学校的校花。高二那年给满姨写情书的同班男同学不下十位。每当满姨收到情书，只看了开头就撕毁掉，她的心思全扑在学习上。

一天放学后，高大帅气的班长兼团支部书记袁斌送给满姨一本杂志，杂志里夹了一封情书，满姨带回家只看个开头就被深深地吸引住了，越往下看，满姨越脸红心跳。当满姨看完情书竟不自觉地连夜写了一封情意绵绵的回信，夹在杂志里，第二天就将杂志还给了袁斌。就这样，杂志成了他们鸿雁传情的工具。

那天，班里举行新团员入团宣誓仪式，作为团支部书记的袁斌上台领誓。当他离开座位，那本杂志便暴露在了他的座位上。同桌好奇地拿起杂志打开一看，发现里面夹着一封袁斌写给满姨的情书。就这样，满姨与袁斌正在悄悄谈恋爱的消息在全班同学中传开了，当初追求满姨的那些男同学获知后，用嫉妒恨来形容，一点也不为过。

只有满姨和袁斌还被蒙在鼓里。

临近高二暑假，满姨和袁斌似乎觉察到有同学在对他们进行盯梢。他们便不再用杂志鸿雁传情，约定在学校旁边的一家红砖厂，将情书压在码成墙的第三排第三块红砖下面。

那天中午，袁斌将一个厚厚的信封压在红砖下面转身离开后不久，信封被尾随的同班同学肖刚取走了。这肖刚不仅是第一个给满姨写情书的男同学，而且是每星期一封。满姨不仅没有回过一封信，还当面警告肖刚：再写就交给老师了。气得肖刚直跺脚！

第二天学校课间操，本来是轻松活泼的集体活动，但气氛十分压抑。平常的课间操都是由教高三的一位体育老师领操，那天是学校的正副校长一字排开领操。

原来，肖刚拿到信封后如获至宝，打开一看不光有一封情书，还有一沓手抄本的禁书！

当初，肖刚尾随袁斌也许出于一种猎奇心理，也许肖刚取走信封只想搞恶作剧。当肖刚看到手抄本的禁书，他不假思索，直奔校长办公室。

在那个年代，中学生谈恋爱还是严厉禁止的，学校会如临大敌。在农村更是视为不知廉耻，伤风败俗。中学生偷看禁书更是不可触碰的红线。

课间操结束后，校长手持扩音器，将满姨和袁斌违反校规谈恋爱的事情公之于众，尤其还偷读禁书，道德品质败坏，是可忍，孰不可忍。最后厉声宣布：开除满姨和袁斌学籍！

这一切来得太突然了，突然得让满姨措手不及。满姨连书包也不要了，边抹眼泪边一路小跑离开了操场。

离开学校后，满姨不敢回家，便在红砖厂周边游荡，还不时向学校方向看上一眼。她是家里的满女，本来她爹做了结扎手术快五年了，竟意外地怀上了满姨，据说这是十万分之一的几率，但被她爹娘遇上了。尽管上有三个哥哥，她爹希望再生个女儿，便隐瞒了下来。终究纸包不住火，春天过后，她娘再也没法用衣服作掩护，隆凸的肚皮显形了。村妇女主任做工作让她娘去引产，她爹竟当着妇女主任的面要脱掉裤子，让她验证是否做了结扎手术，吓得妇女主任立马闭嘴了。她娘接过话茬说经常肚子疼，怕是生了个瘤子。大伙想想也有道理，周边十里八乡还没听谁说过做了结扎手术还能怀上小孩的。见她娘面色蜡黄，一副病态的模样，进而劝她娘去省城检查，尽早将肚子里的瘤子剜掉。他爹说哪有闲钱去省城，已找了郎中开了中药保守治疗。

妇女主任听了半信半疑，伸手要去摸她娘的肚皮。她爹一把抓住妇女主任伸出的手，将她拽进屋里去看了放在床头的几包中药，妇女主任便信以为真了。其实那几包中药是为她娘生产后催奶的风药。

等满姨呱呱坠地，生米已煮成了熟饭。幸好她爹做了结扎手术，在处罚时留了些情面，没有对她家拆屋下瓦，将她家里的一头大水牛牵走抵缴了超生罚款。

从小到大她爹娘视满姨为掌上明珠，三个哥哥都是初中毕业回家务农，不仅让她读上了高中，还指望她考上大学光宗耀祖。没想到自己被学校开除了，而且还是“道德败坏”这么不光彩的事。满姨越想越觉得对不起爹娘，越想越觉得无颜见爹娘。

满姨环顾四周，不见人影，从地上捡起几根长短不一的草绳，顺手搬了十几块红砖进了松树山……

那天红砖厂的工友们都去县城煤场挑煤去了，留下王建军守红砖厂。王建军正在厂棚前筛河沙，突然听到厂棚后面有红砖倒塌的声音，便拿起一把锄头去查看是否有人偷红砖。围着几堵红砖墙转了一圈，发现一堵红砖墙上少了十几块红砖。他以为偷红砖的人躲进了旁边的松树山，便赶紧跑向松树山，却迎面见到满姨在一棵松树上寻短见。

王建军说时迟那时快，挥舞锄头挖断草绳，满姨掉到了地上。他连连喊了几声："姑娘！姑娘！"满姨毫无反应，王建军看到地上倒塌的红砖，想想才不过几分钟，便抱起满姨放到拉红砖的板车上，飞快地送到了镇卫生院。

直到满姨苏醒过来，王建军见她已没有什么大碍，想想自己正守着红砖厂，便将裤袋里交完医药费剩下的两毛钱掏出来塞进满姨手里，拉着板车回红砖厂去了。

2

满姨的家离镇上只有四里地，读的是通学。那天中午，同村的学生放学回村后不久，满姨违反校规谈恋爱，尤其还偷读禁书被学校开除的消息便在村里传开了。她爹姚明亮听闻后咬牙切齿地去屋后竹林掰了几根竹枝，去掉竹叶，用根藤条缠绕、扎紧，只等满姨回家抽她。这是村里人常用来管教孩子的道具，用这种竹枝条抽人，只伤皮不伤骨，抽在脸上、手上，麻辣辣的疼，易长记性。

姚明亮左等右等，都没等到满姨回家，便攥着竹枝条藏在背后，到村口去等满姨。直到村里的学生吃完中饭纷纷去学校，还是不见满姨的踪影，姚明亮便气鼓鼓地向学校走去，他要在学校当着师生们的面教训教训满姨，以示姚家家教的严厉。

姚明亮刚要踏进学校校门，心想：满姨上午都被学校开除了，她还有脸面留在学校？如果自己去学校找满姨，万一人没找着，等于送上门去遭老师和同学们的冷眼和嘲讽。这么想着，姚明亮又将刚跨进校门的腿缩了回来。

姚明亮在学校门口徘徊了一会儿，便向红砖厂方向走去。

王建军正在一个土坑里和黄泥。他打着赤脚在黄泥中反复踩踏，黄泥渐渐地变成了稠泥。旁边是一个手工制作砖坯的工作台面，工作台的高度与王建军齐胸。上面是用竖起的四根木头柱子，搭建了一个棚顶铺满稻草的凉棚。随着黄泥越来越黏稠，王建军双脚在黄泥中踩踏速度越来越慢，脚上粘的稠泥越来越多，还扯起了长长的泥丝，也明显看出他的脚从黄泥中扯出时越来越吃力。王建军弯腰抓起一把黄泥在手里捏了捏，已十分黏稠，便用一个大铁线弓将黏稠的黄泥分成一大块一大块，搬到工作台旁边。

王建军搬完稠泥，有些气喘吁吁，额头上也全是豆大的汗珠。他来不及休息，又在工作台面撒上一层薄薄的细沙，将两个木头制作成的模子叠在一起放到细沙上。王建军搬起一大块黄泥在工作台面摔成斧头形状，“啪”的一声，用力摔进了双层模子。随即拿起旁边的一个小铁线弓，先在上层模具上沿用力一刮，掀掉多余的黄泥。又在两个模子之间用力一刮，再将两块盛砖坯的木板从模子下面塞进去，接着双手分别夹住两个模子一抖，两块砖坯就落在了木板上。

姚明亮真是开了眼界，别人一般都是用一个模子制作一块砖坯。他第一次看到有人用两个模子一次性制作出两块砖坯。

他仔细打量了一下王建军，年约二十出头，高高的个子，身材魁梧结实，黝黑的脸庞，浓黑的睫毛下一双有神的大眼，眼神纯真。他光着上身，脸上、背上缀满了一排排豆粒大的汗珠，下身穿着一条肥头裤，裤头已被汗水浸透，一双赤脚裹满黄泥。

不一会儿，王建军在工作平台边摞成了两塔砖坯。姚明亮走过去想帮他把砖坯搬到场地上去晾晒，却被王建军叫住了。

王建军：“大伯，谢谢您！还是我来，别弄脏了您的衣服。”

旁边有几级土台阶可以上到工作平台。王建军为节约时间，两手搭在工作平台上，用力一撑，“嗖”的一声就上到工作平台面。抱起两塔砖坯，一路小跑到场地上，将砖坯交错着摆放晾晒。晒完砖坯，王建军还是没走土台阶，直接从工作平台面上跳了下去。

姚明亮听出王建军不是本地人口音，便好奇地问：“小伙子，你是哪里人？”

王建军：“牛头县。”

姚明亮：“哎哟，还蛮远的，怎么跑到红砖厂做事来了？”

王建军：“家里去年遭了洪灾，地里颗粒无收，是远房亲戚介绍过来的。”

王建军虽然嘴里同姚明亮聊着，但手里的活计一点也没有耽搁。

在随后的聊天中，姚明亮得知王建军在家排行老大，下有两个弟弟一个妹妹，父亲前几年在修水库时被堤上滚下的一个大石头砸断了腿，他读完初中就回家务农了。

王建军看到姚明亮手里攥着竹枝条，随口问了句：“大伯，您在附近放牛？”

姚明亮：“没有，没有。”

王建军：“那您手里拿的……”

姚明亮：“别提了，家门不幸，家门不幸啊！”

王建军：“大伯，对不起，我不是故意戳到你的伤心事，实在对不起啊。”

姚明亮：“小伙子，不怪你。怪我家丫头不争气，要是找到她，就用这竹枝条抽她个半死。”

王建军：“您在找你家丫头？她长什么模样？多大年纪？”

姚明亮：“你见过她？她今年 19 岁，上身穿一件花格衬衣，头发扎成两个羊角辫子。”

王建军：“坏了，她还没回家？”

姚明亮攥紧竹枝条，顿时暴跳起来，急忙问：“你真见过她？快说，她在哪里？”

王建军刚将一大块黄泥用力摔进双层模子，来不及将砖坯取出来，便将双手伸进旁边盛有半桶水的木桶里，快速地搓洗。他头也不抬地说：“大伯，您消消气，别激动。”

姚明亮：“小伙子，快告诉我她藏在哪里就行了，别误了你的工夫。这竹枝条只伤皮不伤骨，没有人命关天那么严重。”

王建军洗完手上的黄泥，顺手拿起搭在木桶上的一块污渍斑斑的长帕子，先在胸口上擂了擂，又用双手攥着帕子的两端反手从脖子往下擦背上的汗渍。然后取下挂在凉棚木柱上的衬衫，往身上套。

当姚明亮和王建军火急火燎地赶到镇卫生院病房，满姨早已人去床空。

3

满姨独自离开镇卫生院，先在卫生院周边转悠了大半天后，沿着一条小道爬到了镇卫生院的后山上。

卫生院的后山是一座无名风化石小山，山不高但绵长，山上全是灌木丛。小山低矮的一头被掀掉建了镇卫生院，另一头延伸连接巍峨的马蹄坳。满姨去年暑假随父亲去过马蹄坳砍柴，那里有一块形似马蹄的巨石，三面都是悬崖峭壁。

满姨似乎已横了心，她决定去马蹄坳，想等天黑下来，从悬崖上往下一跳，神不知鬼不觉。

太阳已西斜，失去了耀眼夺目的光芒。天空飘忽的云朵像用金丝镶过边，一路翻滚着，加快了脚步。夕阳洒在小山上，树叶、山花变得金绿金黄，色彩斑斓，赏心悦目。满姨已无心观赏，她的青春即将随着夕阳落幕。她心静如莲，人淡如菊，时而扯下一根马尾巴草，在口里嚼一下，时而从灌木丛摘下一片树叶，抛向空中。

当满姨又走近一灌木丛去摘树叶时，灌木丛里发出凤凰鸟一边挣扎一边凄惨鸣叫的声音。满姨好奇地弯腰往灌木丛里一看，一只凤凰鸟被夹在两棵小灌木枝丫中，使劲地拍打着翅膀，一只翅膀已折断，两根羽毛翻转。满姨小心翼翼地拨开灌木，伸手抓住了凤凰鸟。原来是一只受了伤的成年雌性凤凰鸟。头和颈的羽毛为淡蓝色，颈上有一道明显的白环，胸部的羽毛呈紫红色，背腰部均为浅灰色。长长的呈橄榄黄的尾羽上配有黑色横斑，双翼羽毛呈浅灰色，右翼羽毛上还有未干的血迹。

满姨紧紧握住凤凰鸟双脚，凤凰鸟不停地发出嘶哑的“叽叽”的叫声，伸长脖子去啄满姨的手。满姨怜惜地将凤凰鸟折翻的羽毛抹平，又用手梳理凤凰鸟身上的羽毛。她在心里咒骂：谁这么缺德，将漂漂亮亮的凤凰鸟打伤。

满姨想将凤凰鸟带回家养好伤再放回山里，可往家的方向看了一眼，摇摇头又放弃了这个念头。就在满姨犹豫之际，一只雄性凤凰鸟从一灌木丛里蹿了出来。见满姨手里抓着那只雌性凤凰鸟，立马摆出一副决斗的架势，头几乎贴着地，脖子上的羽毛一层一层向上翻立，对着满姨“叽叽”怒吼。

满姨对着那只雄性凤凰鸟呵斥道：“去！去！”

雄性凤凰鸟将头往上一抬，展开翅膀腾空飞过满姨头顶，然后一个俯冲扑向满姨。满姨身子往下一蹲，躲过了雄性凤凰鸟的袭击，手上受伤的雌性凤凰鸟挣扎得更加厉害，两个翅膀不停地扑腾着，弯曲而锋利的小嘴将满姨的手啄出了一个个小红印。

满姨生怕给受伤的凤凰鸟翅膀再次带来伤害，便蹲下来将凤凰鸟放到地上，用双手握住它扑腾的双翅。那只雄性凤凰鸟再次飞过满姨头顶，向满姨俯冲而来。满姨急忙用一只手去遮挡，受伤的雌凤凰鸟瞬间挣脱满姨的手，拖着受伤的右翼连跑带飞，快速地钻进了前面的灌木丛中，雄性凤凰鸟也紧跟着钻了进去。

满姨站在原地发呆。刚才发生的一幕让情窦初开的她心灵受到了猛烈的撞击。满姨不禁想到了袁斌。

也就在那一霎间，满姨萌生出了要像受伤的凤凰鸟一样坚强地活下去的念头，她要与袁斌生死相守。她决然地从小山上下来，径直朝村子的方向走去。

当她走出不到两里地，只见几个男人神情紧张地推着一辆板车从她身边匆匆经过。板车上躺着一个人，身上盖着一床旧毛毯，满姨还没看清板车上躺着的是男是女，板车从她身边飞快而过。一位中年妇女跟在板车后面一路小跑，嘴里重复地哭喊道："袁斌啊，你要坚持住。斌崽啊，娘不能没有你啊！"

听到"袁斌"二字，满姨怀里像揣了个蚂蚱，不停地扑腾起来。

袁斌怎么了？上午课间操被校长宣布开除学籍后，他不顾全校师生向他们投来蔑视、嘲讽、鄙视、不屑的眼光，深情地看了满姨一眼。虽然眼神黯淡，但眼神里包含着愧疚、自责、抱歉。让当时感觉无地自容的满姨心里有了一丝慰藉。

满姨转身尾随着他们，直到一行人进了镇卫生院大门。满姨这才进也不是退也不是，只好在镇卫生院大门外焦急地徘徊，心里默默地为袁斌祈祷。

夕阳已消失得无影无踪，如同再也回不去的美好青春年华。天慢慢地黑了下来，满姨这才悄悄地进到卫生院。她先来到门诊大厅，白天的喧哗已经褪去，门诊大厅显得空荡而安静。摆放在大厅中央的那排已布满锈迹的铁架座椅，看上去孤孤单单。泛旧的玫红色坐垫和靠背在满姨看来竟是那么的刺眼。大厅一边是药房，玻璃墙上挖了一个弧形口子，里面一位比满姨大不了几岁的女孩穿着白大褂，坐在靠弧形口子的桌前，低头看书。大厅另一边是挂号交费的窗口，穿着白大褂的一男一女在玻璃墙内聊着什么。满姨走近挂号交费窗口，想打听袁斌的病情。这时，从弧形口子里传出那一男一女对话的声音：

“年纪轻轻呷农药？为爱殉情？上午女孩上吊，下午男孩呷农药，太不值得了吧。”

“那男孩能抢救过来吗？”

“呷了半瓶，已洗了胃。人还处于昏迷状态，能不能抢救过来，就看他的造化了。”

…………

满姨听得心里怦怦直跳，连忙出了门诊大厅。她来不及多想，疯了似的跑向卫生院后栋。那几个推板车的男人坐在楼前的水泥台上乘凉，满姨直接冲进后栋一楼，接连看了两间病房都是老人。当她走到自己上午打吊针的那间病房门口，正好病床上躺着一位病人，盖着一床厚厚的白被子，面部被遮挡住了，只露出打吊针的那只手掌在外面。

满姨刚想进去看个究竟，站在床边背对着满姨的那位中年妇女侧身抹眼泪，正是跟在板车后面一路小跑，嘴里不停地喊着“袁斌”的那位中年妇女。

“袁斌！”满姨呼喊一声，冲到了病床前。

袁斌双目紧闭，面色苍白发黄，脸上不时痛苦地抽搐。

满姨的举动令中年妇女十分诧异。坐在旁边病床的一位中年男子马上起身挡在满姨面前，疑惑地问：“你是谁？袁斌还在昏迷中，医生交代不得在病房里哭哭闹闹。”

满姨双颊顿时挂满了泪水，用一只手捂住嘴巴抽泣起来。

中年妇女用手背抹着眼泪，低声问：“姑娘，你是？”

不待满姨回答，中年男子又问道：“你是姚冰？”

满姨刚点了点头，中年男子举起右手，五指并拢要向姚冰的脸庞扇去。姚冰不躲不闪，一动不动地站在那里，眼睛死死地盯着昏迷中的袁斌。中年男子的手掌在刚要接触满姨脸庞的瞬间停了下来，随即对满姨怒吼道：“你滚！你给我滚出去！”

见满姨无动于衷，中年妇女伸手将满姨往外推搡，边推边说：“出去！出去！袁斌要是有个三长两短，我就死到你家里去！”

满姨被推搡着身子晃动了几下，脚却像被钉子钉在了地上一般，纹丝不动。

医生、护士听到从病房传来吼叫声，连忙赶到了病房。坐在楼前水泥台上乘凉的那几个推板车男人，也闻讯围到了病房门口。就在医生训斥他们仨人的时候，袁斌的眼睛慢慢地睁开了一条缝，马上又合上了。满姨见了一下扑了过去，急切地说：“袁斌醒了！袁斌醒过来了！”

4

姚明亮从镇卫生院得知满姨上吊被医院及时救治无恙，已自行离开了卫生院，悬着的心才落了下来。

从镇卫生院出来，姚明亮去学校偷偷打听到，是家住铁炉冲村的袁斌跟满姨谈恋爱，才导致被学校开除。姚明亮直接从学校怒气冲冲地赶去了铁炉冲村。

袁斌上午被学校校长宣布开除后，直接回了家。他娘罗菊芳当时正在堂屋切猪食，见袁斌才半个上午就回来了，停下切猪食的刀，问了句："斌崽，今天这么早就放学了？"

袁斌精神极度萎靡，避开他娘疑虑的眼光，也没搭理他娘，闷头进到夯土垒的卧室，躺在了床上。罗菊芳以为袁斌生病了，洗了把手，便进到卧室去摸袁斌的额头。

袁斌很不耐烦地挡开他娘的手，嘴里蹦出了一句："我不读书了。"侧身用背对着他娘，泪如泉涌。

"你说什么？不读书了？"罗菊芳一听慌了神。

"我被学校开除了！"袁斌说完，双手揪住自己的头发，伤心欲绝地大哭起来。

直到这时，袁斌的情感终于爆发了。作为班上学习成绩名列前茅的佼佼者，明年就将面临高考。爹娘节衣缩食送自己上高中望子成龙的期盼，自己十年寒窗苦读，眼看理想、愿望就要实现了。可就在这节骨眼儿上，自己一念之差，不仅个人前程尽毁，还连累姚冰被开除了学籍，造成无法弥补的过错。袁斌那刻骨铭心的痛苦，是何等翻肠倒肚般在他内心撕裂。

罗菊芳听袁斌说被学校开除了，本想问他早上还好端端地去上学，怎么突然就被学校开除了？见袁斌哭得那么伤心，那么悲痛欲绝，那么歇斯底里，罗菊芳刚到嘴边的话又咽了回去。她一时没了主见，跑到地里将袁斌的爹袁国生叫了回来。

袁国生回到家，向袁斌住的夯土垒房瞅了一眼，便坐在堂屋，掏出旱烟袋卷了个喇叭筒，“吧嗒吧嗒”地猛吸了起来。

当罗菊芳在地里告诉他袁斌被学校开除了，袁国生的第一反应是握在手里的锄头把，一下掉到了地上。他已记不清自己是怎么从地里走回堂屋的。袁斌已从号啕大哭，变成了不停地抽泣。从夯土垒房间传出的抽泣声，像一条鞭子，一下一下抽在他的心尖上。

罗菊芳示意他去看看袁斌，袁国生闷头闷脑，装作没看见。

罗菊芳对着夯土垒房喊了句：“袁斌，你爹回来了。”

夯土垒房里没有回应。

“你就不能进去问问斌崽为啥被学校开除了？看你抽！看你还抽！”罗菊芳一把抢过袁国生嘴巴上的喇叭筒，丢在地上接连踩了几脚。

“拿我出什么气？你没有嘴巴？你不晓得问？生米煮成了熟饭，问了也枉然！”袁国生也是气不打一处来，歪着头反问道。

“你是男人，你是他爹！闷葫芦！窝囊废！”罗菊芳急得跺脚骂。

“吵什么吵？让我安静一下都不行吗？”夯土垒卧室里传出了袁斌的吼声，接着“啪”的一声，袁斌将夯土垒卧室门死死关上了。

堂屋里顿时安静下来。

袁国生在堂屋接连抽完两支喇叭筒，也躺到床上去了。这是那个年代当地农村人遇上烦心事、伤心事、倒霉事时的一种习惯，一种无奈又无助的排遣方式。

直到中午，袁斌读初三的弟弟从学校回来吃中饭，袁斌被学校开除的前因后果，袁国生和罗菊芳才弄清楚。

俗话说：好事不出门，坏事传千里。经过一个中午的发酵，袁斌被学校开除的消息成了轰动铁炉冲村的头号新闻。平时乡邻们经过他家门前都要停下打个招呼或往堂屋瞅上一眼，可是那天中午经过他家门前的乡邻们目视前方，还不由加快了脚步，生怕瞅上一眼会沾上晦气。

罗菊芳张罗完袁斌弟弟和妹妹吃完中饭，连桌上的碗筷也没收拾，就坐在堂屋发呆。整个屋内死一般的沉寂，是那种令人窒息的沉寂。

直到姚明亮的到来，沉寂才被打破。

“袁斌，你给我滚出来！”姚明亮站在袁国生堂屋门前，一声怒吼道。

坐在堂屋发呆的罗菊芳，被惊得一下从长条凳上弹了起来。

“你是谁？我家袁斌欠了你的钱？还是欠了你的米？在我家门前大呼小叫。”罗菊芳抬头见是一陌生人出言不逊，便打起十足的精神回呛道。

“他害得我家女儿被学校开除，还上吊寻短见，到现在活不见人，死不见尸！”姚明亮气势汹汹地跨进堂屋，一手叉腰，一手指着罗菊芳的脑门儿气愤地说。

罗菊芳一听是女方的爹找上了门来，顿时矮了半截。尤其听到“上吊寻短见，到现在活不见人，死不见尸”，心里更加一阵慌乱，手足无措，瞠目结舌。

这时，左邻右舍被姚明亮歇斯底里的怒吼声吸引了过来，袁斌和袁国生也同时从各自卧室进到堂屋。

姚明亮用手指着袁斌问：“你就是袁斌？”

袁斌二话没说，“扑通”一声跪在姚明亮跟前。

姚明亮抬手扇了袁斌两记响亮的耳光。袁国生和罗菊芳自知理亏，只好眼睁睁看着袁斌挨了两记重重的耳光。围观的左邻右舍见一陌生人找上门来打袁斌，因中午有了耳闻，也无人上前劝阻。

直到袁斌的嘴角流出殷红的鲜血，罗菊芳才心疼地对姚明亮嘟囔道："他还是个孩子，你下手也太狠了点。"

姚明亮听了，火冒三丈地说："打了你家孩子就知道心疼了，我家孩子是死是活还是个谜，她要是有个三长两短，看我不拆了你家的屋才怪！"

袁斌："姚伯伯，对不起，都是我的错，要杀要剐任你处置。"

姚明亮："杀你剐你姚冰就不被学校开除了？你说，接下来该怎么办？"

袁国生："这位老兄，你消消气。孩子被你当着这么多人打也打了，又向你认了错。他从学校回来就难过地躺在床上，连中饭也没吃，你就饶了他吧。"

姚明亮："饶了他？你说得这么轻巧？我家姚冰不但名声坏了，学校也不能去上了，你说怎么办？"

罗菊芳见姚明亮得理不饶人，看到袁斌嘴角还在血流，就像在她的心头肉上捅了一刀，压在心中的火苗顿时熊熊燃烧起来。她冲姚明亮回怼道："还要怎么办？难道要袁斌死到你面前？一个巴掌拍不响，要不是你家女儿勾引我家袁斌，也不会闹到今天这个地步！"边说边从裤袋里掏出一块褪了色的手帕，擦拭袁斌嘴角的血。

姚明亮没料到罗菊芳竟当着袁斌和围观的众人反咬一口，不仅将责任推得一干二净，还信口雌黄诬陷姚冰是红颜祸水。他一时气急败坏，见堂屋墙上斜放着一把锄头，冲过去紧紧地握住了锄头把。

袁国生和罗菊芳误以为姚明亮要拿锄头打死袁斌。袁国生连忙伸手去拉袁斌，罗菊芳则直接扑在袁斌身上护住袁斌。围观的左邻右舍被吓得四散逃窜。

可是，姚明亮挥舞锄头连看都没看一眼袁斌，将堂屋里几件陈旧的家具和一口土灶连挖带砸，砸了个稀巴烂。

姚明亮砸完堂屋的家具和土灶，似乎还不解气，用力将锄头往袁斌身边一甩，锄头从地上弹起二尺高，锋利的锄头险些落到还跪在地上的袁斌头上。

姚明亮走出堂屋，又回头："呸！这事跟你们没完！"吐了一口唾沫，扬长而去。

罗菊芳要追出堂屋，向姚明亮回敬一个"呸"，被袁国生拉住了。

罗菊芳心疼地拉起还跪在地上的袁斌，便和袁国生眼泪汪汪地收拾堂屋里的残局。

袁斌见堂屋内一片狼藉，都是自己惹的祸，尤其刚才姚明亮说姚冰上吊寻短见，更让他心灰意冷。他默默地走进另一间夯土垒杂物间，从门旮旯抓起一瓶农药，拧开瓶盖就往嘴里灌。等袁国生发现不对劲，赶过去夺下袁斌手里农药瓶，袁斌已将半瓶农药喝进肚子里了。

5

袁斌苏醒过来已是第三天下午了，他睁开眼见到的是姚冰。

姚冰坐在病床前的一只白色方凳上，侧着身，头靠在病床边的床头柜上。双目紧闭，脸对着袁斌的脸，让袁斌十分惊愕。

袁斌用力喊了一声“姚冰”，可喉咙里发不出声音。

正在这时，护士拿着两瓶盐水进来，见姚冰脸色刷白，头冒虚汗，急忙将盐水瓶丢到病床上，一边掐住姚冰的人中，一边呼唤医生。

自从大前天晚上被医生护士劝离病房后，姚冰来到楼前的水泥台边，向那几个推板车的男人打听袁斌住院的前因后果。几个男人对姚冰置若罔闻。在姚冰的苦苦哀求下，其中一人没好气地说：“都是被你爹害的，当众打了袁斌也就算了，还砸烂一屋家具。滚！不要在这里猫哭耗子假慈悲！”

当姚冰听到是她爹造成袁斌命悬一线时，心里更加难受。她抹着泪，悄悄走到病房后面，躲在窗户一角，偷偷往里看袁斌。

这时，护士进到病房催促袁斌爹娘赶快回去筹钱，刚交的医药费已经用完了。罗菊芳和袁国生听了一脸吃惊的样子。

罗菊芳：“这才几个小时，钱就用完了？”

护士：“抢救费用肯定高些，呷了那么多农药，不用特效药是要死人的。人要紧还是钱要紧？”

袁国生尽管面露难色，还是赶紧回答说：“救人要紧，别停药，我这就回去借。”

姚冰从病房后面急忙来到病房，跪在袁国生面前，说：“袁叔叔，你快回去借钱吧。”又移动膝盖，转身对罗菊芳说：“婶婶，你也回去忙吧，我来照顾袁斌。”

罗菊芳见姚冰跪在地上，突然联想到袁斌跪在地上被她爹扇耳光的情景。罗菊芳抬脚狠狠踢向姚冰，姚冰没有任何心理防备，倒在了地上。罗菊芳还要对姚冰再踢一脚，被袁国生拦住了。

罗菊芳压低声音，咬牙切齿地说：“你爹害得袁斌呷农药，你来照顾袁斌？见袁斌还剩一口气，你不甘心是吧？”

姚冰直起身子，继续跪着，乞求地说：“婶婶，请您相信我，我一定尽心尽力照顾好袁斌，如果袁斌有个三长两短，我也不要命了。”

袁国生见姚冰态度十分诚恳，便对罗菊芳说：“就相信她一回吧，家里四个孩子明天还要上学，万一村里借不到钱，我还要去远房亲戚家里借。”

罗菊芳犹豫了一下，想想猪栏里的那头猪还没喂猪食，袁斌治病还指望着那头畜生。还有笼里那几只鸡、鸭，明天正逢赶圩，先捉去卖了应急。袁斌已被学校开除，不能再耽搁那四个孩子的学习。想到这里，罗菊芳白了姚冰一眼，才很不情愿地点了点头。

原来姚冰已是三天两夜未曾合过眼，她按照医生的叮嘱，不停地与昏迷中的袁斌说话。她跟袁斌讲在学校里的逸闻趣事，背诵袁斌写给她和她写给袁斌的情书，加上水米未进，导致低血糖症晕厥过去了。

幸亏护士发现及时，医生在给姚冰输入葡萄糖后，症状迅速缓解。护士又从卫生院食堂拿来几个热馒头让姚冰吃了，才逐渐恢复过来。

姚明亮大闹袁斌家自以为出了一口恶气。当第二天十里八村传开因他所逼，袁斌命悬一线，还在镇卫生院抢救时，姚明亮傻眼了。他整整一天都像霜打的茄子——蔫了。脑袋里反复萦绕着一大堆问号：如果袁斌抢救不过来，他爹娘找上门来拼命怎么办？自己今后在十里八村的乡亲们面前怎么抬得起头？姚冰知道了又会做出什么过激的行为？……他越想越寝食难安。待夜深人静，姚明亮悄悄去镇卫生院探听虚实。当他偷偷在病房后窗看到姚冰与昏睡的袁斌喋喋不休地说着什么时，他的心里更是五味杂陈。终于见到了姚冰本人，姚明亮心中悬着的石头落了地。可她寸步不离守护着袁斌，难道她是铁了心肠要嫁给袁斌？冤家变亲家，这不成了天大的笑话？袁斌现在还处于昏迷之中，是生是死为时尚早，只能走一步看一步了。姚明亮双手合十放在眉心上，在心里祈祷袁斌尽快脱离生命危险。他祈祷完就悄悄离开了。

袁斌在医生的积极治疗和姚冰的精心护理下，半个月后完全脱离了生命危险并超出了预期的治疗效果。因是重度中毒还不时出现头晕、头痛、失眠多梦、面瘫、手脚不协调的症状，医生建议袁国生和罗菊芳将袁斌转院去医疗条件更好的县人民医院，做进一步的康复治疗。

袁国生和罗菊芳犯了难。袁斌在镇卫生院治疗半个月，袁家已借遍了全村及各路亲戚，再去县人民医院做康复治疗，实在无能为力了。在镇卫生院办完出院手续，袁国生就用板车将袁斌拉回了家。

袁斌自从出院回家后，因严重营养不良，重度中毒产生的后遗症越来越明显。姚冰不放心，三天两头往袁斌家里跑。她十分清楚袁斌家已负债累累，连口粮都卖了还债。一家人靠地里种的红薯、白薯度日。被债主逼得急了，为了多卖几块钱，就用红薯制成淀粉，再用淀粉手工制成红薯粉条卖了还债，一家人吃红薯渣，哪里有钱给袁斌买营养品？姚冰便自作主张，将家里喂的几只老母鸡，陆续杀了送去给袁斌补身子。她还下到田里、水沟里抓鳝鱼，捉泥鳅，每当积累到一两斤就给袁斌送去。

对姚冰的一举一动，姚明亮也觉得自己多多少少亏欠了袁斌。那天当众扇袁斌耳光羞辱他，还将他家堂屋里陈旧的家具和土灶打的打，砸的砸。尽管那些陈旧的家具值不了几个钱，但要重新添置，对于袁斌的家庭来说也是一个天文数字。同时，听姚冰的娘不时在他面前咕哝，袁家倾家荡产才救回了袁斌的命，但袁斌的后遗症导致他下不了地，干不了活儿。如果再严重下去，怕是要成为废人了。姚明亮听了，都在心里打了个寒战，便默许了姚水的行为。

随着天气一天一天转冷，鸡杀完了，也不能下田抓鳝鱼捉泥鳅了。而家里米缸里的米却又日渐见少了、用来待客挂在灶屋梁上的两吊腊肉也不见了。姚明亮还是睁一只眼，闭一只眼。

直到村里不断传出姚冰与袁斌的流言蜚语，姚明亮为了顾忌姚冰的名声，嘴里才开始对姚冰的行为流露出不满。因忌惮到姚冰性子刚烈，上回能做出置生命于不顾的举动，也就没有采取进一步的强硬措施。

转眼到了年底，姚冰还是我行我素，三天两头往袁家跑。一种不祥的预感，突袭姚明亮心头。他寻思着要尽快给姚冰找个婆家，并且嫁得越远越好，只有这样，才能阻断她与袁家的密切往来。

就在姚明亮为姚冰找什么样的婆家左右为难之际，一个熟悉的身影映入姚明亮的脑海，他就是王建军。

经过上次与王建军交谈，姚明亮知道王建军家境贫寒。可这小子呷得苦，霸得蛮，他能用双层模子制砖，等于一顶俩，苗子好。他是姚冰的救命恩人，人品正，从心理层面上讲姚冰容易接受。他家在牛头县，相隔几百里，姚冰被人指背戳脊的名声，在牛头县人不知鬼不晓，就是回一趟娘家也不容易。想到这里，姚明亮在心中暗喜。

可由谁来做这个媒人？又让姚明亮犯了难。常言道：一家有女百家求。历来都是男方相中了女方，托媒人到女方家提亲。姚明亮如果托媒人反过来向男方提亲，传出去岂不成了笑话？思来想去，姚明亮决定亲自出马，先试探一下王建军的态度。

他经过一番打探得知，王建军因是外地人，吃住都在红砖厂，白天挖泥制砖，晚上兼顾护窑守砖。事不宜迟，那天晚上，姚明亮摸黑向红砖厂走去。

红砖厂坐落在两个山谷间的一块平地上，远远地就听到简易厂棚上盖的塑料布，被寒冷的西北风吹得“哗啦哗啦”响，不由让人生出“飕飕”凉意。姚明亮不禁在心里对王建军产生出一丝怜悯来。

姚明亮刚靠近简易厂棚，漆黑的厂棚里就传出一阵“汪汪汪”的吠叫声。

简易厂棚不远处的一座砖窑已经上窑，一股浓烟经西北风直往厂棚这边吹过来，浓浓的硫黄味呛得姚明亮咳嗽起来。这时，从闪着暗淡火光的窑口旁传出厉问声：“谁？”

姚明亮听出是王建军的声音，便回答道：“是我，姚伯伯。”

王建军赶紧迎了过去，将姚明亮带到窑口边。

那天晚上，姚明亮和王建军蜷缩在温热的窑口聊得很多很深很透很晚。当姚明亮七拐八弯，委婉地要将姚冰许配给王建军时，王建军当即懵圈了。

面对王建军的沉默，姚明亮误认为是王建军听到了姚冰的绯闻，当面拒绝他了。那一刻，姚明亮恨不得从窑口钻进去，把自己烧成灰。

其实，王建军被从天上突如其来掉下的馅饼砸蒙了。在他的眼里，姚冰太年轻貌美了。那天自己用锄头挖断草绳，姚冰掉到地上，就像书中描绘的美人。姚冰醒来后，那双湖水般清澈的眸子，尽管眼神里藏着忧伤，却不失灵动。光洁白皙的脸庞，配有一对浅浅的小酒窝，两条弯弯的柳叶眉，就像悬挂在天上的一弯新月。丰满修长的身材，气质清雅端庄，头上扎着两根羊角辫子，充溢着少女的单纯和青春的风采。可自己五大三粗，除了一身的力气，什么也没有了。贫寒的家境更让他难以启齿，上次跟姚明亮只是简单地聊过家庭状况。说句老实话，家里连挤出一间婚房都困难。透过窑口微弱的光亮，他见姚明亮从刚才对自己希冀的眼神，已逐渐变得越来越黯淡、失落。

半晌，王建军才回答道：“姚伯伯，上次跟你聊天说过，我家实在太穷，你舍得让姚冰跟我吃苦？”

姚明亮赶紧说："穷是暂时的，我看中你的实诚，吃得苦，霸得蛮，人品好，苗子正。姚冰跟了你，我一百个放心。"

王建军听到姚明亮将话都说到了这分儿上，怎能伤了他的自尊心？毕竟是姚冰自己的婚姻大事，届时将自己的情况向姚冰和盘托出，再作打算。王建军在犹犹豫豫一阵后，羞答答地点了点头。

6

就在王建军按姚明亮的指点，托远房亲戚作为媒人前去姚家提亲时，姚冰终于向她爹娘摊牌了：非袁斌不嫁！

姚冰的反叛在姚明亮的预料之中。在这之前他与老伴商量过，只要姚冰横下心非袁斌不嫁，就提出要袁斌家拿两千元彩礼钱！凭袁家已负债累累的家境，莫说两千元，就是两百元也难于登天。

姚冰非袁斌不嫁的誓言，早在袁斌住院期间就立下了。

姚冰低血糖症晕倒恢复过来回到病房，见袁斌已醒了过来，便俯下身，一把将袁斌的头搂在怀里喜极而泣。而袁斌也得知姚冰三天两夜未曾合过眼，水米未进，不离不弃地照顾自己导致低血糖症晕厥，更是感动得泪如泉涌。他吃力地从被子里伸出手，在姚冰背上轻轻拍打。双方都经历了劫后余生，生离死别的悲欢离合后，两颗年轻的心贴得更紧了。

姚冰娇嗔地说："你咋这么傻！"

袁斌心疼地说："你咋那么傻！"

姚冰："我们都不要做傻事了，今后天天在一起，好好地活着好吗？"

袁斌："天天在一起？"

姚冰："嗯，我非你不嫁！"

这一幕恰被送医药费来卫生院的罗菊芳撞见了。她冲过去将姚冰推开，连珠炮似的破口大骂："袁斌是你什么人？这是什么地方，搂着抱着？害不害羞？"

袁斌："娘，你误会了，姚冰为了照顾我三天两夜未曾合眼，水米未进，刚才都晕厥过去了。"

罗菊芳："活该！她死皮赖脸勾引你，害得你被学校开除。她爹害得你差点送了命！"

姚冰顿感无地自容，委屈地扭头要离开病房。袁斌坐起伸手拉住姚冰的手，另一只手便去拔针头。

罗菊芳急了："斌崽，你要干什么？"

袁斌情绪激动地说："娘，是我害得姚冰被学校开除的，你还这么诬陷姚冰，我不治了，死了让你省心。"

袁斌话刚说完，一头倒在姚冰的手臂上，晕厥了过去。

从那以后，罗菊芳再也不敢当着袁斌的面向姚冰使脸色了。

姚冰爹娘提出要两千元彩礼的事，袁斌不敢跟罗菊芳说，只好先告诉了袁国生。袁国生一听，头都炸了。

他试探着对袁斌说："这不是明摆着不同意这门亲事嘛。"

袁斌在学校读书时就对姚冰一往情深，经过这一路生生死死，坎坎坷坷，尤其姚冰非他不嫁的铮铮誓言，他在心里早就下定了决心，非姚冰不娶！

有道是：打鼓听声，说话听音。他爹本是极为平常的逆言相劝，在袁斌听来却是那么的刺耳！

他冲袁国生吼道："怎么就是不同意了？我非姚冰不娶！你心疼两千元彩礼钱，我打一辈子光棍算了！"

袁国生被袁斌呛得没法回答，他哪能做得了这么大的主？便将此事告诉了罗菊芳。

罗菊芳听了，简直不敢相信自己的耳朵，气鼓鼓地骂开了："这姚家哪是要彩礼钱，是在卖女！不要脸！"

因袁家一时凑不齐两千元彩礼钱，姚冰又抗拒王建军托媒人来提亲，姚冰的婚事就这样僵持了下来。

姚明亮这段时间处于农闲，有事没事便往红砖厂跑。白天也不避嫌，帮王建军和泥、上窑、出窑，什么事都干，别人都开玩笑说他是王建军的准岳父了。

到了晚上，姚明亮也时常去陪陪王建军，两人或半蹲或蜷缩在温热的窑口拉家常。有时难免聊到姚冰与王建军的亲事，姚明亮总是得意扬扬地对王建军说：“你一百个放心，你与姚冰的亲事，已是坛子里捉乌龟——手到擒来。我提出的两千元彩礼钱，就是压倒袁家的最后一根稻草。”

王建军听了心里敞亮，两人越聊越投机。有几次聊得太晚了，姚明亮就挤住在工棚里王建军的简易床铺上过夜。那只看门恶犬见到姚明亮也不再汪汪汪地仰天吠叫，而是摇着尾巴，狗鼻子在姚明亮的两个裤腿上嗅个不停。姚明亮伸手去摸狗头，恶犬还亲热地吐出长长的舌头，去舔姚明亮的手指头。

事情的转机出现在春节前。为让王建军安安心心回老家过年，姚明亮在腊月底对姚冰下了最后通牒：半个月后袁家送不来两千元彩礼钱，必须依父母之命，媒妁之言，接受王建军提亲！

当初，罗菊芳和袁国生对姚家提出的天价彩礼极度抗拒。为敷衍袁斌，嘴上说去借钱，实际上只做了些表面功夫。

直到村里发生的一件事，才让罗菊芳和袁国生彻底上了心。

前两年，村里的老光棍袁有生挨边五十岁了，突然娶回个媳妇。那女人四十出头，脸上全是麻子疙瘩，还有点神志不清，说话不利索，也不能下地干活儿。一个多月前，村里突然来了两辆警车，从车上下来几个穿警服的公安，直奔袁有生家里，把袁有生媳妇带走了。

事后听村支部书记说，袁有生媳妇原来是有丈夫有孩子的已婚妇女，受人拐骗，袁有生花了两千元钱买来的。最近，公安机关开展打击拐骗贩卖妇女儿童专项行动，拐骗贩卖袁有生媳妇的人贩子被抓了，袁有生也受到了处罚。

罗菊芳本就对“两千元”早已入脑入心，自然就想到了姚家提出的两千元彩礼钱。袁斌自从出院回家，半年多过去了，不说下地干活儿，重度中毒产生的后遗症连碗还端不稳，吃饭需要人喂。病情不见好，脾气越来越见长。如果长期下去，别说娶媳妇，连养活自己都是枉然。想想袁有生的媳妇，再想想十九岁，年轻漂亮，对袁斌爱得死去活来的姚冰，罗菊芳心里豁然开朗。她在心中暗暗发誓：就是砸锅卖铁，死皮赖脸去借，也要凑齐两千元彩礼钱。

真是应了那句古话：人算不如天算。就在姚明亮发出最后通牒的前一天，袁家将两千元彩礼钱递到了姚明亮手上。

担心夜长梦多，赶在1980年春节前，姚冰用板车拉着袁斌去乡人民政府办理了结婚手续，这成了轰动全乡的一道美丽风景线。

7

没有鲜花，没有婚纱，更没有婚宴。姚冰带着自己平时的换洗衣服独自来到了袁家。在晚餐吃了两个红薯，喝了一碗红薯渣和玉米粉熬成的糊糊后，就入了“洞房”。

“洞房”是原来放置水车、风车、犁、耙等农用工具的杂房。袁家正房仅有一间堂屋、一间东房为土砖瓦房。东房从中间隔断成两间，现在由罗菊芳和袁国生住一间，袁斌两个妹妹住一间。后来家里孩子多了，袁国生在堂屋的西边夯土垒了一间半边倒水，房顶盖的是稻草。从中间隔断成两间，袁斌与两个弟弟住一间，另一间用来放置农具和腌咸菜的坛坛罐罐。当两千元彩礼钱筹借接近尾声时，罗菊芳便让袁国生将农具堆放到了东房的走廊上，将腌咸菜的坛坛罐罐搬到了堂屋里。在原来放置农用工具房的墙上，用草把刷了几遍石灰水，将罗菊芳和袁国生结婚时的架子床搬过去，就成了袁斌和姚冰的“洞房”。

袁斌觉得委屈了姚冰，曾向罗菊芳提出跟两个妹妹换一间正房，罗菊芳一句“她是咱家花两千元钱买来的”给堵了回去。

第二天清早，姚冰还没起床，就隐隐约约听到罗菊芳和袁国生在堂屋门前跟人说话声。到后来双方的声音越来越大，调门越来越高。姚冰起床走过去，见六七个陌生人有的伸着手，有的用食指指着罗菊芳和袁国生的额头大吵大闹。姚冰赶紧过去亲昵地挽住罗菊芳的胳膊，以示她们是一家人。

罗菊芳连忙向陌生人介绍道：“这就是我家儿媳妇姚冰，昨天晚上才洞房花烛夜。总不能一大早把她从被窝里拉出来，还大家的钱吧？这不，她刚起床就过来见你们了。”

罗菊芳甩开姚冰的手，对她说：“儿媳妇，赶快将你爹娘返回的彩礼钱还给他们吧，免得大清早的在这里吵来吵去，晦气。”

姚冰还没反应过来，几个陌生人一下蜂拥而上，围住了姚冰，嚷嚷着让她还钱。

原来罗菊芳和袁国生在借钱时就承诺，借的彩礼钱只是临时周转一下。已与亲家说妥帖了，儿媳妇上门会如数返回彩礼钱，袁斌结婚后的第二天就可以还他们的钱。

一个头上戴着棉帽的老人，用食指指着姚冰吼道：“你昨天都入了洞房，不还钱就是耍赖！”

姚冰一脸无奈地解释说：“大伯，我确实身无分文。”

戴着棉帽的老人又上前一步，几乎是贴在姚冰面前，激动地问：“身无分文？那你娘家返回的彩礼钱哪里去了？”老人满嘴的唾沫直往姚冰的脸上喷。

姚冰哪里见过这种阵势，她想寻求罗菊芳和袁国生为自己解围，殊不知罗菊芳和袁国生已悄悄溜走了。

姚冰只好低着头愣在那里。爹娘狮子大开口提出要两千元彩礼钱为的就是让袁家放弃这门亲事。自己义无反顾跟袁斌成亲，气得爹娘断绝了跟自己的关系，连一分钱的嫁妆都没打发，哪里还会返回彩礼钱？

正在这时，袁斌颤颤巍巍地走了过来。姚冰上前伸手去搀扶他，袁斌拨开了姚冰的手，质问道："你爹娘真的一个子儿都没返回？"

姚冰像做错事的孩子，不敢看袁斌一眼，泪流满面地点了点头。袁斌突然双腿一屈，倒在地上翻滚起来。一边翻滚，一边号啕大哭："这可咋办啊！没法活了！这可咋办啊！没法活了！"

当围观的讨债人确认返回彩礼钱只是当初罗菊芳和袁国生用来借钱的幌子时，个个义愤填膺。脏话、粗话、痞话一股脑儿地直往姚冰身上泄。姚冰成了一只任人宰割的羊羔，呆若木鸡，默默忍受着羞辱。

一时间，罗菊芳和袁国生用返回的彩礼钱还债是幌子的消息，迅速在村内外传开了。随后几天，上门讨要债务的人一拨接着一拨。罗菊芳竟狠心地丢下袁斌和姚冰，带着其他孩子和袁国生躲到她娘家去了。

姚冰没有丝毫体会到新婚的快乐，就这样陷入了一场无休止的债务纠葛中。她一面独自照顾袁斌，一面忍受着一拨又一拨讨债人的呵斥和谩骂。

袁斌当初出院后，姚冰不时送鸡送鱼，营养条件得到极大改善，加上能按时服用恢复性治疗药物，后遗症有所缓解。如今家里一贫如洗，不仅营养跟不上，连恢复性治疗的药物也停用了好长一段时间。这导致袁斌的后遗症已越来越明显，全身肌肉震颤，肌肉无力，面瘫。尤其袁斌的中枢神经系统已受到损害，时常血尿，肾功能严重衰竭，生理功能全无。

面对成天闹得鸡犬不宁的讨债人，袁斌已几次嘟哝自己结婚就是个天大的错误。姚冰听了反而更加愧疚，在心里责怪她爹将袁斌及袁家折腾到了如此困境。

除夕前一天的晚上，姚冰实在走投无路，偷偷回了一趟娘家。她在房前犹豫再犹豫才敲门。姚明亮打开门见是姚冰，嘴里重重地“哼”了一声后，一边去关门，一边说：“这不是你的家，我们已断绝父女关系，滚!”

姚冰不管不顾，用力推着门，一脚跨进去，就跪在了姚明亮面前。她娘见了要去扶起姚冰，姚明亮向她娘瞪了一眼，又是一声“哼”，她娘赶紧退了回去。

姚冰跪着哭诉完袁斌的病情及袁家家境，向姚明亮磕了三个响头，乞求姚明亮返回那两千元彩礼钱。

姚明亮干干脆脆地回了姚冰四个字：“活该！没门!”

她娘过意不去，在一旁吞吞吐吐搭腔道：“彩礼钱，彩礼钱，腊月二十三，为你二哥，提亲了。”

姚冰瞬间抬头看了娘一眼，眼中竟流露出了一丝不易察觉的惊喜。

姚冰的三个哥哥当中，从小到大，就是二哥最疼姚冰。二哥上树捉鸟，下河洗澡，抓鳝鱼、捉泥鳅都带着姚冰去。二哥还教姚冰学会了游泳，抓鳝鱼、捉泥鳅。好几次二哥带姚冰去镇上赶圩卖完鳝鱼和泥鳅，都会去镇上的粉铺，花一毛五分钱买一碗香喷喷的米粉。圆滚细滑的米粉全让姚冰吃，二哥只喝剩下的汤。当姚冰问二哥为啥不吃米粉只喝汤时，二哥总说自己不饿。后来姚冰长大了才知道，是二哥舍不得吃，让给她吃。

那年春节前，爹娘要为他们四兄妹每人缝制一套新衣服，这可是几年才有的一次机会。二哥提出自己那套不缝制，他穿哥哥的旧衣服，给姚冰缝制两套花衣服，让她穿得漂漂亮亮去学校。

十年前，村里修水渠需要放炮打通一处小石山。在最后时刻，出现了一孔哑炮。二哥前去排除哑炮时，哑炮突然炸响了。一块鸡蛋大的石头不偏不倚正打在二哥的右眼上，血肉模糊。二哥被送到县医院，医生直接摘除了二哥的右眼球，右眼窝就深深的凹了进去，人称“独眼龙”。后来，二哥每次相亲，女方一看到二哥深凹的右眼窝就转身走人，连邻村的刘寡妇都嫌二哥的右眼窝太恐怖。如今三十挨边的二哥成功提了亲，姚冰打心眼里为二哥高兴。

返回的路上，天空下起了鹅毛大雪，耳畔的寒风凄厉地呼啸而过，疯狂的雪花打在姚冰脸上，如同针扎般冰凉刺骨。白茫茫的夜色中，姚冰的脸上却显得那样的从容和坚定，身影是那么的挺直和轻盈。

大年三十的上午又来了一拨讨债人，姚冰已无任何退路，只能好话说尽，央求他们宽限些日期。讨债人哪里听得进空头支票，他们要的是真金白银。不知是谁吆喝了一声，大家七手八脚要去搬抢东房走廊上放置的水车、风车、犁、耙等农用工具。

姚冰不知哪来的勇气，伸开双手拦在他们面前，并厉声喝道："住手！"

就在大家惊异的瞬间，姚冰问道："你们真的想要收回借款吗？"

讨债人听姚冰这一问，不知她葫芦里装的什么药，一时疑惑起来。

姚冰继续说道："你们肯定想要收回借款。可这些农具是袁家唯一偿还借款的本钱！我是一个进门才十几天的新媳妇，你们谁见过我穿了一套新衣服？办了一桌婚宴？吃了一餐米饭？如果袁家有余钱，会停下袁斌恢复性治疗的药物吗？都停一个多月了！你们已亲眼所见，袁斌的后遗症导致路都走不稳了，他才二十岁啊！如果你们将这些农具搬走，袁家耕不了田，种不了地，就真的到了穷途末路，偿还你们的借款更遥遥无期了！"

有人问姚冰："彩礼钱到底返没返回？"

姚冰先向大家鞠了一躬，才缓缓地说："对不起大家。袁家的彩礼钱真的没有返回一分一毫，全部被我爹娘用去为我身有残疾的二哥提亲了。我姚冰在这里向大家承诺，只要大家给我们宽限些日子，我用性命担保一分不少偿还大家的借款，利息按银行的利率结算，就当各位将借款存进了银行行吗？"

讨债人中有的已来了几回，吵也吵了，闹也闹了，还是竹篮打水一场空。袁斌的病情他们早就看在眼里，记在心里，对袁家的家况也已了如指掌。虽然对姚冰慷慨激昂的一席话半信半疑，也只能死马当作活马医了，大家经过一番交头接耳后，纷纷点头离开了。

8

罗菊芳和袁国生春节过后才从娘家回来。罗菊芳第一件事不是夸赞姚冰平息了借款风波，而是劈头盖脸指责姚冰不该向讨债人承诺，利息按银行的利率结算，最后竟对姚冰爆出粗口。

按当时农村的借款习惯，的确还没有连本带息还借款的个例。对于姚冰夸下的海口，也许是她当时面对讨债人过激行为时的急中生智；也许是她对歇斯底里的讨债人的一种利益安抚；也许是她为了尽快平息借款风波而采取的让利妥协。总之，姚冰站在道义的制高点，为袁家保护住了被农民视为命根子的农用工具，为袁家争取到了宝贵的喘息机会。

尽管事后姚冰对自己当时的承诺产生过一丝悔意，也料到罗菊芳回家后会大发雷霆。但当她知道爹娘用彩礼钱为二哥提了亲，袁家已没有任何退路可走了，她的心里又变得十分坦然。面对罗菊芳劈头盖脸的指责，姚冰唯有默默忍受。

让姚冰没有料到的是，罗菊芳当时爆出的粗口，竟是她下一步将姚冰逼到极限的潜台词。

没过几天，罗菊芳将袁斌和姚冰叫到堂屋，没有过多的客套话，直白地提出了分家。姚冰满脸惊讶地看了一眼袁斌，袁斌面瘫的脸上没有任何表情，也没做任何回应。

姚冰又向袁国生投去求助的目光。袁国生连忙低下头，掏出烟袋卷喇叭筒。而姚冰的一举一动尽收罗菊芳眼底，她佯装不见，将手里折叠的一张课本纸打开，开始念分家协议。罗菊芳识不了几个字，分家协议由她口述，读初中的二儿子代的笔。罗菊芳虽然眼睛盯着那张课本纸煞有介事地念分家协议，其实只是装模作样，实际是她在口述。就像中国历史上曾被世界列强强迫签订过许多不平等条约一样，这份由罗菊芳一手操控的分家协议，是一份实实在在的“不平等条约”。

分家协议简明扼要，对姚冰来说却字字重如千斤。袁斌治病欠下的债务由袁斌和姚冰承担一半；两千元的彩礼钱债务是为他们结婚所欠，全部由袁斌和姚冰承担；田、土按人均分摊，农具共同使用。也就是说分家后袁斌和姚冰除了承担上述债务外，袁斌后续恢复性治疗费用，爹娘不再承担。

那一刻，姚冰欲哭无泪，她真不知道往后的日子怎么过了，脑袋里一片空白。

自打进入袁家，她没有丝毫感受到婚姻的幸福和甜蜜，尝到的却全是婚姻的苦果。

姚冰和袁斌回到属于他们两人唯一的房产，半间夯土垒房间。姚冰关上门，气恼地问袁斌为什么不反对过早分家，不在他娘面前抗争。

袁斌理直气壮地回道："全让你爹害的！"

姚冰哑言了。

她能说什么呢？爹上门兴师问罪，袁家为救袁斌的命，背负上了沉重债务。爹狮子大开口要两千元彩礼钱，让袁家雪上加霜，几近走投无路。她现在成了替罪羊，就是忍辱负重嫁到袁家，还是不能得到袁家的饶恕。

有人在绝望无助时，大声地呐喊，放声大哭，宣泄自己的绝望情感，或者陷入思想的旋涡中不能自拔，最后掉进万丈深渊的绝望中；有人在绝望无助时，反而变得更加坚强，拼命地工作，不让自己有一丝空闲。姚冰就属于后者，绝望无助促使她变得更加坚强和隐忍。

她起早贪黑在分得的一亩二分旱地上除草、松土，播下希望的种子。

开春不久，因无钱租牛翻田，姚冰便仿照爹和二哥翻田的方式，不顾初春的寒冷，卷起裤脚下到刺骨的水田里，用一把四子耙头将分得的一亩半水田一耙头一耙头地翻了一遍过来。双脚被冰得比红苹果还红，双手磨出了几个大血泡。

春插前，姚冰独自将一亩二分旱地插上了从左邻右舍蹭来的早熟白芯红薯苗、黄芯红薯苗，以顽强的毅力完成了从学生到农妇的转型。

俗话说：人在做，天在看，举头三尺有神明。姚冰的遭遇，牵动了一个人的神经。

那天凌晨五点左右，姚冰刚想起床上茅厕，听到窗外一阵窸窸窣窣声过后，便不停地传来小猪仔的“哼哼”声。

姚冰上完茅厕回到房间，窗外小猪仔的“哼哼”声还是不绝于耳。姚冰好奇地点上一枝松枝干转到窗外去一探究竟。只见窗户下有一只竹笼，竹笼里有两头小猪仔。见姚冰走近，两头小猪仔挤在竹笼的一角，“哼哼”声更频繁、更大了。姚冰见四周漆黑无人，心中不免产生了疑团：是谁这么大意，将两头小猪仔丢在这里不管不顾了？

姚冰再凑近一看，竹笼上还有一张小纸条。她拿起纸条靠近松枝干的火苗，才看清纸条上写着三个字：姚冰收。

姚冰不敢相信自己的眼睛，她用手揉了揉双眼，再定睛一看，“姚冰收”三个字赫然在目。这真是雪中送炭啊！姚冰的心里顿时涌出了一股暖流，并迅速漫遍全身。

是谁给自己一下送来了两头小猪仔？这可是一笔不菲的开销啊！姚冰来不及多想，将竹笼搬进了房间。当袁斌得知有隐姓埋名的好心人给他们送来了两头小猪仔，面瘫的脸上露出了久违的笑容。

姚冰躺在床上，脑海里还一直萦绕着一个问号，到底是谁给自己送来了两头小猪仔？爹？虽然上次向爹提出返回彩礼钱时被他不假思索地回绝了，难道爹过后起了恻隐之心？不对，二哥提了亲，等着结婚用钱，爹不可能一下送来两头小猪仔，姚冰摇了摇头。娘？她没有掌握经济大权，做不了这个主。二哥？姚冰的脑海里忽然闪现出二哥抓鳝鱼、捉泥鳅的身影。对，是二哥，他用抓鳝鱼、捉泥鳅卖的钱给自己送来两头小猪仔。姚冰的眼眶一下湿润了，她在心里暗暗发誓，一定要好好地喂养这两头小猪仔，耕耘好田地，通过自己勤劳的双手还清债务，挺直腰杆。

两头小猪仔在屋内还在不停地"哼哼"着，姚冰听着是那么的悦耳。袁斌提醒姚冰快将小猪仔放进猪圈里，姚冰这才想到袁家卖了那头猪还债，因无钱买小猪仔一直空着的猪圈。她起床将两头小猪仔放进了猪圈里。

罗菊芳起床后，发现猪圈里有两头小猪仔时，大大地吃了一惊。她问袁国生是否将猪圈借给了别人养猪。在得到袁国生否定回答后，明明看到姚冰在堂屋一角煮红薯，罗菊芳故意站在堂屋扯开嗓子问还没起床的袁斌，是否将猪圈借给了别人养猪。袁斌有些得意忘形地回答说，没有借给别人，那两头小猪仔是他和姚冰的。

罗菊芳听了不敢相信自己的耳朵，两头小猪仔居然是他们的？罗菊芳一边坐到堂屋门槛上梳头发，一边骂起袁斌来：“你个鬼崽崽，老娘跪着求着向别人借钱，把你的命救回来！老娘跪着拜着求人给你借彩礼钱娶媳妇，你倒好，娶了媳妇忘了娘，还联合起来骗你娘！”

袁斌不知罗菊芳话里有话，在屋里回了一句：“娘，我没骗你，那两头小猪仔真的是我们的。”

“还嘴硬！没分家之前为什么不买小猪仔？为什么分了家，一次买回两头小猪仔？不是返回的彩礼钱，你是用鸟铳打来的钱？狠毒啊！狠毒啊！”罗菊芳装腔作势骂袁斌，却把脸对向正在低头煮红薯的姚冰。

姚冰连忙解释道：“娘，你误会了，那两头……”

“谁问你了？就你嘴硬！就你嘴硬！要债的人都快拆屋下瓦了，你还一口咬定彩礼钱没返回一分一毫，这下狐狸尾巴终于露出来了吧？还有什么狡辩？谁信？”姚冰话没说完，被罗菊芳呛了回去。

姚冰不再理会罗菊芳，继续低头煮红薯。

“演戏，就知道演戏，有本事到村祠堂戏台上去演给全村人看，袁家没戏台！我袁家真是倒了八辈子霉，娶了你这个丧门星！扫帚星！呸！呸！呸！”罗菊芳见姚冰不吱声，更证明她默认返回了彩礼钱。罗菊芳穷凶极恶地跳起脚跟，拍屁股，吐唾沫，更加口无遮拦。

姚冰自小到大还从没跟人吵过架，哪里是罗菊芳的对手？面对罗菊芳一套一套的羞辱话语，姚冰流着泪，捂住嘴巴，跑进了属于她的那半间夯土垒的房间。

袁斌也许实在听不下去了，衣服都没穿利索，扶着门框，对着堂屋里余气未消的罗菊芳说道："娘，你过分了，那两头小猪仔是别人送给姚冰的！"

"别人送的？哈哈哈，编吧，连编都没编圆滑！别人为什么不送给我？为什么不送给村里其他人？偏偏送给她，一送就是两头！你信？你傻！斌崽，你太愚笨了！她哪天吃了你都不会吐出骨头！"罗菊芳又将袁斌噎得哑口无言。

9

自打姚冰毫无征兆地收到两头小猪仔，她便成了罗菊芳的眼中钉，肉中刺。姚冰由于心里一直背负着亏欠袁家的包袱，又念及罗菊芳是长辈，时时处处让着罗菊芳。就这样，姚冰小心谨慎地挨过了几个月。

在春雨的滋润下，稻田里绿油油的禾苗已经抽穗，地里的红薯藤已浓密地覆盖住土壤。田地里的事，除了偶尔给稻田施些猪粪肥，去地里松松土，翻翻红薯藤，几乎没让姚冰操太多的心。她一门心思花在两头小猪仔上，漫山遍野精心挑选，采割鲜嫩猪食，让两头小猪仔一日三餐吃得欢，已开始长肉膘了。

姚冰和袁斌都盘算好了，其中一头公猪已阉割，用来卖肉猪还债务。一头母猪没阉割，喂着产猪仔卖，还可以每窝留两头小猪仔饲养卖肉猪。

闲暇时，姚冰下到田里、沟里抓鳝鱼，捉泥鳅，炖着给袁斌补充营养。就这么日复一日，姚冰都有做不完的事情。用她自己的话说：苦着累着才有奔头。

一天清早，姚冰到一个水沟边割猪食，因为头天夜里下了场大暴雨，水沟里的水哗哗地流进村里的水库，水库中的鲫鱼快活地逆流而上，将水沟挤得满满的。姚冰突然想起小时候二哥带她捕鱼的情景，连忙回家拿来一个三角网，挑来一担水桶。她将三角网平架在水沟靠近水库的一端，自己下到沟里去驱赶鲫鱼，一群一群的鲫鱼被她赶进三角网兜里。经过几轮驱赶，鲫鱼装满了两水桶。姚冰直接将两桶活泼乱跳的新鲜鲫鱼挑到镇上的菜市场去卖了，又到食品站砍了半斤肉，袁斌已几个月没见到肉腥子了。她又转到镇卫生院，给袁斌买回了几大盒恢复性药物。

袁斌那段时间有了药物治疗和营养补充，面瘫、抽搐等后遗症有了明显好转，吃饭不要姚冰喂了。虽然还不能下地干活儿，姚冰每隔一段时间搀扶着袁斌去看看他们田地里的成果，望着长势喜人的禾苗、嫩绿的庄稼，袁斌心里对姚冰满是感激。

谁知一波刚平，一波又起。

又是一个凌晨五点多钟，由于袁斌那几天失眠多梦，突然听到窗外一阵脚步声，过后便不停地传来细小的“嘎嘎嘎——呱呱呱——”声音。

袁斌用胳膊碰了碰还在沉睡的姚冰，姚冰以为袁斌要喝水，眼睛都没睁开，条件反射似的伸手去摸放在床边的水杯。

袁斌：“姚冰，你快听听，窗外是什么的叫声？”

姚冰侧耳听了听，说：“是小雏鸭，又像小雏鹅的叫声。”

袁斌：“你去窗外看看？”

姚冰：“等天亮再去看，睡吧。”

过了一会儿，窗外“嘎嘎嘎——呱呱呱——”声音还是不绝于耳。

袁斌：“我这两天本来就失眠，这叫声吵着睡不了，你还是去窗外看看吧。”

姚冰只好穿上衣服，点上一枝松枝干转到窗户外。只见窗户下又放着一个竹笼，竹笼里有几只小雏鹅。像上次一样，姚冰发现竹笼上还有一张小纸条。她拿起纸条靠近松枝干的火苗，看清纸条的字迹与上次一模一样，还是写着三个字：姚冰收。

姚冰伸出手去提竹笼，但想到上次别人送两头小猪仔引起罗菊芳的误会，还心有余悸，伸出的手又缩了回去。

袁斌在屋里隔着窗户问：“姚冰，是小雏鸭，还是小雏鹅？”

姚冰：“看不太清楚，凭个头，像小雏鹅。”

袁斌："我猜又是上次那位好心人送给你的，快，快拿进屋里来。"

刹那间，姚冰的脑海里蹦出了二哥送小猪仔的背影。于是，姚冰毫不迟疑地提起竹笼回到了房间。

袁斌让姚冰将竹笼递到自己眼前，袁斌高兴地说："这好心人考虑得真周全，晓得咱们没有粮食喂鸡、喂鸭，特意送来专吃草的小雏鹅，长大了还能卖个好价钱。"袁斌饶有兴致地数了数，一共六只小雏鹅。

这时，天已蒙蒙亮。袁斌边穿衣服对姚冰说："田地里的事我干不了，房前屋后都是青草，这六只小雏鹅就由我来看管吧。"

姚冰会意地点了点头。

天亮后，姚冰将竹笼放到屋前的草坪上，打开竹笼，六只小雏鹅摇头摆尾从竹笼出来，张开扁扁的嘴，急不可待地啄竹笼边嫩生生的青草。姚冰心里乐颠颠地提着竹篮上山里割猪食去了。

袁斌坐在一把小竹椅上，手里握着一根小竹棍，看着稚气未脱的小雏鹅争先恐后啄草的萌态，心里美滋滋的。

罗菊芳头天晚上纳鞋底纳到半夜才睡觉，天亮了还没起床。当听到"嘎嘎嘎——呱呱呱——"的声音从袁斌的房门口一路经过堂屋，直到屋前草坪，又触及了她十分敏感的神经。她快速地穿衣起床，披头散发跑到堂屋前的草坪上，当看到正在啄得欢的六只黄色小雏鹅，罗菊芳讶异地问袁斌："斌崽，这六只小雏鹅哪儿来的？又是别人送的？”

袁斌坐在小竹椅上眼睛盯着六只小雏鹅，头也没回，“嗯”了一声。

罗菊芳：“你们合起来拿娘当猴耍是吧？”

袁斌：“娘，没骗您，六只小雏鹅真是别人送的。”

罗菊芳：“谁送的？今天不说出个子丑寅卯来，就乖乖地将返回的彩礼钱交出来！”

袁斌：“娘，你别为彩礼钱死缠烂打了。今天早上天还没亮，我听到窗户外有脚步声，随后传来‘嘎嘎嘎——呱呱呱——’声音，当时姚冰还没醒来，千真万确是我让姚冰去窗外拿进屋的！至于是谁送的？我真不知道，您就别逼我了。”

罗菊芳：“那两头猪仔也是？”

袁斌：“嗯，也是有人将猪仔放到窗户下面。来无影，去无踪。”

罗菊芳：“为什么不能白天光明正大的给她送猪仔，送小雏鹅？两头猪仔、六只小雏鹅值多少钱？一般人家送得起这么贵重的东西？非亲非故为啥要偷偷摸摸送给她？这些问题你想过没有？”

袁斌挠着头皮，低声地回答：“没有。”

罗菊芳斩钉截铁地说：“一定要让她把这个人找出来，交不出人来证明她在外面有野男人！给你戴绿帽子！”

罗菊芳狠毒的一招，把袁斌彻底激怒了。袁斌全身出现筛抖，瞬间面瘫将脸部扭曲变形，怒目圆睁，仿佛能喷出一团火来。

袁斌起身将手里的小竹棍甩向正在啄草的六只小雏鹅，抓起小竹椅当拐杖，亦步亦趋地回到了房间，和衣躺到了床上。

当姚冰提着满满一竹篮猪食回来，六只小雏鹅自由自在地在草坪上啄草。那根小竹棍横躺在草坪上，袁斌和小竹椅都不见了。她担心袁斌是否又发病了，连忙放下竹篮，跑向夯土垒房间。在门口看到袁斌和衣躺在床上，心里才松了一口气。

姚冰走过去，关切地问道："袁斌，怎么躺到了床上？身体哪里不舒服了？"

袁斌突然像弹簧一样坐了起来，怒目圆睁，用手指着姚冰问："你说，给你送猪仔、送小雏鹅的人到底是谁？"

姚冰从未见过袁斌发怒，看到袁斌怒发冲冠的样子，大为吃惊。

姚冰："你早上还好好的，突然怎么啦？谁送的？你问我，我问谁？不是你碰醒我，让我出去拿的嘛。"

袁斌不依不饶："为什么不能白天光明正大地给你送猪仔送小雏鹅？为啥要偷偷摸摸送给你？"

姚冰想了想，肯定地说："是我二哥送的，除了我二哥，还能有谁？"

袁斌："你二哥连媳妇都没娶，哪来的钱?"

当听姚冰说出是她二哥送的，袁斌的语气缓和多了。他时常听姚冰在他面前提起二哥如何如何对她好。尤其在袁斌出院后姚冰隔三岔五送鳝鱼，送泥鳅给他补充营养，并说鳝鱼泥鳅是她自己亲手抓的。袁斌笑话她在吹牛，姚冰认真地说，是她二哥教会的，袁斌才信以为真。

姚冰："早就跟你说过我二哥有门抓鳝鱼、捉泥鳅的绝活儿，他肯定是攒够了卖鳝鱼、泥鳅的钱给我买了送来的。他怕我爹知道了骂他胳膊肘往外拐，会阻止他，才偷偷摸摸送过来的。"

姚冰说得有根有据，这才打消了袁斌的疑虑。

一场山雨欲来风满楼的危机，暂时得到了化解。

10

田里的稻谷已一片金黄，马上要进入"双抢"的关键时期，在这节骨眼儿上，那头母猪连续几天食量大减，还经常趴在栏杆上叫唤。姚冰生怕母猪生病了，但仔细观察，母猪精神抖擞，在猪圈里来来回回走个不停，还不停地拱地、拱潲盆。姚冰悄悄去问袁国生，母猪是不是病了。

袁国生去猪圈看了看，告诉姚冰是母猪到了发情期，该配种了。姚冰听了，从脸上羞到了耳根子。

种公猪在农村是个稀罕物。铁炉冲全村都没有一头，方圆十里只有娘家村的一户人家喂养了一头种公猪。

猪郎倌四十出头，是周边乡村有名的“痞子”。他仗着独家生意，每当有妇女去请他家的种公猪配种，都要插科打诨一番。尤其对年轻妇女不依不饶，问母猪发情已到什么程度时，问得十分刁钻。常常用女人想男人来做比喻，问得你脸红脖子粗，难以启齿。遇上已生了几个娃的妇女，就会反将他一军，回答说：到了你婆娘想你想疯了那个程度。猪郎倌咧嘴“嘿嘿”一笑，就不再自讨没趣往下问，赶着种公猪上路了。

姚冰在娘家时就对那猪郎倌早有耳闻，一来怕猪郎倌让自己下不得台面，二来怕遇上爹尴尬，就跟袁斌说让他爹去请猪郎倌。

偏偏袁国生头天脚崴了，袁国生便让罗菊芳去请猪郎倌。

尽管罗菊芳对姚冰的猜疑还没消除，婆媳关系一直僵着。但想想儿子背着一身债务，将来母猪生一窝猪仔可以还一部分借款，也就顺口答应了。

真是无巧不成书。当罗菊芳赶到猪郎倌家里，正遇到了姚冰的二哥。虽然去年罗菊芳亲自送彩礼钱去姚家，与她二哥仅有一面之交，但她二哥深凹的右眼窝，成了他标志性的记号，让人终生难忘。

罗菊芳突然记起袁斌说那两头小猪仔、六只小雏鹅是姚冰二哥偷偷送的。她好长时间都在心里犯嘀咕，要找她二哥当面锣对面鼓问清楚。没想到在这里遇上了，真是得来全不费工夫。

罗菊芳强装笑脸，上前跟他打招呼："她二舅，你也是来请种公猪?"

因姚冰的二哥只有左眼视力，直到罗菊芳走到他跟前才认出来。他连忙说："不是，不是，我请猪郎倌给我家衣柜刷一遍油漆。您是来请种公猪的?"原来猪郎倌除了赶种公猪，还有一门刷油漆的手艺，姚冰的二哥正在筹办婚事。

罗菊芳："是咧，是咧。搭帮二舅你偷偷给咱家送来两头猪仔，你看多快，一晃眼，那头母猪就要当妈了。"

姚冰的二哥也是实诚人，听罗菊芳说自己偷偷给他们家送了两头猪仔，先是愣了一下，接着不假思索地进行了否认。

罗菊芳又补问了一句："那小雏鹅呢?"

姚冰的二哥更加一脸懵懂。罗菊芳的脸就像初夏的天空，刚刚还是晴空万里，突然一团云飘过来，就下起了雷阵雨。一霎间，罗菊芳收住笑容，露出了一张苦瓜脸。

姚冰还是赶在"双抢"前将那头肉猪出了栏，上门来收购的杀猪佬恰好是姚冰的一个远房亲戚。他知道姚冰的家况，没做过多的压价就成交了，让姚冰卖了个好价钱。

从这个远房亲戚口里，姚冰又得知"双抢"过后，二哥就要成亲的喜讯，让姚冰在心里暗暗高兴了一阵。

那头母猪成功交配后，吃了睡，睡了吃，恢复到了过去的安静。小雏鹅已长成了彪形大灰鹅，食量大增，屋前屋后的青草已被一扫而光。袁斌便拄着拐杖每天赶着灰鹅到山坡下，池塘边去吃草。灰鹅好水，吃饱了下到池塘里，身子向前倾着，黄色的鹅掌划着池塘里的水，优哉游哉地游上一圈又一圈。有时兴奋起来，抬头挺胸，展开宽大的翅膀相互追逐嬉戏，构成了一幅美丽的“灰鹅戏水图”。

罗菊芳自从姚冰二哥当面否认送猪仔、小雏鹅的事情后，总觉得有个东西如鲠在喉，心里闷得慌。她几次想将这事告诉袁斌，但考虑到“双抢”在即，刚到嘴边的话又咽了回去。

忙碌、高强度的“双抢”终于告一段落。姚冰那一亩五分稻田因有了猪粪作肥料，超过了袁国生的亩产量。那一亩二分地的红薯产量可够她和姚冰吃上大半年。她将红薯全部下了地窖，稻谷只留了二百来斤给袁斌作细粮，其余的全部卖了还债。姚冰按照当初的承诺，利息按银行利率结算，债权人不由对姚冰啧啧称赞。

稻田已插上晚稻，一亩二分旱地一半种玉米，一半种甜菜。玉米补充粮食，甜菜既可当蔬菜吃又可当猪食。收割的红薯藤已晾干作为冬天的猪食。姚冰的精打细算令袁斌对她刮目相看。

唯有让姚冰牵挂的是二哥婚期。自打从远房亲戚口里得知

“双抢”过后二哥就要成亲，她在心里一直渴望参加二哥的婚礼。卖了肉猪特地留了五元钱放在棉袄里，作为二哥的贺礼。现在“双抢”都结束好一阵了，还没收到爹娘托信给她二哥的婚期。难道是爹还在生自己的气，连二哥结婚这么大的喜事都不让自己参加？难道爹真的狠下了心跟自己脱离父女关系？或许，是二哥的婚期推迟了？

其实，她二哥在“双抢”结束就按期结婚了。在让不让姚冰参加的问题上，她娘和她爹产生了严重分歧。她娘哭着求着他爹让姚冰参加，被她爹一口拒绝了。她娘又让她二哥去求她爹，她爹知道她二哥从小到大最疼姚冰，而且二哥是跪在爹面前求的，她爹这才动了恻隐之心，答复过两天再说。

可到了第二天，王建军提前给她二哥送来了一份贺礼，还说结婚那天一定来喝喜酒。王建军现在是红砖厂的承包人，名头已是厂长了。想到姚冰无情拒绝王建军提亲，孤注一掷嫁给袁斌。没想到王建军还这么有情有义，他爹担心王建军见了姚冰会碰触到他心中的那块伤疤，就彻底断了她娘和二哥让姚冰回来参加婚礼的念想。

姚冰过去给那头母猪喂的是生猪食，想到母猪已交配成功，肚子里有了小猪仔，就将生猪食煮熟了喂，还在猪食里加了些被挖伤、不易储存的红薯，母猪的食量大增。

有几个债权人终究没能承受住罗菊芳久拖不还的债务，一气之下，将罗菊芳家里的农具一洗而空。拿不出钱来置办农具，罗菊芳下地干活儿就要今天借东家的犁，明天借西家的耙。借得大家都已讨厌她了。

那天中午，罗菊芳打算去梅花家里借把耙头。梅花原来与丈夫在红砖厂做事，两个月前梅花怀上了小孩，夫妻二人就回到村里来了。梅花在家里养胎，有闲置的农具。罗菊芳走到梅花的屋檐下，梅花在堂屋与人说话，刚好提到姚冰的名字。罗菊芳立马打住了脚步，侧耳细听。

只听梅花说道："人家王建军现在是红砖厂厂长，可有钱了。给姚冰送两头小猪仔、六只雏鹅，还不是洒洒水，九牛一毛。"

这时，有人问："你怎么敢肯定是王建军送的？"

梅花："你千万要保密啊。他知道我家跟姚冰住一个村子，就托我老公去偷偷送的。我老公牙腮子硬着哩，昨天晚上说漏了嘴，我才知道的，还让我打死都不跟别人说，他怕对不住王建军。每送一次，王建军给他记一百块砖坯的工。"

罗菊芳听了个真真切切，她像撞见了鬼似的，匆匆忙忙跑回家了。

当天下午，姚冰正在堂屋里埋头煮猪潲，突然，头上、身上连续挨了几闷棍。姚冰连忙抱着头，转身一看，见是袁斌握着放鹅的竹棍往自己身上打来。姚冰一边闪开，一边问："袁斌，你疯啦？"

袁斌气鼓鼓地问："你说，那两头猪仔和雏鹅到底是谁送的？"

姚冰："我不是跟你说了，是我二哥送的。"

罗菊芳不知什么时候进到了堂屋，用手指指着姚冰，火上浇油似的骂开了："嘴硬，还想狡辩！我都当面问了你二哥，他根本不知道这回事！不守妇道的东西！打得好！"

袁斌："你勾引了哪个野男人？快说，不说出来我就打死你！"袁斌又追着姚冰打。

姚冰听到罗菊芳和袁斌口里吐出"不守妇道""勾引野男人"的语句，睁大眼睛，惊呆了。

这时，罗菊芳学着梅花的腔调，阴阳怪气地说道："'王建军现在是红砖厂厂长，可有钱了。给姚冰送两头小猪仔，六只雏鹅，还不是洒洒水，九牛一毛。'打！给我狠狠地打！让她知道给你戴绿帽子是什么下场！"

姚冰听到王建军的名字，简直不敢相信自己的耳朵，愣在那里一动不动。

袁斌挥舞竹棍往她头上、身上、脚上打得更来劲了，直到竹棍打裂了，袁斌打不动了，瘫坐在地才停下来。袁斌瘫坐在地上，喘着粗气，用打裂的竹棍指着姚冰，几乎是用尽最后一丝力气，狂喊道："离婚！我要跟你离婚！把彩礼钱退回来！"

罗菊芳冲进姚冰的房间，收拾起姚冰的衣服、鞋子全部丢到堂屋外。她气势汹汹地对着姚冰吼道："滚！我袁家没有你这么不要脸的媳妇！破鞋！呸！"

姚冰紧紧地咬着嘴唇，眼泪像断了线的珠子往下流。

姚冰曾异想天开地以为嫁给了爱情，委曲求全，潦草地完成自己人生婚姻的重要剧本。事实上，从姚冰踏入袁家的那刻起，她就成了袁家的囊中之物。两头小猪仔，六只雏鹅，是一面照妖镜，一面放大镜，一面显微镜，让姚冰把袁家的嘴脸看得更加一清二楚，昭然若揭。

她的心在滴血，在撕裂。直到这一刻，她才真正体会到了人格被践踏和遭蹂躏的滋味。

11

姚冰擦干眼泪，义无反顾地跨出堂屋门槛。六只灰鹅在门前草地上溜达，姚冰从它们身边走过，六只灰鹅伸着脖子“呱呱呱、嘎嘎嘎”地叫嚷，大摇大摆的，并不被惊走，反而向姚冰围拢过来。姚冰已无心理会它们，不由加快了脚步。六只灰鹅跟在姚冰身后不停地“呱呱呱、嘎嘎嘎”，似乎在欢送曾经的主人，又似乎是对曾经主人的依依不舍。

走出铁炉冲村，姚冰眼前一片茫然。

她现在能去哪里？回娘家？不说爹已与她断绝了关系，就是爹愿意接纳她，自己这副落魄的样子，还有脸回娘家吗？

她沿着村道一直走啊走，不知不觉走到了镇卫生院。她抬头看了一眼远处高耸的马蹄坳，犹豫了一下，向通往镇卫生院后山的那条曾经走过的小路走去。往上爬了几步山坡，姚冰感觉全身麻辣般的疼痛，眼前不由显示出了袁斌挥舞竹棍往自己身上打的那张狰狞般面孔，罗菊芳阴阳怪气的表情。“王建军现在是红砖厂厂长，可有钱了。给姚冰送两头小猪仔，六只雏鹅，还不是洒洒水，九牛一毛而已。”在她的耳边回荡。

难道那两头小猪仔、六只雏鹅真是王建军偷偷送的？他凭什么给我送？我不留情面拒绝他的提亲，还没伤够他的心？罗菊芳又是怎么知道的？这一连串的疑问，让姚冰停下了脚步。不行，必须当面问清楚王建军到底是怎么回事，不能就这么不明不白地背上“不守妇道”“勾引野男人”“戴绿帽子”的骂名。就是死也要死得坦荡，死得有尊严。

姚冰从山坡上折返了回来，向红砖厂方向走去。

时隔不到一年，当姚冰再次走进红砖厂，映入她眼帘的是一幅热火朝天的忙碌景象。几十个制砖工作台面星罗棋布，有的师傅在挖黄泥，有的师傅在和黄泥，有的师傅在人工制砖。两孔砖窑顶上冒着长长的蓝色火焰，工棚旁边新修了一栋低矮的红砖房。手扶拖拉机、中型拖拉机满载一车车红砖颠簸着驶出红砖厂。从一辆中型拖拉机上掉下来一块红砖，姚冰走过去捡了起来。她拿在手里，看似普普通通的一块红砖，原来是从不堪一击的黄泥，变成历经风雨牢固不破的红砖，要经过挖泥、和泥、制砖、晾晒、装窑、煅烧、出窑等多道工具的千锤百炼，是多么的不容易啊。

正在这时，一辆摩托车向红砖厂驶来。姚冰连忙避让，摩托车一个急刹车，停在了她的面前。

“姚冰，你怎么在这里？”王建军两脚撑在地上，关切地问道。

王建军戴着头盔，姚冰没有认出对方是谁，只是觉得声音依稀有点耳熟。

当王建军掀开头盔面罩，看到姚冰头发蓬散，额头上、脸上布满血迹，连忙关掉摩托车引擎，用脚轻轻一磕，放下支撑架，敏捷地从摩托车上跨到姚冰身边。王建军急切地说：“姚冰，你怎么受伤啦？快，送你去镇卫生院包扎。”

姚冰这才认出王建军来。她一时十分尴尬，有些局促不安地说：“不要，不要。”还若无其事地摸了摸自己的头，当姚冰看到自己手掌上全是鲜血，身子一下撑不住了，面色苍白，手里的红砖掉到了地上。王建军连忙伸手去搀扶，姚冰晕厥在了王建军怀里。

王建军拦住一辆中型拖拉机，不由分说，抱起姚冰上了驾驶室。

医生将姚冰平卧到病床上，轻轻拍打姚冰的肩部，并让王建军小声地呼唤姚冰。过了一会儿，姚冰逐渐清醒过来。经过刚才的折腾，姚冰头上的血流得更快了，洁白的床单上染红了一大片。医生用镊子拨开姚冰的头发，发现头顶上、后脑勺儿、脖子上全是血迹。露出的手臂、下肢清晰可见一条条瘀青的伤痕。

医生吃惊地对王建军说："怎么伤得这么厉害？快去办住院手续。"

姚冰急忙阻止："不要，不要。"并挣扎着要下床。

医生："伤成这样还不住院，头上打得像粒爆米花，夏天容易感染。还不住院，你不要命了？"又对一旁的护士说："先剃头。"

到了第二天，姚冰的头、腿、手臂、身上全肿起来了。头上被纱布裹得严严实实，已完全不能下床。

王建军几次问姚冰怎么伤成这样？姚冰只掉眼泪，不肯回答。

她几次要张口问王建军送猪仔、小雏鹅的事，见自己遍体鳞伤，全因他而起，话到嘴边又咽了回去。

姚冰的一日三餐，都是王建军骑着摩托车按时送到病床前。起初两天姚冰的手臂肿得不能往上抬，王建军就一口一口地喂给她吃。姚冰吃着吃着眼泪就流了出来，弄得王建军十分尴尬。

罗菊芳和袁斌将姚冰赶出家门，在村里闹得满城风雨。先是传袁斌提出要跟姚冰离婚，并给姚冰赶回了娘家。村民们连连摇头，还啧嘴说：多好的媳妇，可惜了！后来传姚冰在外勾引野男人，村民们又啧嘴说：不守妇道，活该！再后来，几天没见姚冰在村里抛头露面，又传袁斌跟姚冰已经正式离婚了。

债权人听说袁斌跟姚冰已经离婚了，急得像热锅上的蚂蚁。那些债务可是姚冰用性命担过保的，利息按银行利率结算，也是姚冰郑重承诺过的。现在袁斌跟姚冰离婚了，袁斌连路都走不稳妥，猴年马月才能还钱？债权人又一窝蜂似的上门来讨债。

罗菊芳本就对姚冰用性命担保债务，利息按银行利率结算的承诺恨之入骨。面对来势汹汹的债权人，她面不改色心不跳，拿出分家协议书，理直气壮地对债权人说："债务与自己早就一撇两清，要还钱，找姚冰去！"

明摆着是你罗菊芳和袁国生求着跪着拜着借的钱，现在让我们去找离了婚，已被你们赶出家门的姚冰还钱？你们分家不分家管我们屁事？你罗菊芳这么做不就是想耍赖吗？你罗菊芳跟姚冰勾引野男人不要脸有什么两样？债权人急红了眼。有人砸开猪栏，赶走了那头已怀猪仔的母猪，有人追着去抓灰鹅。罗菊芳这才彻底傻眼了。

王建军现在身为红砖厂厂长，外出跑业务、收货款的时间多了，自然安排了专人值守红砖厂，晚上也有更多的时间陪伴姚冰。

毕竟是皮外伤，经过医生的治疗和王建军无微不至的照顾，姚冰的伤势一天比一天见好。几天日夜相处下来，姚冰与王建军的话语慢慢多了起来。

王建军告诉姚冰，半年前，原来由乡企业办主管的红砖厂要实行个人承包制，每年向乡里上交固定利润。这是件新鲜事，大家心里都没底，抱着观望态度。尤其当时烧窑的师傅被人挖走了，由王建军临时顶上，就更没人愿意来出这个头。

王建军吃住都在红砖厂，近水楼台先得月，去年乡企业办就特意培养王建军，让他拜烧窑师傅为师。虽然不过半年多，但烧窑师傅见王建军为人实诚，脑袋瓜子机灵，就把他烧窑砖的看家本领毫无保留地传给了王建军。有时烧窑师傅装好窑，点了火，有急事离开，就反复叮嘱王建军怎么调节通风强弱，控制窑内温度以及加煤量……这也就给了王建军更多的实操锻炼。

眼见报名期限即将截止还没人报名，乡里便主动找王建军做工作，让他来吃第一只螃蟹。王建军过去见到乡领导心里都发怵，当几位乡领导将他叫到办公室让他报名承包红砖厂时，王建军当时双脚发软，心里直打鼓。还没明白是怎么回事，就稀里糊涂答应了。

听到这里，姚冰开心地笑了。

王建军签字画押承包红砖厂后，真的是开弓没有回头箭了。他麻起胆子试着装窑、点火，接连烧了两窑砖。出窑后，上层砖和底层砖色差均匀，砖面光滑度、孔洞率等几项指标都不输师傅，让他信心大增。过去王建军只负责制砖兼烧窑，相对单纯。

承包红砖厂后原材料采购，销售红砖，回收货款事事都需要他操心了。又出了几窑砖后，王建军添置了一辆摩托车，还用次品砖、断砖修了两间简易红砖房，一间作住房，一间作厂长办公室，还在侧边加了一间厨房。工作、生活条件有了极大改善。

姚冰向王建军投去了赞赏的目光。

罗菊芳捅了债权人那个马蜂窝后，家里更加入不敷出，捉襟见肘。已有几位债权人放出狠话，再不还钱就要下瓦拆屋了。

袁国生狠狠地骂罗菊芳做事太绝，不计后果。不该联合袁斌为子虚乌有的事将姚冰扫地出门。如果按照姚冰的计划走下去，再过一年半载，债务就可偿还清，苦日子就熬到头了。以前在袁国生面前颐指气使的罗菊芳竟然没有回半句嘴，还哀求袁国生去将姚冰找回来。

袁斌离开了姚冰，如同离群的大雁，一蹶不振，早已悔不当初。

袁国生尽管不情愿，但为了那个支离破碎的家庭，还是豁去了那张老脸，去了一趟姚家。

姚明亮嘴上虽说过与姚冰断绝关系，但那是句气话。气姚冰瞎了眼，自己要往火坑里跳。他早就预料到了袁斌呷农药、两千元彩礼钱已成袁家与姚家的死结，就是姚冰嫁过去，还是一个难解的死结。他索性没返回一分钱彩礼钱，给三十挨边的二儿子提了亲，也算了却了自己一桩心事。

可二儿子刚刚完婚没几天，从铁炉冲村断断续续传来姚冰被袁家赶出了家门，袁斌提出离婚，姚明亮听了怒火中烧。自己宠爱了二十年的女儿，嫁到你一贫如洗的袁家竟还如此作践她，士可杀，不可辱。经过几个月的冷静，姚明亮的气也消除了一大半。他决定拿出娘家人的威风，率领三个儿子前去袁家兴师问罪。

恰在这时，又传来是姚冰在外勾引野男人，袁斌才提出要离婚，被袁家赶出了家门。这无疑打了姚明亮的老脸，让他颜面扫地，气得姚明亮牙腮帮子咯噔咯噔响。

当姚明亮在村口见到袁国生向村里走来，以为袁国生为姚冰在外勾引野男人的事上门讨要说法来了。姚明亮连忙闪进旁边一个茅厕躲了起来，等袁国生进了村，姚明亮直接跑到红砖厂去了。

12

姚冰除了头发没长长，头上的伤口已基本愈合，手臂上、腿上、身上的瘀肿基本消退，明天就要出院了。

晚上，王建军同姚冰在病房聊到很晚。姚冰像剥洋葱一样把自己的内心世界，一层层地向王建军全部敞开。从嫁到袁家的第一天起，到被赶出袁家，都向他作了倾诉。

王建军听完姚冰的倾诉，哭成了个泪人。

纵观姚冰，自始至终没掉一滴眼泪，末了，还将两个手掌紧扣翻转向头上顶，两手松开时，显示出一种如释重负的轻松。她笑王建军承包红砖厂时那么有男子汉气概，听了自己的倾诉，又不是打你骂你羞辱你，反而像女人一样哭了。

姚冰哪里知道，王建军痛悔自己好心办成了坏事，才哭成了那样。

原来铁炉冲村的梅花两夫妻也在红砖厂做手工制砖。丈夫一门心思制砖，梅花和泥、晾砖，打下手。

工友们每天中午吃饭休息时，大家喜欢聊些张家长李家短，陈芝麻烂谷子的事。有一次，梅花聊着聊着就聊到了姚冰。说那么一个水灵灵的姑娘竟嫁给她村里一个呷了农药重度中毒、后遗症严重到下不了地也干不了活儿的男人，一朵鲜花白白插在了牛粪上，还嘲讽姚冰是哪根神经出了毛病。

王建军第一次听到姚冰的名字，心里很不是滋味。尤其害怕有人知道他曾托人向姚冰提亲被拒的老底，暗中取笑，就悄悄走开了。

后来每隔几天，梅花都会聊到姚冰的话题，什么两千元彩礼钱是罗菊芳骗来的，袁家分家让姚冰兜起了那两千元彩礼钱债务，刚结婚就债务缠身，姚冰仅分得半间夯土垒的房产，债权人大闹袁家惊心动魄的一幕幕，姚冰挺身而出制止债权人哄抢农具的壮举……听着听着王建军从开始的猎奇心理，到后来产生了对姚冰怜悯和同情。

半年前，王建军承包红砖厂后，接连烧了两窑好砖，便萌生了帮她一把的念头。怎么帮？又让王建军犯了难。如果让姚冰知道自己帮她，凭姚冰的犟脾气肯定不会接受。如果通过第三者，世上没有不通风的墙，到头来弄巧成拙。他思来想去亲自出马，让梅花的丈夫当二传手，两人为此订了攻守联盟。王建军反复考虑到姚冰的家庭状况，托梅花丈夫偷偷先后送去了不需要增加粮食负担的两头猪仔和六只雏鹅。

后来梅花怀孕了，夫妻双双离开了红砖厂，王建军再也听不到姚冰的消息了。

王建军擦干眼泪，愧疚地对姚冰说："对不起，是我好心办成了坏事，让你冤里冤枉受了一顿皮肉之苦，还坏了你的名声。"

姚冰摇了摇头，说："当听到罗菊芳说是你送的，我满脑子找不到任何相信的理由。今天听你亲口说出来，才解除我心中的疑问。看来我受这顿皮肉之苦，值！感谢袁斌把我彻底打疼了！打醒了！后悔自己当初有眼无珠，瞎了眼！"

王建军："别自责了。过去的事情就让它过去吧。这个世界上唯独没有后悔药。"

姚冰微微点了点头，对王建军说："我明天还要做个鉴定再出院。"

王建军不解地问：“法医鉴定?”

姚冰摇了摇头：“不值得与那种人计较。你不是担心坏了我的名声吗？心正不怕雷打，身正不怕影斜。我要做一个处女膜鉴定！亲手送到罗菊芳手上，贴在铁炉冲村村委会墙上。做完这一切，再去跟袁斌办离婚手续。”

王建军瞪大了眼睛。

姚冰轻松地笑了笑：“不相信？如果他是正常人，我跳进黄河洗不清，你也板上钉钉是我的野男人了。”

王建军：“我信。时间不早了，等你明天做完鉴定，我就过来办出院手续，接你回红砖厂。我已将厂长办公室给你腾了出来，你将就一下吧。”

姚冰向王建军做了一个鬼脸：“什么将就？我已成了无家可归的难民，就是住厂棚我也愿意。”

王建军吐了吐舌头算是回应。

王建军欲离开病房回红砖厂，姚冰突然对王建军说：“想和你去吹吹风。”

一道强光刺破宁静的夜空，王建军载着姚冰奔驰在空旷的夜色里……

罗菊芳和袁国生正坐在堂屋吃红薯。姚冰戴着一顶白色鸭舌帽站在堂屋前，罗菊芳看了一眼姚冰，因姚冰的帽檐压得很低，罗菊芳还是第一次见到鸭舌帽，根本没与姚冰联系在一起。

姚冰重重地“嗯”了一声，罗菊芳连忙丢掉手里的红薯，跨过堂屋门槛，故作惊喜地说：“冰冰，是你回家来啦？太好了，快进屋，吃你亲手种的红薯。”

姚冰环视了一下堂屋，罗菊芳明白她在找袁斌，便冲那夯土垒房喊道：“斌崽，快出来，冰冰回家来了。”

袁斌从夯土垒房出来，打着趔趄，三步并着两步奔到姚冰面前，险些没站稳扑到姚冰身上。

姚冰见他们三个都到齐了，取下鸭舌帽，露出一个大光头来。

罗菊芳既吃惊又尴尬，急忙说：“冰冰，既然回家来了，就先进屋去坐吧，你还没吃中饭吧？”

姚冰从鸭舌帽里拿出一份鉴定书，递给袁斌：“你大声点念给你娘听听！”

袁斌扫了一眼鉴定书，“扑通”跪在姚冰面前：“对不起，我该死，我嘴欠。”袁斌边说边抽自己嘴巴。

罗菊芳也跟着跪在姚冰面前哀求：“冰冰，我向你认错，向你道歉，我错怪你了，只要你回家来，今后什么事都依你。”她还示意站在一旁的袁国生向姚冰下跪。

姚冰：“够了！别演戏了！离婚！我同意离婚！”

袁斌：“我错了，我不离婚，我不离婚。”

罗菊芳："冰冰，别离婚，我求求你别离婚。"说着，两只膝盖向前移动，伸手去抱姚冰的腿。姚冰直往后退，罗菊芳跪着继续向前移动。嘴里还是不停地说："冰冰，别离婚，我求求你别离婚。"

袁斌跟着罗菊芳跪着向前移动，嘴里也是不停地说："我错了，我不离婚，我不离婚。"

姚冰转身，拂袖离开了。

这段时间王建军忙得用晕头转向来形容一点不为过。有一家中型水泥厂因环保问题，要从市郊搬迁到镇里落户，规划选址已确定。马蹄坳规划为采石场，水泥厂厂址规划在石子岭，离红砖厂仅有五公里。镇里正式成立了征地拆迁指挥部。乡里要求王建军抓紧扩建红砖厂，在现有两孔砖窑的基础上，再增加三孔砖窑，两孔瓦窑。同时，露天预留两个马蹄窑的位置。在砖窑没建成前，利用现在相对农闲季节，大量招收劳力制作砖坯、瓦坯。王建军既要组织管理红砖厂的产、购、销，又要下村招收制砖工、制瓦工，还要去相关部门办理红砖厂扩建手续。

姚冰看在眼里，急在心里。红砖厂的业务她一窍不通，下村招工，去相关部门办理红砖厂扩建手续，自己是个光头，头顶的伤口还没完全愈合好，大热天戴上鸭舌帽，一会儿头上汗渍浸得伤口痛，万一感染了反而帮倒忙。姚冰只能戴着鸭舌帽在阴凉的食堂帮工。

王建军将过去在红砖厂做过工的熟练工，一个个做工作全部召了回来，其中包括铁炉冲村梅花的丈夫。王建军特意将他叫到办公室狠狠地训斥了一顿。梅花丈夫一点不气恼，还笑嘻嘻地说："多亏梅花嘴贱，让姚冰跳出了火坑。"

王建军一脸委屈地说："去，去，白送了你二百块砖坯工钱。"

罗菊芳在姚冰面前跌了矮子，还没让她回心转意，罗菊芳咽不下这口气。她借了一辆板车，让袁国生拉着袁斌到红砖厂找王建军的茬来了。他们刚将板车推到红砖厂办公室前，姚冰挑着一担水桶从厨房出来。罗菊芳见了，冲过去抱住姚冰一条腿，可怜巴巴地恳求她回家去。袁斌已下不了板车，就坐在上面哭着喊着哀求姚冰回家，重归于好。姚冰当然不予理睬。

罗菊芳见姚冰心意已决，顿时露出了泼妇的面孔，扯开嗓子喊道："大家快来看啊！我抓住了不守妇道的女人，他勾引的野男人就是你们的厂长王建军，给我儿子戴了绿帽子还不回家。大家快来看荡妇啊！"

前些日子，梅花的丈夫将姚冰的遭遇在红砖厂中午休息时已讲过了多次。大伙对姚冰终于跳出了火坑，纷纷拍手称快。见袁家竟厚颜无耻地跑到红砖厂来闹腾，你一言我一语数落得罗菊芳体无完肤。

罗菊芳自知没趣，松开姚冰的腿，拉着袁斌灰溜溜儿地离开了红砖厂。

姚冰一纸离婚诉状递交到了法院。

13

这场官司打得很艰难。袁斌因重度中毒和后遗症导致丧失了劳动能力，袁斌坚决不同意离婚。法官也认为袁斌有理有据，不能强判离婚，双方便开始走调解程序。罗菊芳见双方已撕破了脸皮，在调解时当着法官的面诬陷姚冰婚内出轨，狮子大开口要姚冰退还两千元彩礼钱，一次性补偿袁斌三千元后续治疗费、生活费、精神损失费、青春补偿费。姚冰当场被气得差点晕了过去。

姚冰犟劲一上来，疯了似的冲向罗菊芳，要与她拼命。一时间，几个人推搡在一起，几位男女法官连忙过来阻止。

混乱中姚冰抓住罗菊芳的一只手，咬住了一根手指头，心中的愤懑在这一刻彻底爆发。她不顾罗菊芳杀猪般的痛苦号叫，直到将手指咬断才松开口。谁知，姚冰抓到的是一位女法官的手！当姚冰看到罗菊芳安然无恙，再度要扑向罗菊芳时，一双锃亮冰冷的手铐，铐住了她的双手。

王建军得知后，尽全力帮姚冰承担了女法官的治疗费和补偿费。女法官对姚冰的遭遇十分同情，同意给予谅解。此外，王建军还承担了获得法院支持的对袁斌的补偿款。姚冰这才得以解除与袁斌的婚姻关系。

当姚冰在两名女法警的押送下，第二次走进法庭，姚冰被致人伤害罪、扰乱法庭秩序罪，判处有期徒刑一年。

满姨在县城监狱大门外与送她走出监狱的女狱警握手道别后。她抬头看了看蓝天白云，闭上眼睛深深地呼吸了一口新鲜空气。就在她闭目尽情享受的美妙时刻，一辆摩托车冲到了她的面前。骑车人取下墨镜，将一束鲜花递给满姨。满姨这才认出王建军来，他“嘿嘿”一笑，表情是那样滑稽，又是那样神秘……

后记

从事业余文学创作于我纯属偶然。

那是二十世纪八十年代初期，企业工会组织举办征文竞赛，我写了一篇征文稿，去请当时子弟学校的一位语文老师指点。那位语文老师是一位业余文学爱好者，看了我的征文稿觉得有点写作功底，便极力鼓励我从事业余文学创作。二十世纪八十年代是文学激情澎湃的年代，也正是中国文学空前繁荣昌盛的时代，文学青年无形中成了一种时髦的代名词。就这样，我自觉不自觉地走进了业余文学创作队伍，满怀期待地憧憬着自己的理想和未来。

我生在农村、长在农村，那段十几年的农村生活于我根深蒂固，以至于我当时和后来的文学创作，都是农村题材诸多。

我曾在一篇散文中写道："我的家乡用穷山僻壤来形容一点

也不为过。山高不到十丈，乱石中不见树木，只有稀疏的灌木，烧火煮饭全用稻草。没有小河小溪，喝口井水都要到隔壁村去挑。我从小喝山塘水长大，以致现在骨子里还有一股泥土味。”这不是丑化家乡，是当时的真实写照。因粮食短缺，我小时候吃过乌黑甚至发霉的红薯渣，喝稀粥、吃红薯是一种奢侈，至今记忆犹深。自从党的十一届三中全会农村推行经济体制改革实行分田包产到户，自负盈亏，大大地调动了农民的积极性，迸发出了惊人的能量，不仅解决了温饱问题，还有了余粮，涌现出了一批种粮大户，可谓发生了翻天覆地的变化。我以此为题材创作的散文处女作《还乡记》在当时零陵地区文联主办的《潇湘文艺》刊发后，给了我极大鼓舞。收到带有油墨味杂志的最初几天，每天中午和晚上临睡前我都会忍不住读上一遍又一遍。随着《白帕》《花蕊》等小说、散文发表，文学的火焰在我心里燃烧得更加热烈。

二十世纪九十年代初，当我要在业余文学创作的道路上继续冲刺时，随着一纸调令，我成了《湖南工人报》驻地记者站站长。面对新的工作岗位、全新的职业，我受宠若惊的同时，也感觉压力山大。说是记者站，其实就我一个光杆司令。我不敢有半点懈怠，钻研新闻写作知识，白天采访，晚上撰写新闻稿件，一心扑在新闻工作上，业余文学创作就此搁置了下来。

谁知这一干就是近二十年。长期没日没夜与文字打交道，让我骨子里都产生了厌倦感。2010 年我被调到永州市住房和城乡规划建设局任党组成员、纪检组长，终于从玩文字的樊篱里解脱了出来。直到 2017 年纪检体制改革，我不再从事纪检工作，分管相对单纯的业务工作，才稍稍轻松下来，谁知又与文学结上了缘。

2017 年初夏，我去局里对口扶贫的江永县松柏瑶族乡黄甲岭村与贫困户结对子。走近黄甲岭村，一幅景色秀丽的山水画呈现在我的面前：村前是一马平川的千亩良畴，一片绿油油的禾苗正茁壮成长；两条涓涓流淌的小河，一条擦村而过，一条曲折欢快地环绕村庄，水色潋滟，给古村增添了一分灵气、两分清秀和三分润泽。村后是一座峰峦叠嶂、错落有致、逶迤绵延的老鹰山。

走进村里，呈现在眼前的是 200 多幢明清古建筑群，有体现学风鼎盛时期的进士牌楼，为十二柱五楼式构造，仍保存着飞檐斗拱和一层屋顶，彰显该村曾出了 1 名状元、5 名进士的辉煌历史；有体现民俗文化的雕龙画凤古戏台，虽然年代久远，风光不再，但仍能让人感觉出曾经散发过浓郁厚重的文化气息。随处可见的砖雕、石雕、木雕，技艺精湛，古朴精美；窗花、门簪、门头、檐饰彩绘考究，精妙绝伦；飞禽走兽，花鸟鱼虫，惟妙惟肖，栩栩如生；门当、户对，或方或圆，或简或繁，造型别致，各具千秋。

我不禁疑惑：黄甲岭村不仅山清水秀，风光旖旎，历史文化底蕴深厚，同时拥着规模宏大、保存相对完好的古建筑群，为何却顶着贫困村的帽子？

回到局里后，我将在黄甲岭村的所见所闻所思所想写了一篇散文《走进黄甲岭》。散文发表后，被正在筹备拍摄电影的导演看到，当即决定将拍摄地点定在黄甲岭村。而在剧组准备开机的前几天，因几场关键戏的道具引起了老年村民的反感，坚决不同意在村里拍摄。最后导演不无遗憾地说："将来有机会，到这里拍一部精准扶贫题材电影。"

等我第二年知道这件事时，正在以局驻村扶贫队队长为原型创作中篇小说《翻过神仙岭》。小说脱稿后，那家影视公司的出品人连夜一口气读完，并当即决定投资拍摄成电影。

我一边打磨这篇小说，拟参加由省委宣传部指导，省文联、省作协等8部门联合举办的湖南省"梦圆2020"主题征文竞赛，一边将其改编成电影文学剧本《黄甲岭之恋》。

中篇小说《翻过神仙岭》于《湖南文学》2018年第3期发表并获得了湖南省"梦圆2020"主题征文竞赛三等奖。电影文学剧本《黄甲岭之恋》于2019年1月顺利开机拍摄成院线电影，荣获了2021年第十七届中美电影节"金天使"奖、中国文化国际传播力奖和2021年新西兰亚太电影节最佳故事片奖。

从那以后，我再次焕发出了创作激情，将业余时间全部投入小说、电影文学剧本的创作中。相继发表了《勾蓝》《红砖》《渔鼓声声》《铁裁缝》等多部中篇小说。于是，便有了这本中篇小说集《蓝蓝的勾蓝》的面世。

文学创作是一份很孤独、很累的苦差事。我偏爱中篇小说创作，然后又将其改编成电影文学剧本，尤其我是用手写板一撇一捺去写的每个字，越写到后面手写板灵敏度越差，有时为一个字要写好几遍，感到特别的累。好在我是一位纯粹的业余文学爱好者，不为名，不为利，以平常心，聊以自娱。希望广大读者不要用十分专业的眼光去读这本中篇小说集。

在这里，感谢著名作家、诗人、永州市作家协会主席吴茂盛及原刊发杂志的主编和编辑们对我的关心与厚爱。同时，特别感谢中国作家协会书记处邱华栋书记在百忙中挤出时间为本书作序，这是对我极大的鼓励和鞭策。

桂爱广

2022 年 8 月